LIEVE MAMA

Esther Verhoef

Lieve mama

2017 Prometheus Amsterdam

Eerste druk 2015
Zestiende druk 2017

Foto omslag Nina Masic/Trevillion Images
Foto auteur Tessa Posthuma de Boer
www.uitgeverijprometheus.nl
ISBN 978 90 446 2879 1

Lieve mama,

Elke ochtend als ik wakker word, geniet ik van de geur van de lakens, van de najaarszon die door het dakraam schijnt en de geruststellende vogelgeluiden die van buiten komen. Ik hoor gestommel op de gang en in de badkamer, het gekibbel van de kinderen die zich klaarmaken voor school. Ik rek me uit, voel me goed, en dan ineens overvalt me weer die zwaarte, die mijn zorgeloosheid met kracht neerslaat. Een stemmetje in mijn hoofd, dat me toefluistert: 'Jij mag niet genieten, want je hebt iets verschrikkelijks gedaan.'
Vaak lukt het me te geloven dat ik slechts een klein probleem heb. Een kwestie die je even een rotgevoel geeft, maar waarvan je weet dat er een einde aan komt. Daar begin ik goed in te worden, bedreven misschien wel. En het lukt me ook steeds vaker mezelf ervan te overtuigen dat die afschuwelijke herinneringen mij eigenlijk helemaal niet aangaan, alsof ik

getuige zou zijn geweest van een ernstig auto-ongeluk of een winkeloverval. Ingrijpend, hartverscheurend – voor anderen.

Niet voor mij.

Die laatste gedachte bevalt me het beste.

Alles lijkt dan ook door te draaien alsof er niets is gebeurd: het huishouden, school en werk. Maar die inktzwarte herinneringen zitten in mijn ziel verankerd. Die draag ik met me mee, onzichtbaar voor de buitenwereld.

DRIE WEKEN EERDER

VRIJDAG

1

Brian pakte Ralfs laptop af en nam hem op schoot. Hij leek het zwakke protest van zijn vriend niet op te merken – of hij trok zich er gewoon niets van aan.

Ralf was het gewend dat Brian hem negeerde. Het had trouwens ook geen zin om tegen hem in te gaan als hij net gebruikt had. Hij nam een slok van zijn Red Bull en legde zijn hoofd tegen de versleten bankkussens. Keek naar het plafond van het schuurtje, waar het spinrag zich als flinterdun textiel om de tl-buis had gewikkeld. De geperste plafondplaten leken op een kluwen wormen. Hij kneep zijn ogen dicht. Koppijn. Niet alleen van de lange nacht; het kwam vooral door het gezeur van zijn moeder. Ze had hem vannacht wel dertig keer gebeld en hem talloze berichtjes gestuurd. Stalkster. Hij had het vanochtend pas gezien – zijn telefoon had uitgestaan.

Rond zessen was hij doodmoe thuisgekomen. De weg naar zijn warme bed werd versperd door zijn moeder. Ze had in de keuken gezeten, met wallen onder haar bloeddoorlopen ogen. Een halflege fles wijn op tafel. Huisarrest had ze hem opgelegd – *huisarrest*! Alsof hij nog een baby was.

Hij was verdomme achttien.

Had een auto.

Waar bemoeide ze zich mee?

Hij kon maar beter snel op zichzelf gaan wonen. Ergens in Rotterdam of Den Haag met een paar vrienden een flat of een huis huren. *Als hij het geld er maar voor had.*

Zijn moeder had aan één stuk door tegen hem staan schreeuwen. Ze had amper de tijd genomen om adem te halen. Zijn vader was op het lawaai afgekomen, maar hij had zich er niet mee bemoeid. Dat deed hij nooit. 'Je moeder kent je het beste,' had hij gezegd, en daarna was hij naar zijn werk vertrokken.

Maar ze had geen idee van zijn leven. Hij was al duizend keer eerder 's nachts het huis ontvlucht en met Brian of andere vrienden naar Den Haag of Antwerpen gereden. Daar had hij dingen meegemaakt die zij alleen maar kende van die tv-series waar ze als een zombie naar zat te loeren. Nee, ze had geen flauw benul. Maar ze dacht wel dat ze overal verstand van had.

En ze had een hekel aan Brian.

'Waarom zoekt die jongen geen vrienden van zijn eigen leeftijd?' vroeg ze. Of: 'Zijn houding staat me niet aan.' Hij haalde dan zijn schouders op. Zij hoefde toch niet met hem op te trekken?

Sommige vrienden hadden hem gewaarschuwd voor Brian. Ze waren gewoon bang van hem.

Jammer voor hen. Of ze het er nu wel of niet mee eens waren: Brian was zijn vriend. Hij was oké. Misschien niet voor iedereen, maar wel voor hem.

A friend to everybody is a friend to nobody.

2

'Ook dat nog.' Terwijl Helen haar fiets de stalling uit duwde, voelde ze de eerste druppels. Ze zette haar kraag op en fietste met gebogen hoofd langs de hefbomen naar de doorgaande weg. De hele dag was het zonnig en droog geweest, maar net nu haar werk erop zat, scheurde vlak boven de stad een wolk open. Binnensmonds vloekend ontweek ze een voetganger die midden op het fietspad een paraplu opstak. Daarna vulde de geur van nat asfalt en vochtige aarde haar neusgaten en dacht ze aan de tatoeage die ze een paar maanden geleden op haar onderarm had laten zetten. Heel subtiel. Van een afstand leek het een grijze streep, maar als je dichterbij kwam, las je: COUNT YOUR BLESSINGS.

Er waren ergere dingen die een mens konden overkomen dan een regenbui. Daar stond ze elke dag met haar neus bovenop. De zorgelijkheid die haar karakter was gaan domineren nadat ze moeder was geworden, werd alleen maar meer gevoed door de strijd die ze zo vaak voor haar ogen had zien voeren. Patiënten kregen een injectie, sloten hun ogen en verdwenen – niemand wist waarheen. Wat overbleef was een slap, willoos lichaam waar de ziekte uit gesneden moest worden. Maar soms liet de ziekte zich niet weghalen, en heel soms viel ineens de bloeddruk weg, stopte het hart met kloppen en konden geen enkel middel en geen enkele inspanning de patiënt terughalen van de plek waar hij naartoe was gegaan.

De dood discrimineerde niet. Niet op leeftijd, niet op geslacht of ras. Mooie, lelijke, dikke en dunne mensen: het maakte de dood niets uit. Hij pakte wat hij wilde, at random.

Dus voelde ze nog altijd een golf van opluchting als haar dochters en zoon heelhuids uit school of van een feestje thuiskwamen; geen geluid was geruststellender dan het dichtklappen van de zware houten poort.

Helen neuriede een nummer van The Beatles mee dat

op haar iPod stond. Ze had niets met The Beatles, behalve met dit nummer, omdat haar moeder het vroeger zong als ze haar wilde opvrolijken. *'Little darling, I feel that ice is slowly melting. Little darling, it seems like years since it's been clear. Here comes the sun. Here comes the sun, and I say it's all right.'*

Ze ademde diep de vochtige lucht in. De banden van haar Batavus maakten sissende geluiden op het fietspad.

In de verte zag ze de bosrand al, de struiken en bomen langs de oude spoordijk. Bijna thuis.

3

Brian voerde een adres in op Google Maps. Met snelle, ongeduldige gebaren zoomde hij in op de luchtfoto. Het beeld bevroor boven een vrijstaand huis aan de uiterste rand van een villawijk. Dit huis had de grootste tuin van allemaal. Er lag een lichtblauwe rechthoek in, met zonnebedden erbij.

'*Nice*,' fluisterde Ralf.

'Zal ik je eens wat vertellen?' Brian boog zijn hoofd naar hem toe. Zijn kleine bruine ogen schitterden – Brians linkeroog was iets smaller dan zijn rechter. Het veroorzaakte een constante boze, uitdagende blik. 'Wist je dat die lui cash in huis hebben? Veel cash?'

Ralf verroerde zich niet. Hij probeerde zijn gezicht in de plooi te houden. Ze hadden het er al zo vaak over gehad: snel geld. Een overval. Niet op een winkel of een bedrijf, waar overal camera's hingen, en vaak achter de toonbank een wapen lag, maar bij mensen thuis. Daar lag al dat snelle geld voor het oprapen in de vorm van horloges, goud, diamanten en cash. Als je tenminste wist waar je moest zijn.

'Hoe weet je dat?' Ralf probeerde te slikken. Er zat een brok in zijn keel die dat verhinderde.

'Ogen en oren.' Brian richtte zich weer op het scherm. Hij liet de luchtfoto geleidelijk uitzoomen, zodat je zag dat het huis aan een doodlopend weggetje lag, deels omzoomd door bos en struiken. 'Perfect,' fluisterde hij.

4

De Wildenbergh had er al bijna honderd jaar gestaan toen er aan het begin van de jaren negentig een complete villawijk tegenaan werd gebouwd. Daarom was hun tuin ook veel groter dan die van de andere huizen. Werner en zij hadden maar aan één kant buren: een kinderloos architectenstel met wie ze weinig contact hadden. De tuin grensde aan de andere kant en achterin aan bos, struiken en greppels. Daarachter liep een met populieren en struikgewas begroeide dijk waar ooit een spoorlijn over had gelegen. Het karrenspoor dat er nu lag werd nauwelijks gebruikt. Geen mens die in je tuin keek. Niets dan groen en vrijheid. Op zo'n plek wonen voelde alsof je constant op vakantie was.

Helen kende de voormalige herenboerderij van vroeger. Ze was er vaak genoeg langs gefietst in de periode dat de steden en dorpen in deze regio nog niet aan elkaar gegroeid waren. Ze had het huis als kind al mooi en indrukwekkend gevonden met zijn grote, hoge ramen en de voorname voordeur, en die liefde was nooit overgegaan. Toen het zeven jaar geleden te koop kwam, was Werner snel overgehaald. Thom en Sara hadden in groep vijf en zes gezeten en Emma in groep twee; ze waren opgegroeid in het huis waarvan hun moeder in haar jeugd had gedagdroomd.

Helen fietste onder een dichte, donkere haag van boomkruinen door. Eiken, populieren en berkenbomen die er al stonden zo lang ze zich kon heugen. Voorbij het dijkje verliet ze de verharde weg en reed een uitgesleten pad op dat schuin naar beneden liep. Een smal zandspoor tussen de struiken en het gemeentegroen. Veel fietsers uit de wijk gebruikten dit pad in plaats van de uitvalsweg, die een paar honderd meter verderop lag. Het kwam uit in een doodlopende straat; links ervan stonden volgroeide hazelaars en meidoorns, aan de andere kant twee grote huizen. De strakke witte villa van Otto en Frank en, op enige afstand, De Wildenbergh – de naam van het huis was in mozaïek in de voorgevel vereeuwigd.

Met haar fiets aan de hand liep Helen de oprit op en duwde de hoge, houten poort tussen het huis en de garage open.

Ze zette haar fiets onder de overkapping bij het terras. De fietsen van Thom en Emma stonden er al. Emma's schooltas lag op het bagagerek bij het stuur. Zuchtend haalde ze hem van de fiets en liep via de achterdeur het huis in.

In de bijkeuken lag Thoms schooltas op de vloer – hij had hem in elk geval nog mee naar binnen genomen. Verderop lagen Emma's jas, drieënhalf paar schoenen, een flesje AA en een broodtrommel. De tv in de keuken stond op Comedy Central en daardoorheen schalde het blikkerige geluid van muziek uit een smartphone.

Helen verhief haar stem. 'Hallo? Ruimen jullie je spullen even op?'

Geen reactie.

Ze hing haar jas op en liep de keuken in. 'Niet gezellig thuiskomen zo, dame en heer.' Ze zette demonstratief Emma's schooltas op de eettafel. 'Zat nog op je fiets.'

Emma keek kort op van haar laptop, haar ogen waren

zwart omrand. 'Zijn er vandaag nog dooien gevallen in het ziekenhuis?'

'Vast wel, maar niet op mijn afdeling.'

Emma richtte zich weer op haar scherm. Sinds de brugklas was ze make-up gaan gebruiken, maar heel bedreven was ze er niet in. Er zaten klonters mascara op haar wimpers en donkere vegen onder haar ogen.

Helen wilde er iets van zeggen, maar wist op tijd haar mond te houden. Leven in een huis vol pubers was als een wandeling door een mijnenveld. 'Waar is Thom?'

Emma haalde haar schouders op.

'Heb je geen huiswerk?'

'Alleen een so maandag.' Emma verdeelde haar aandacht tussen haar laptop en haar mobiele telefoon. Haar duim gleed over het gebarsten schermpje.

Thom kwam de keuken in gelopen. 'Ha, mam,' zei hij, en hij sloeg zijn armen om haar heen.

Helen gaf hem een kus op zijn kruin en aaide achteloos door zijn rossige krullen, die glad aanvoelden. De zoons van vriendinnen waren van de ene op de andere dag afstandelijk geworden, maar Thom was zijn knuffelige zelf gebleven, ook al was hij alweer vijftien en schoor hij zich tweemaal per week.

'Sara heeft mijn oplader gejat,' zei Thom.

'Geléénd,' verbeterde Helen hem.

Thom maakte zich van haar los. 'Als ik er niet om vraag, krijg ik hem niet terug. Dat heet jatten. En nou zit ze zeker weer bij Jackie?'

Helen knikte. Haar oudste dochter – deze zomer zeventien geworden – was meteen uit school naar haar beste vriendin gereden en zou daar blijven slapen. Helen ging ervan uit dat ze Sara pas zondagavond weer zou zien; voor haar was De Wildenbergh een soort all-inclusiveresort. Volgend jaar ging ze in Leiden studeren. Dan zou ze alleen nog in het weekend thuiskomen om haar was te laten doen. Helen wilde er niet te veel aan denken.

'Mam, ik wil ook een tattoo,' klonk het vanachter de laptop.

Helen keek verbaasd op.

Emma streek over haar rechterzij. 'Hierzo, een tak met roze en rode bloemen.'

'Geweldig idee.'

Op Emma's gezicht wisselden ongeloof en blijdschap elkaar af. 'O, mam, écht?'

'Ja, hoor, waarom niet? Ik zou dan ook meteen een slang in je nek nemen, keivet, helemaal tot hier...' Ze trok met haar wijsvinger een streep van haar decolleté tot achter haar oor.

Emma's gezicht betrok. 'Mam, doe niet zo flauw.'

'Jij begint. We hebben het er nog wel eens over als je twintig bent.'

Emma schoof de laptop van zich af. 'En Sara dan? Zij laat er morgen wél eentje zetten.'

Helen bleef als aan de grond genageld staan. Emma en Sara scheelden vier jaar, maar ze hadden goed contact.

'Kijk niet zo naar me,' zei Emma strijdbaar. 'Ze gaat morgen met Jackie naar Antwerpen en dan laten ze allebei dezelfde tattoo zetten.'

'Nou nog mooier.' Helen haalde haar telefoon uit haar tas en selecteerde Sara's nummer.

'Jij hebt toch ook een tatoeage.'

'Ik ben veertig. Je zus is zeventien.'

Dit mobiele nummer is momenteel niet bereikbaar...

Helen probeerde het nog eens, tegen beter weten in. Geërgerd verbrak ze de verbinding en stuurde Sara een berichtje. Voor de zekerheid ook eentje naar Jackie:

KUN JE AAN SARA VRAGEN OF ZE ME EVEN BELT VANAVOND?
GROETJES, HELEN

Helen masseerde haar neusrug en sloot haar ogen. Ze had zich zo verheugd op vanavond. Een schuimbad, een goed glas wijn. Rust. Nog liever bracht ze de avond samen met Werner door, maar op vrijdag werkte hij meestal langer of ging hij na het eten terug naar de zaak.

Thom liet zijn ogen over het fornuis dwalen. 'Eh, mam? Wat eten we eigenlijk? Het is al bijna vijf uur.'

5

'Zie je vanavond.' Brian klopte hem op de schouder en keek schuw door het vuile raampje van de schuur naar buiten. Hij kneep zijn ene oog nog wat verder dicht.

Eigenlijk, dacht Ralf, had Brian best een foute kop. Toch had hij altijd knappe vriendinnen. Zijn laatste verovering, Naomi, was een van de mooiste meisjes die hij kende. Lief. Grote, donkere ogen. Sluik goudbruin haar. Ze was zo mooi dat hij er verlegen van werd als ze in de buurt was. Heel gênant. Dus deed hij maar of Naomi hem helemaal niet interesseerde.

'Ze zijn er nog niet,' zei Ralf. 'Mijn vader komt pas om halfzes thuis en mijn moeder nog later.' Hij maakte de schuurdeur open en stapte de achtertuin in – 'de plaats' noemde Ralfs vader die. Dat woord paste beter bij wat het was: vijftien vierkante meter grindtegels met een schutting eromheen.

'Wat was dat nou voor gezeik waar je het net over had, met dat huisarrest?'

Ralf schudde zijn hoofd. 'O, niks.'

Brian keek hem indringend aan. 'Zeker weten? Ik moet op je kunnen rekenen, hè? Zonder jou kan ik dit niet doen.'

'Relax. Komt goed. Ik pik je om kwart over zeven op.'

6

'Wil jij ons zo meteen naar tennis brengen, mam? Het regent.'

Helen keek naar buiten. Er glinsterde nattigheid op de gladde tegels en de geschoren buxushaagjes, maar het oppervlak van het zwembad was vlak en stil. 'Nu niet meer.'

'Maar straks weer wel, wedden?'

Thom keek zwijgend vanachter zijn laptop toe hoe zijn zus dit aanpakte.

'Mam?' ging ze door. 'Van die regen gaat mijn haar pluizen.'

Helen keek Emma zwijgend aan. Haar dochters hadden haar haarstructuur geërfd. Ze wist hoeveel werk het was om dat blonde kroeshaar in bedwang te houden. Een paar regendruppels waren voldoende om uren werk teniet te doen. Ze opende haar mond om in te stemmen, maar Werner was haar voor.

'Klaar met die flauwekul, Em. Jullie pakken de fiets maar. Je moeder is geen taxichauffeur.'

'Dat zou je anders niet zeggen,' mompelde Helen.

Werner zat aan tafel en draaide zijn bovenlijf naar Emma toe. 'Er bestaan van die dingen die ze regenpakken noemen. Daarmee gingen wij vroeger ook naar school of naar de sportclub. Man, ik heb wat afgefietst.'

'Vroeger, ja,' mopperde Emma.

'Toen was de regen net zo nat.'

Helen keek haar man peilend aan. Zo vaak kwam het niet voor dat hij het voor haar opnam. In de periode dat de kinderen nog klein waren, was hij een leuke, actieve vader geweest, maar nu ze een eigen wil begonnen te krijgen – en een mening die niet meer automatisch overeenkwam met de zijne – had hij de opvoeding steeds meer aan haar overgelaten. Het had misschien ook wel met zijn werk te maken. Vier drukbezochte restaurants managen was meer dan een fulltimejob. Verbouwingen, pr en reclame, personeelswisselingen: hij had veel meer aan zijn hoofd dan vroeger, en was daarom minder speels en onbezorgd.

Waren we dat niet allemaal?

Ook Helens werk als verkoeververpleegkundige was er niet makkelijker op geworden. Protocollen veranderden constant. Was je net aan een nieuwe situatie gewend, dan diende de volgende zich alweer aan. De laatste jaren was alles in een stroomversnelling geraakt, ook thuis. De kinderen leken van de ene op de andere dag van knuffelige elfjes met babyspek te zijn getransformeerd tot guerrillastrijders met een tomeloze vechtlust.

Ze streek over de tatoeage en zei tegen zichzelf dat ze van haar werk hield, dat een fulltimebaan haar eigen keuze was. Het ging heel goed met Werners bedrijven. De kinderen waren gezond. Zijzelf ook. Ze woonden op een droomplek in een droomhuis.

Count.

Your.

Blessings.

7

'Het is tijd,' zei Brian. De sticker op de klep van zijn pet glansde in het maanlicht, dat gefilterd werd door de voorruit van de Volkswagen Polo.

Ralf keek zwijgend voor zich uit. Ze hadden de zon zien ondergaan vanaf deze plek; een zanderige inham op de oude spoordijk. Je had hier van bovenaf goed zicht op het huis, maar zijn Polo stond verscholen in het struikgewas en de matzwarte lak vormde een prima camouflage. Rond deze tijd kwamen er ook geen wandelaars, ruiters of mountainbikers meer.

Brian wist wat hij deed.

Ralfs benige vingers knepen in zijn energydrink. Het blikje knapte. 'Goed,' zei hij alleen maar.

Naast hem boog Brian diep voorover. Hij had routineus een twintigje opgerold en maakte snuivende geluiden.

Ralf kon het niet aanzien. Hij concentreerde zich op het digitale klokje op het dashboard – 19:40. Hij had een teringhekel aan dat spul dat Brian gebruikte. Het deed iets met zijn karakter. Eerst had hij alleen in het weekend wat genomen, af en toe. De laatste tijd greep hij te pas en te onpas naar dat klotespul. Hij raakte verslaafd. Of misschien was hij het al. 'En als er nou politie komt, wat zeggen we dan?'

Brian kwam overeind en haalde zijn hand langs zijn neus. 'Er komt geen politie.'

Ralf zweeg. Kneep nog eens in het blikje.

Knak.

'Bang, bro?'

'Ik? Nee, natuurlijk niet.' Ralf baalde van de trilling in zijn stem, de hapering die werd veroorzaakt door het onafgebroken rillen van zijn lichaam en zijn snelle ademhaling. Hoe krampachtiger hij probeerde zijn angst te maskeren, des te duidelijker drong die zich op de voorgrond.

Op momenten als deze werden de verschillen tussen hen pijnlijk duidelijk. Brian durfde alles. Hij deed van alles. En hij kwam er nog mee weg ook – behalve laatst, toen hij zijn rijbewijs was kwijtgeraakt omdat hij dronken achter het stuur was gekropen. Brian had ook een keer drie maanden vastgezeten. In de gevangenis was hij in contact gekomen met jongens die hem alleen maar wijzer hadden gemaakt.

'Hier, pak ook wat, jankerd.' Brian stak hem het opgevouwen papiertje toe. Zijn ogen glansden, donkere gaten onder de schaduwrand van zijn pet.

Ralf keek stuurs voor zich uit. 'Ik hoef die troep niet.'

'Dan niet.'

'Ik moet rijden, weet je nog?'

'*Sure.*' Brian duwde het pakje in zijn achterzak en opende het handschoenenkastje. Zacht licht verspreidde zich door de auto. Hij haalde een pistool tevoorschijn en duwde het klepje meteen weer dicht.

Ralf kende dat wapen. Dof metaal, vol met krassen. Het zag er bedrieglijk echt uit en zo voelde het ook aan. Maar het was niet echt. In de greep zat geen magazijn met dodelijke kogels, maar een gaspatroon. Het ding vuurde kogeltjes af die zo groot waren als die uit een luchtbuks. Daar ging je niet dood van.

Ralf zag hoe Brian het wapen in zijn hand woog, en hij schudde een rilling van zich af. Nep of niet, hij was bang dat dit te ver ging. Er was een verschil tussen wat ze eerder samen hadden uitgevreten en dit.

8

Helen stond met haar sporttas over haar schouder bij het kookeiland en keek naar Werner. Hij zat aan de keukentafel de krant te lezen en ging op in de tekst, een fronsrimpel tussen zijn wenkbrauwen. Zijn zachte krullen glansden in het lamplicht. In tegenstelling tot veel andere mannen was Werner er door de jaren heen beter gaan uitzien. Interessanter, gerijpt, en nog even fit als toen ze elkaar pas hadden leren kennen – afgelopen voorjaar was dat negentien jaar geleden.

Ze speelde even met de gedachte om niet te gaan sporten. Thom en Emma waren tennissen, dus zouden Werner en zij het huis de komende uren voor zich alleen hebben. Zo vaak kwam dat niet voor. Maar als ze thuisbleef, zou ze Arianne laten zitten en daar had ze een hekel aan. Bovendien was de kans groot dat Werner zo meteen toch weer werd weggeroepen, zoals gebruikelijk op vrijdag. Ze was al opgehouden zich eraan te ergeren.

Helen pakte haar telefoon van het kookeiland en keek op het scherm. Geen reactie op haar berichtjes.

'Werner? Emma zei dat Sara morgen een tatoeage wil laten zetten.'

'Komt niets van in.'

'Mijn idee. Maar ze logeert bij Jackie en ik heb hen geen van beiden te pakken kunnen krijgen.'

Hij keek op van zijn krant. 'Ik wil het absoluut niet hebben.' Het klonk beschuldigend en zo keek hij haar ook aan.

'Wat kan ik eraan doen?'

Hij wees naar haar arm. 'Zonder die impulsieve actie van jou zou ze niet eens op het idee zijn gekomen. Ik heb haar nog nooit gehoord over tatoeages.'

Ze voelde weerstand opkomen. 'Werner, ik ben veertig.'

'Bullshit. Je hebt een voorbeeldfunctie.'

Ze probeerde rustig te blijven. Knikte naar zijn glas. 'En jij dan? Met je bier?' Haar stem klonk scherp.

Werner schudde zijn hoofd en vouwde zijn krant op. 'Ik wil geen ruzie maken, Helen. Ga jij maar sporten. Ik bel haar zo wel.'

'Maar als –'

'Desnoods rijden we straks even bij Jackie langs.'

We...

Straks?

Hij stond op van tafel en liep op haar af. Met zijn lange vingers haakte hij een weerspannige spiraal blond haar achter haar oor. Drukte een kus op haar voorhoofd. 'Zorg dat je op tijd thuis bent.'

'Waarom?'

'Verrassing.' Hij trok een wenkbrauw op. 'Ik kan je wel alvast vertellen dat het vaag iets te maken heeft met je favoriete acteur, zijn nieuwste project en een reservering voor twee personen.'

Ze grinnikte. 'Jee, nou weet ik nog niets.'

'Tja, anders is het geen verrassing meer, natuurlijk.' Hij keek geamuseerd op haar neer.

'En de kinderen?'

'Die twee doen echt geen gekke dingen en ze kunnen ons altijd bereiken. En ná die verrassing...' – hij kuste haar wang, haar oor – '...heb ik nóg een verrassing voor je. Een héle grote...' Hij trok haar heupen naar zich toe. Zijn mond vormde een glimlach, maar zijn ogen lachten niet mee.

Het verwarde haar een beetje.

'Weet je nog toen we elkaar pas kenden?' fluisterde hij.

'Jij woonde nog bij je moeder, ik op die kamer in Rotterdam. Ik leefde op macaroni met ketchup en had geeneens geld om je mee uit eten te nemen.'

Ze knikte. Ze wist het nog goed, maar het leken nu scènes uit het leven van een ander stel.

'Toen we besloten samen te gaan wonen hadden we niets, maar we voelden ons rijk omdat we alleen elkaar nodig hadden.' Hij masseerde haar schouders. 'Weet je wat het goede nieuws is?'

'Vertel op.'

'We hebben elkaar nog steeds. Ik heb de afgelopen tijd te weinig beseft hoe bijzonder dat is.' Hij kuste zacht haar mond.

Haar vingers streelden de ruwe stof van zijn polo. Ze snoof Werners geur op alsof ze die nu pas ontdekte. Hoe lang was het eigenlijk geleden dat ze zo dicht bij elkaar hadden gestaan, daadwerkelijk contact hadden gemaakt? De gesprekken waren altijd gegaan over de kinderen. School. Werk. Het huishouden.

'Ik mis het wel eens.' Haar stem klonk geëmotioneerd.

'Wat?'

'Ons.'

Hij pakte haar kin vast en drukte nog een zoen op haar mond, daarna eentje op haar neus.

'Zal ik Arianne afbellen?'

Hij liet haar los. 'Tuurlijk niet. Ga jij dat mooie lijf van je maar in het zweet werken, ik zie je straks.'

'Maar...'

'Sara is mijn verantwoordelijkheid.'

'Weet je zeker –'

'Komt goed. Ga nou maar.'

9

Ralf keek naar zijn vriend, die zijn pet verwisselde voor een bivakmuts. Je zag alleen nog die glinsterende bruine oogjes van hem en een stuk van zijn mond.

Ralf had zijn eigen bivakmuts al over zijn hoofd getrokken. Het ding kriebelde en rook nieuw. Hij volgde Brians blik naar het huis. De tuin erachter was donker, alleen het zwembad verspreidde een zacht licht.

Ze hadden twee kinderen weg zien fietsen. Kort erna was ook hun moeder naar buiten gekomen en weggereden in haar Fiat.

'En als er nou toch nog meer mensen zijn daarbinnen?'

'Zijn er niet,' zei Brian. 'Alleen die vent. En de centen.'

'Hoe weet je dat zo zeker?'

'Laat het denkwerk maar aan mij over.'

In Ralfs broekzak begon zijn telefoon te zoemen. Hij trok het ding tevoorschijn alsof het plotseling was ontvlamd. MAMA stond er in het schermpje. Hij drukte de oproep weg en zette zijn telefoon op stil. 'Ze is erachter dat ik weg ben. Dat wordt zo meteen weer een drama.'

'Blijf bij mij slapen. We hebben straks sowieso wat te vieren. Ik bel een paar meiden en...'

'En Naomi dan?'

'Wat niet weet, wat niet deert.'

Ralf wilde door zijn haar wrijven, maar zijn trillende vingers grepen in zijn bivakmuts. Hij moest zich inhouden om het ding niet van zijn hoofd te trekken. Het leek of het steeds strakker om zijn hoofd en gezicht spande. Hem verstikte.

Brian stootte Ralf in zijn zij. 'Kom op. Het enige wat je moet doen is buiten de boel in de gaten houden.'

'Hoe weet je zo zeker dat die vent doet wat je zegt?'

Brian strekte zijn arm. De loop van het pistool wees naar Ralf. 'Zó, weet je. Op zijn kop.'

'Ja, maar dat ding is nep. Stel dat-ie terugschiet?'

'Maak je een geintje of zo?' Brian draaide het wapen rond in zijn hand. Het metaal glansde in het maanlicht. Brian ademde sneller, merkte Ralf. Dat klotespul. Hij was zijn vriend kwijt en moest het doen met een opgeblazen versie van hem. Een volgesnoven eikel die overtuigd was van zijn eigen genialiteit en onoverwinnelijkheid.

Ralf dronk het laatste restje energydrink en wierp het blikje in een doos die op de achterbank stond. Hij had er een hekel aan als zijn auto vuil werd. De Polo was zijn alles. Zijn vrijheid. Die auto bracht hem overal heen. Naar Duitsland, Amsterdam, maakte niet uit. Maar bij elke tankbeurt verdween er voor een kapitaal aan benzine in die tank. Daar kwam de belasting bij, de verzekering, reparaties...

Vrijheid was duur.

Daarom zat hij hier.

'Oké, luister, maat.' Brian pakte hem bij zijn jas, zijn vuisten gebald. Zijn gezicht dicht bij het zijne. 'Kijk me aan.' Hij schudde hem zacht door elkaar. 'Die lui die in dat huis wonen, hebben geld zat en straks is het van ons. Oké? *Fuck 'em.* Zeg me na.'

'Fuck 'em...'

'Precies.' Brian klopte hem tegen zijn wang. 'Zie het zo: we gaan gewoon even pinnen.'

10

Helen omklemde de handvatten van het apparaat en duwde ze naar voren toe. *Vier, vijf.* De trainer had gezegd dat ze door moest blijven ademen als ze deze oefening deed, maar dat was niet te doen. Dus hield ze haar adem in en deed de oefeningen zo snel mogelijk. *Negen, tien.* Klaar. Ze liet haar armen langs haar lichaam vallen.

Het was vanavond drukker dan anders. Bij sommige apparaten stonden mensen op hun beurt te wachten. Naast de fitnesszaal was een dansklasje bezig; een groep twintigers werd opgezweept door een schreeuwerige instructrice. Hun muziek overstemde die van de tv's, die op een rij aan het plafond bij de cardioapparaten hingen.

Helen stond op. Genoeg voor vandaag. Arianne was aan de andere kant van de zaal op een crosstrainer in de weer. Haar gezicht zag rood van inspanning.

'Ga je nu al?'

Helen knikte. 'Dan heb ik nog iets aan mijn avond. Volgende week sport ik niet, hè, dan is dat feest van Thom.'

'Heb je daarbij nog hulp nodig?'

Thom wilde zijn zestiende verjaardag in de garage vieren met een stuk of veertig vrienden en klasgenoten. Een van hen was Ariannes zoon, ze kenden elkaar al sinds de basisschool.

'Thom wil alles zelf regelen, samen met zijn vrienden. Ik mag geloof ik niet eens in de buurt van de garage komen. Maar je bent van harte welkom voor een borrel bij ons in de keuken.'

'De bejaardensoos,' grapte Arianne.

'Ik vrees dat de jongens het zo zien, ja.'

'Ben je er al uit wat je met drank doet?'

'We halen bier in huis en tinto de verano.'

'Tinto de wat?' Arianne was langzamer gaan bewegen. Haar decolleté glansde van het zweet.

'Ideetje van Werner. Je vult een glas met ijsblokjes, giet

er een kwart zoete rode wijn in en driekwart Sprite. Dat vinden ze allemaal lekker en het gaat minder snel dan met die andere mixdrankjes.'

Arianne grinnikte. 'De sterkedrank nemen ze toch wel van huis mee.'

Helen dacht terug aan de *sweet sixteen* van Sara; de volgende ochtend hadden door de hele tuin lege whisky- en wodkaflessen gelegen. Geen daarvan had ze zelf in huis gehaald. Maar Thom was niet zo'n feestbeest, en hetzelfde gold voor zijn vrienden.

Arianne stapte van het apparaat en depte haar gezicht droog. 'Weet je, Helen... Ik had het er gisteren met Jeroen over. Hij vindt het ook jammer dat we elkaar de laatste tijd nog maar zo weinig zien. Weet je nog dat we vroeger met ons vieren hele weekenden op pad gingen?'

Helen glimlachte vreugdeloos. '*Those were the days...* Maar toen was Werner nog in loondienst. En de kinderen zijn ouder geworden.'

'Dus hoef je ze niet meer de hele dag aan het handje te houden.'

'Dat niet. Nu zijn er weer andere dingen.' Helens gedachten dwaalden af naar de periode waarin de kinderen nog klein waren. Samen op de bank *Teletubbies* kijken, ze Danoontjes voeren, op avontuur gaan in eigen tuin... Nu stapten ze op hun scooter of in de trein en werden blootgesteld aan alle gevaren en risico's waar ze hen vroeger voor had kunnen behoeden. Alcohol. Verkeerde vrienden. Criminaliteit. Drugs. Misleiding. Seks. Geweld. Elke generatie maakte dezelfde fouten als de generatie ervoor, maar kende wel weer nieuwe slachtoffers. Ze kon alleen maar hopen dat het haar kinderen niet hoefden te zijn die als afschrikwekkend voorbeeld dienden voor de rest. Daarbij moest ze tegenwoordig zorgvuldig haar woorden kiezen om te voorkomen dat ze hen van zich vervreemdde. Nu de wereld van Sara, Thom en Emma de hare raakte, werden de gesprekken minder vrijblijvend en kwamen er van beide kanten diepe emoties bij kijken. 'Opvoeden kost nu minder tijd dan vroeger, maar wel veel meer energie,' zei ze uiteindelijk. 'Vaak heb ik 's avonds de puf niet meer om de deur uit te gaan.'

'Je neemt ook wel veel hooi op je vork, hè. Drie kinderen, een fulltimebaan en Werner is er nooit. Waarom ga je niet wat minder werken? Ik bedoel... van sommige mensen snap ik dat het niet anders kan, maar jullie hebben het niet echt nodig.'

Helen keek haar vriendin indringend aan. 'Ik hou van mijn werk.'

Arianne nam een slok van haar flesje water en draaide de dop erop. 'Dat snap ik, maar jij weet net zo goed als ik dat het voor iedereen binnen jullie gezin helemaal niet zo'n gek idee zou zijn als een van jullie twee wat gas terug zou nemen.'

'En waarom zou ík dat moeten zijn?'

'Voor Werner is dat nu eenmaal wat lastiger, met al dat personeel en die verantwoordelijkheid die hij draagt.'

Helen trok haar wenkbrauwen op. 'Sinds wanneer is economische verantwoordelijkheid dragen belangrijker dan de verantwoordelijkheid voor iemands leven? Als ik mijn werk niet goed doe, kunnen mensen doodgaan.'

'Jee, Helen, doe niet zo dramatisch. Je begrijpt best wat ik bedoel.'

'Nee. Daar begrijp ik eigenlijk niets van, zeker niet uit jouw mond.'

Arianne liet zich niet op de kast jagen. 'En toch is het voor jou makkelijker om minder uren te maken dan voor hem. Dan heb je nog steeds plezier van je werk en tegelijkertijd meer tijd voor jezelf. Voor jullie.' Ze stak haar handen uit in een overgavegebaar. 'En voor je vrienden natuurlijk.'

Helen keek haar zwijgend aan.

Arianne schudde haar hoofd. 'Ach, laat maar, joh. Je vat het veel te serieus op. Ik mis het gewoon. We konden vroeger zo'n lol hebben met ons vieren. Man, ik had de volgende dag altijd spierpijn van het lachen.'

'Die tijd komt wel weer,' hoorde Helen zichzelf zeggen. 'Echt. Maar ik moet nu gaan, Werner zit op me te wachten.'

'Op vrijdagavond? Dat is nieuw.'

'We gaan naar de late film. Zijn initiatief.'

'Kijk eens aan. Hoe lang is dat geleden?'

'Driehonderdachtenzestig jaar.'

11

Ralf kon Brian amper bijhouden. Hij rende bijna. Ze waren langs de zijkant van de tuin naar achteren gelopen en daar over de muur geklommen. Om te voorkomen dat ze sporen achterlieten hadden ze de rulle aarde in de bloemperken ontweken en hun voeten zoveel mogelijk op bestrating, harde borderranden en houtsnippers gezet.

Vlak bij het terras stak Brian zijn arm uit om Ralf tegen te houden. Ze keken door het gebladerte naar de achterkant van het huis. Binnen brandde volop licht. Door de ramen was een woonkeuken zichtbaar met een kookeiland en een grote houten tafel met leren stoelen. In de hoek was een brede open trap. De keuken was net zo groot als de hele benedenverdieping van het rijtjeshuis waarin Ralf met zijn ouders woonde. Aan tafel zat een kerel te bellen. Slank, blauwe polo, ietwat golvend haar. Hij zag er best jong uit voor iemand die zijn vader had kunnen zijn. Een beetje kakkerig ook; niet direct als een man die tegenstand zou bieden aan een gemaskerde en gewapende overvaller. Toch sloeg Ralfs hart over bij het idee dat Brian hier naar binnen zou gaan.

'Leg die kuttelefoon neer,' hoorde hij Brian naast zich fluisteren. Hij bleef het maar herhalen, als een bezwering. Brian verplaatste zijn gewicht van de ene voet op de andere en rolde zijn hoofd over zijn schouders.

Ralf keek gealarmeerd naar zijn vriend. Brian was te ongedurig, te agressief. Adrenaline en coke raasden door zijn aderen. Het was nu erger dan anders. Diep in hem zwol het besef aan dat dit wel eens fout zou kunnen gaan – dat hij moest maken dat hij wegkwam, nu het nog kon.

Daarbinnen legde de man zijn telefoon op tafel en stond op. Liep naar het kookeiland, pakte iets van het blad en richtte het op de tv. Zapte langs de kanalen.

'Tot zo,' hoorde hij Brian hardop zeggen. Geen gefluister meer – was hij verdomme helemaal gek geworden? Brian stapte uit de beschutting van de struiken en liep op het huis af.

Ralf keek toe hoe hij als een smalle, zwarte schaduw over het terras naar de achterdeur rende, daar even wachtte en de deur openduwde. In het gat verdween. De deur achter zich sloot.

Daarbinnen stond die kerel nog steeds bij het kookeiland naar de tv te kijken, zich van geen kwaad bewust.

Seconden verstreken.

Het duurde te lang.

Waar bleef Brian nou?

Ralfs ademhaling was snel en oppervlakkig. Hij probeerde zichzelf tot rust te manen. Het volgende moment zag hij Brian de keuken in komen. De man keek op. Hij zei iets; Ralf zag zijn mond bewegen. Wat hij ook zei, het had geen effect op Brian. Die hield zijn pas niet in, bewoog snel en in een vloeiende beweging om het kookeiland heen. De man aarzelde even, maar zette het toen op een lopen. Hij rende de trap op en verdween uit het zicht. Brian volgde hem op de hielen, als een zwarte duivel.

Ralf hoorde zijn eigen hartslag in zijn oren, als paukenslagen, en zijn ademhaling, hijgerig en luid, alsof iemand de volumeknop van alle geluiden die zijn lichaam produceerde op maximaal had gezet.

Minuten gingen voorbij. De keuken bleef leeg. Er kwam niemand naar beneden. Zou dat geld boven liggen?

Wat gebeurde er daarbinnen?

Er ritselde iets, vlakbij. Ralf keek paniekerig in de richting van het geluid. Tuurde de duisternis in. Schaduwen bewogen om hem heen, kronkelden als lange armen in een macabere dans. Een plotselinge windvlaag trok aan zijn jack. Toen hoorde hij een monotoon gebrom. Het zwol aan, kwam dichterbij. Hij luisterde ingespannen. Het geluid kwam van de doodlopende weg aan de voorkant van het huis. Een auto. *Politie?*

Ralf maakte zich los uit de beschutting van de struiken en rende terug naar de achterkant van de tuin. Hij minderde nauwelijks vaart bij de bloemperken, haastte zich via de houtsnippers en borderranden naar de muur. Het was alsof hij niets woog, zo snel stond hij aan de andere kant. Hijgend baande hij zich een weg door het struikgewas, terug de dijk op.

12

Helen parkeerde haar auto naast de Mercedes van Werner en stapte uit. De gevel van De Wildenbergh werd flauw verlicht door een lantaarn die aan de overkant van het straatje in het groen stond. Ze zeiden dat je overal aan gewend raakte, maar dat gold misschien voor anderen. Helen voelde zich elke dag opnieuw gezegend dat ze in dit prachtige huis mocht wonen. Het had ook een keerzijde, daarvan raakte ze de afgelopen jaren steeds meer doordrongen. Hoe rijker Werner en zij in materieel opzicht waren geworden, des te armoediger stak hun relationele leven daarbij af. Alsof het huis, de auto's en de merkkleding als lapmiddel dienden voor de steeds grotere scheuren die in de relatie waren ontstaan. Ooit waren ze een eenheid geweest, ze had tenminste sterk dat gevoel gehad, maar de afgelopen tijd leefden ze meer en meer langs elkaar heen en Werner begroef zich in zijn werk. Hij zou er natuurlijk voor kunnen kiezen om iemand aan te stellen die hem verantwoordelijkheden uit handen kon nemen, maar dat deed hij niet. *'Niet mijn stijl van leidinggeven.'*

Ze troostte zich met de gedachte dat ze niet het enige stel waren dat op de automatische piloot leefde. Er waren er heel wat meer die wel eens apart sliepen, niet dezelfde hobby's en interesses deelden en zelfs los van elkaar op vakantie gingen. Geen ruzie, maar ook geen passie. Toch waren ook zij ooit begonnen als zielsverwanten, vol plannen en ideeën over hun toekomst samen. Helens blik werd naar de hemel getrokken, waar de sikkelmaan de wolken een zilveren rand gaf. Als kind van vier had Sara eens vol ontzag omhooggekeken en gefluisterd: 'Mam, zie je dat? Dat is de échte maan!' Werner had hun dochtertje opgetild en een arm om haar heen geslagen. Met z'n drieën hadden ze naar de maan staan kijken, terwijl Werner Sara een ter plekke verzonnen verhaaltje vertelde over maanmannetjes. Het was een magisch moment geweest. Helen had zich tot diep in haar wezen met haar man en dochter verbonden gevoeld.

We hebben elkaar nog steeds...

Ze sloot haar auto af en liep met haar sporttas in de hand langs Werners glanzende Mercedes naar de poort. Haar ogen moesten wennen aan de duisternis achter het huis. Afgezien van de flauwe verlichting in het zwembad verderop was er al een poosje geen licht meer in de achtertuin: problemen met de armaturen, die een paar keer kortsluiting hadden veroorzaakt. Het was er steeds niet van gekomen om een elektricien te bellen.

Ze keek op omdat ze iets hoorde ritselen – een egel? Of verbeeldde ze zich dat geluid alleen maar? Onwillekeurig trok ze haar sporttas dichter tegen zich aan. Ze versnelde haar pas en liep door de achterdeur het huis in.

13

Ralf kroop achter het stuur van zijn auto. Hij probeerde de sleutel in het contact te steken, maar zijn vingers trilden zo hevig dat dat pas bij de derde poging lukte. Hij trok zijn bivakmuts af en legde hijgend zijn nek tegen de koele hoofdsteun. Probeerde zijn ademhaling onder controle te krijgen.

Het was geen politieauto die daarbeneden naast de Mercedes op de oprit geparkeerd stond, maar een nieuw type Fiat 500 in een lichte kleur – de moeder was thuisgekomen. Te vroeg. En Brian was nog steeds binnen.

Ralf haalde een paar keer diep adem. Hij vlocht zijn

vingers in elkaar en duwde zijn handpalmen naar voren totdat hij een knakkend geluid hoorde. En nog eens. Hij voelde zich een lafaard dat hij was gevlucht, maar hij kon nu weinig anders doen dan wachten. Want wat er ook aan de hand was daarbinnen, Brian zou het oplossen. Hij was zo doorgesnoven en opgefokt dat zelfs vier volwassen kerels hem niet zouden kunnen tegenhouden. Zo meteen zou hij naar buiten komen stormen en dan konden ze hier weg.Dan was het voorbij. Brian had hem verteld dat hij niet precies wist hoeveel cash er daar in huis was, maar hij ging uit van minstens vijf mille. Twintig procent van de buit was voor hem. Snel verdiend. Een onzekere glimlach speelde rond zijn lippen.

Hij moest opeens denken aan zijn vader, die hem steeds had ingepeperd dat snel geld niet bestond. 'Jullie maken elkaar helemaal gek met die indianenverhalen. Alles heeft zijn prijs, jongen. Zelfs als het makkelijk verdiend lijkt, is het dat nooit. Onthoud dat. Tegenover één succesverhaal staan duizenden mislukkingen.' Ralf had dat hele betoog met een korrel zout genomen. Zijn vader werkte al zijn hele leven in het magazijn bij hetzelfde bedrijf. Begonnen als hulpje was hij via de heftruck uiteindelijk op de planning terechtgekomen. Dat was het dan, de flitsende carrière van zijn vader. Hij had niet eens geprobéérd om van zijn leven een succesverhaal te maken. En hij bleef zijn werkgever maar 'mijn baas' noemen – alsof hij verdomme zijn hond was.

Ralf keek naar het huis. Van deze afstand gezien lag het er vredig bij, rustig.

Straks zou het hier wemelen van de politie, maar dan waren Brian en hij er al lang en breed vandoor.

14

Werner was niet in de keuken. Zijn krant lag opgevouwen op tafel en de tv stond aan op National Geographic Channel. Helen zette haar tas op de eettafel en liep via de vierkante hal de woonkamer in. Het was er schemerig en stil. Een paar wandlampjes beschenen de witte muren en de grote, moderne schilderijen. Werner viel wel eens op de bank in slaap, maar de rode leren bank was leeg. Ze opende de deur van zijn werkkamer. Ze hoefde het licht niet eens aan te doen om te zien dat er niemand was.

Plotseling hoorde ze gestommel boven. Helen keek naar het plafond. Was Werner aan het douchen? Nee, ze hoorde geen water lopen. Het leek of er daarboven iets omviel. Daarna weer een bons. Alsof iemand meubels aan het verplaatsen was.

Helen ging terug de keuken in en liep de trap op. In gedachten zag ze Werner stuiptrekkend op de badkamervloer liggen – een epileptische aanval, een TIA. In het ziekenhuis had ze geleerd dat juist hardwerkende, ogenschijnlijk gezonde mannen van Werners leeftijd van de ene op de andere dag zoiets ernstigs kon overkomen.

Ze rende de lange gang door, voorbij de kamers van Sara en Emma, stapte over rondslingerend wasgoed en een stapel schoolboeken en wierp een snelle blik in de badkamer. Die was leeg. Het geluid kwam uit de slaapkamer, die helemaal achteraan lag. Het was de grootste van het huis, bijna even groot als de keuken, met een hoog, spits toelopend balkenplafond – toen ze hem voor het eerst had gezien, had de kamer haar doen denken aan een kapel.

Het bed stond vlak bij de deur tegen de rechterwand.

Links, een stuk verder naar achteren, stond het lage bankje met het tafeltje van Werners ouders precies onder het dakraam.

Helen was er zo van overtuigd dat Werner alleen was, dat het een volle seconde duurde voor ze besefte wat ze zag. Bij het bankje hurkte een kerel met een bivakmuts. Voor hem lag een man op zijn buik op de grond. De indringer was bezig om zijn polsen bij elkaar te binden. Helen signaleerde donkere vlekken op het blauwe poloshirt van het slachtoffer. Rode spatten op het tapijt.

'Hoe stoer ben je nou nog?' hoorde ze de overvaller sissen. 'Misschien pak ik alles wel, sukkel, alles wat je hebt.'

Er ontsnapte lucht uit haar keel: 'Werner!'

De gemaskerde man sprong op en keek haar recht aan.

Als verlamd staarde Helen terug, niet bij machte om zich te bewegen.

De indringer sperde zijn ogen verder open, zodat rondom zijn irissen oogwit zichtbaar werd – de blik van een waanzinnige. Zijn aandacht verplaatste zich langzaam naar het bed. Op de sprei lag een pistool.

Helen stond er dichterbij. In een reflex dook ze naar voren, greep het wapen en zette het op een lopen.

Ze rende terug de gang door, naar de trap. Vlak achter haar klonken voetstappen. Gesnuif, gevloek. Ze nam het nauwelijks waar. Het was alsof ze door een lange buis rende. Haar voeten raakten de treden amper, ze daalde half vallend en half glijdend de trap af en haastte zich naar haar tas – naar haar telefoon.

15

Als je het geluid van een pistoolschot niet eerder had gehoord, kon je zo'n knal makkelijk verwarren met die van vuurwerk. Maar Ralf herkende het meteen. Hij drukte zijn gebalde vuist tegen zijn mond. Geen vergissing mogelijk. Na een korte stilte volgden er nog twee schoten, snel achter elkaar.

Dat kon Brian niet zijn. Had hij die kerel daarbinnen onderschat? Hij zag zijn vriend nog voor zich, toen Ralf hem erop wees dat die vent zou kunnen terugschieten. De minachting, zo overtuigd als hij was van zijn superioriteit. *Maak je een geintje of zo?* Of had Brian hem besodemieterd en toch een tweede wapen bij zich gestoken?

Koortsachtig staarde hij naar het huis. Hij wenste dat hij door die verdomde muren heen kon loeren. Wat als Brian die mensen daarbinnen overhoop had geknald? Ralf sloeg tegen zijn stuur. *'Fack, fack, fack...'*

Plotseling bedacht hij dat als híj de schoten had gehoord, de buren nu waarschijnlijk al aan het bellen waren met de politie. De afstand tussen de huizen was behoorlijk groot, maar geluid droeg ver.

'Schiet op, bro,' siste hij. 'Schiet verdomme op.' Ralfs benen waren weer gaan trillen, zijn knieën tikten tegen het stuur. Uit de speakers klonk gedempt de stem van Coolio.

Everybody's running, but half of them ain't looking what's going on in the kitchen...

Met een nijdig gebaar trok Ralf zijn USB-stick uit de geluidsinstallatie en tikte het volume terug naar nul.

Hij keek weer naar het huis. Er ging geen deur open, niet eens een raam.

Geen lichten aan of uit.

Geen verandering.

Geen Brian.

Wat ben je daar nou verdomme allemaal aan het doen, man?

16

Op het moment dat ze haar sporttas had bereikt, begreep Helen dat ze te laat was. Er was geen tijd om het alarmnummer te bellen. Er was nergens meer tijd voor.

Ze draaide zich om en zag de overvaller op zich afstormen. In haar wanhoop richtte ze het wapen en spande haar vinger om de trekker. 'Blijf staan, ik schiet!' Haar stem klonk hoog en schril.

Als verpleegkundige had ze geleerd om met redeloze agressie om te gaan. Af en toe werd een patiënt vanuit het niets gewelddadig of gingen familieleden en vrienden van de zieke door het lint. Vaak was er sprake van een onderliggend medisch probleem of reageerde iemand verkeerd op medicatie, drank of drugs. Tot nu toe was het haar altijd nog gelukt om contact te maken met de aanvaller en hem tot bedaren te brengen.

Maar dat was op haar werk.

Niet in haar eigen keuken.

'Schiet dan! Schiet, stomme trut!' De overvaller deed een stap naar voren. Hij was zo dichtbij dat ze zijn geur kon ruiken – zweet, sigarettenrook en iets chemisch. Zijn donkere blik was intens, hij staarde haar aan als een bezetene. Even hield hij zijn pas in, maar toen dook hij met een schreeuw op haar af.

In een reflex haalde Helen de trekker over. Haar hand

sloeg omhoog, alsof iemand er een trap tegenaan had gegeven. De knal veroorzaakte een fluittoon in haar oren.

De indringer wankelde even, maar herpakte zich en liep vloekend op haar af.

'Blijf staan!' Ze richtte het wapen opnieuw, hield het met beide handen voor zich uit. Tranen vertroebelden haar blik.

Hij kwam dichterbij, leek haar niet eens te horen.

'Blijf stáán!' Met een schreeuw haalde ze de trekker nog eens over. En nog een keer. De schoten klonken alsof er zware rotjes in de keuken werden afgestoken. De prikkende geur van kruit vulde haar neusgaten.

Vol afgrijzen keek ze toe hoe de man wankelde, met een verbaasde blik in zijn ogen, en vervolgens op de keukenvloer in elkaar zakte. Bloedspetters kwamen achter hem op de dubbeldeurs koelkast terecht. Bevuilden het prikbord dat ernaast hing, de vrijkaartjes voor een musical, een folder van de apotheek, brieven van school.

Ze liet haar arm zakken. Het pistool voelde zo zwaar als een aambeeld, haar hele lijf beefde. Toch bleef ze het omklemmen. Hijgend staarde ze naar de overvaller.

Die lag in een onnatuurlijke houding op zijn rug op de tegels. Zijn handen – klein en smal – klauwden om zich heen, alsof hij bang was te vallen en houvast zocht. Hij sperde zijn mond open en probeerde lucht naar binnen te zuigen. Elke ademteug ging gepaard met een diep gegorgel uit zijn longen. Zijn lichaam trok schokkend samen. Er verschenen rode bellen bij zijn mond. Het werden er steeds meer en ze knapten uiteen op zijn huid en op de gebreide stof van zijn bivakmuts. Hij probeerde te kuchen. Nattigheid sijpelde op borsthoogte door zijn zwarte hoody heen. Er zat daar een gat, een glinsterend, vochtig gat. De kogels moesten zijn longen hebben doorboord.

Helen deed niets.

Het was alsof dit niet echt gebeurde. Ze bleef als aan de grond genageld staan kijken, niet in staat om zich te bewegen.

Verlamd van angst.

17

Zweetdruppels liepen langs Ralfs slapen. Het duurde veel te lang, daarbeneden. Er was iets goed mis.

Hij twijfelde wat hij moest doen. Wegrijden, wachten?

'Waar ben je, man?' fluisterde hij.

Ralf keek naar het digitale klokje bij de kilometerteller. Hij zou nog tien minuten wachten. Als Brian dan nog niet was komen opdagen, zou hij gaan.

Dan moest hij het zelf maar weten.

18

De indringer probeerde steeds wanhopiger adem te halen, zijn ogen opengesperd, zijn gehandschoende vingers tegen zijn keel gedrukt.

Helen verroerde zich niet. Ze had het gevoel alsof ze uit haar lichaam was getreden en van een afstand toekeek. Vlak voor haar kronkelde de man over de vloer, hij snakte naar adem. Rode luchtbellen bij zijn mond, plakkerige vochtplekken op zijn hoody. Zijn bloed besmeurde de vloer. Het was zoveel, je kon het ruiken. Toch leek het alsof het haar niet aanging.

'Helen... Helen!'

Verdwaasd keek ze op.

Werner kwam de trap af gegleden. Ongecontroleerd, schokkerig en veel te snel. Met zijn knieën opgetrokken om zichzelf tegen de klappen te beschermen en half op zijn zij hotste zijn slanke lichaam van tree naar tree. Hij hield zijn hoofd gebogen. Zijn polsen waren nog steeds aan elkaar gebonden.

'Werner!' Ineens kwam ze in beweging. Ze ontweek het stuiptrekkende lichaam, liet het pistool uit haar handen vallen en haastte zich naar de trap. Ze kon nog net voorkomen dat Werners hoofd als eerste de harde keukenvloer raakte. Ze greep zijn shirt vast en trok hem bij de trap vandaan, totdat alleen zijn onderbenen nog op de laatste treden lagen. Ze dook op haar knieën naast hem. 'Werner?'

Hij zei iets, maar ze verstond het niet. Zijn rechteroog was gezwollen en er kleefde bloed aan zijn gezicht. De verpleegkundige in haar wist dat verwondingen in het gezicht er vrijwel altijd ernstiger uitzagen dan ze in werkelijkheid waren. Toch kon ze niet voorkomen dat er paniek in haar stem doorklonk.

'Alles komt goed,' fluisterde ze.

Ze draaide hem op zijn zij en probeerde de kabelbinder los te maken die zijn polsen bij elkaar hield. Door haar gesjor kwam het stugge materiaal alleen maar strakker te zitten. 'Beweeg je niet. Blijf waar je bent.' Ze rende naar de bestekla om een aardappelschilmesje te pakken. Met een paar snelle halen sneed ze het taaie plastic door.

Werner trok zijn armen met een pijnlijk vertrokken gezicht naar voren toe en legde ze op zijn borst, als een farao in zijn tombe. Hij balde zijn vuisten. 'Jezus, Helen,' kreunde hij, zijn rug gekromd, zijn ogen dichtgeknepen.

Een paar meter bij hen vandaan bewoog de overvaller steeds minder krachtig. Zijn handen klauwden in het luchtledige, zijn mond was wijd geopend in een stille schreeuw. Helen merkte het niet.

Bezorgd hielp ze Werner overeind. Ze vroeg hem waar hij pijn had en beval hem zijn ledematen te bewegen. Controleerde zijn hartslag. Met de zaklamp van haar mobiele telefoon scheen ze in zijn ogen, opende zijn mond en bevoelde zijn kaak. Vreemd genoeg werd ze rustiger. In een volkomen surreële, krankzinnige situatie was dit bekend terrein. De vertrouwde handelingen gaven houvast, al miste ze het gezoem van de monitoren, de geruststellende bliepjes van de apparatuur, en de infusen die wonderen konden verrichten in een gehavend lichaam.

Werner deed alles wat ze vroeg. Hij had een lichte shock, stelde ze vast, en tegelijkertijd besefte ze dat ze die zelf ook moest hebben. Terwijl ze opstond om vochtige handdoeken te pakken, drong het weer tot haar door dat er nog iemand in de ruimte was. Het was niet zijn lijfelijke aanwezigheid, maar zijn geur die haar alarmeerde – de geur die een lichaam kon verspreiden waaruit de spierspanning was verdwenen.

Aarzelend liep ze op de overvaller af.

Het gorgelen was opgehouden. Een laagje helderrood bloed kleefde aan zijn mond. Geen zichtbare ademhaling.

Ze kneep haar ogen dicht en opende ze weer, in de kinderlijke hoop dat de man dan misschien verdwenen zou zijn en alles een hersenspinsel was geweest.

Maar hij lag er nog steeds, roerloos op zijn rug, zijn ogen weggedraaid in hun kassen. Hij leek zo klein ineens, zo kwetsbaar en jong.

Ze ging op haar knieën bij hem zitten en voelde zijn pols. Geen hartslag. Ze trok de bivakmuts van zijn hoofd. Een smal, hoekig gezicht. Donker haar, plakkerig van het zweet. Het was opgeschoren aan de zijkanten. Zijn huid was glad, met alleen op de kin en langs de kaaklijn licht ontstoken acne. Ze schatte hem een jaar of twintig.

Tegen beter weten in zette ze de muizen van haar handen op zijn ribben, strekte haar armen en gaf een krachtige zet. En nog eens. Door de druk ontsnapte er meer bloed uit het lichaam, maar de ademhaling kwam er niet van op gang en het hart bleef stil. Ze duwde nog eens met alle kracht op het lichaam.

En dan, Helen? fluisterde een stemmetje in haar hoofd. *Wat ga je doen als de patiënt weer ademt, het hart gaat kloppen en de bloedsomloop weer op gang komt? Dan komt er nóg meer bloed in zijn longen. Hij heeft geen schijn van kans.*

Ze pakte nog eens zijn pols. Keek naar zijn vingers. Zwarte haartjes op de vingerkootjes, slordig geknipte nagels. Ze perste haar lippen op elkaar. Het was te laat om nog iets voor hem te kunnen doen.

Stervende en overleden mensen hoorden bij haar werk. Ze had een paar keer een patiënt verloren die was beschoten of gestoken. Maar nu was zijzelf het die de dodelijke verwondingen had aangebracht. En in plaats van de patiënt zijn leven te redden, datgene waarvoor ze was getraind, had ze hem laten creperen zonder een poot uit te steken.

Ze had een patiënt laten sterven.

'Hoe is het met hem?' hoorde ze Werner vragen.

Ik heb hem vermoord.

'Helen?' Werner voegde zich bij haar, liet zich op zijn knieën zakken.

Ze schudde haar hoofd.

'Hoe is het met hem?' herhaalde hij.

'Hij is dood.'

'Weet je het zeker?'

'Hij is gestikt.' Ze trok de sweater omhoog. Met een korte blik op zijn buik en borst wist ze genoeg. 'Ik heb zijn longen geraakt.'

Werner keek haar aan, zijn lippen op elkaar geperst. Allerlei emoties schoten over zijn gezicht. Hij pakte haar arm beet, maar zei niets.

19

De tien minuten waren er twaalf geworden. Ralf dacht steeds dat hij iemand zag, een schim die zijn kant op kwam lopen, gehaast, totdat die ergens halverwege oploste in de schaduwen van de bomen.

Een kwartier.

Nog even wachten, nog even...

Het verbaasde hem dat de doodlopende straat nog niet vol stond met hulpdiensten. Hij had sirenes verwacht en zwaailichten, maar het was daarbeneden griezelig rustig gebleven.

Hij begon aan zijn eigen oren te twijfelen. Waren het wel schoten geweest? Zojuist had hij het nog honderd procent zeker geweten, maar nu twijfelde hij aan alles.

Achttien minuten.

Geen politie.

Geen Brian.

Niets.

Misschien was Brian wel gevlucht via de andere kant van het huis en was er een logische reden waarom hij niet naar de auto was gekomen. Was zijn vriend nu te voet onderweg naar huis? Zijn telefoon had hij hier achtergelaten, dus hij kon hem niet bellen.

Ralf keek nog eens naar het huis. Dacht na. Misschien ging Brian er wel van uit dat hij naar hem toe zou komen als het te lang zou duren.

Hij keek op het klokje.

Twintig minuten.

20

'Hoe is hij binnengekomen?' Helen probeerde haar ademhaling onder controle te krijgen. Haar handen trilden onbedaarlijk.

'Via de achterdeur. Hij stond opeens in de keuken. Ik...' Hij wreef met beide handen over zijn gezicht. Snoof diep, zijn schouders schokten. 'Mijn god, zeg me dat dit niet waar is... Is hij echt dood?'

Helen keek hem zwijgend aan. Ja, de overvaller was dood. Zelfs al zou er nu een team van specialisten binnen komen rennen met de meest geavanceerde apparatuur en middelen, dan nog zouden ze hem niet kunnen terughalen.

'Wilde hij geld of zo?' vroeg ze zacht.

'Ja. Hij dacht kennelijk dat ik de dagopbrengsten thuis bewaarde.'

'Ken je hem?'

Werner aarzelde even. 'Ik denk dat het een jongen is die bij ons in de keuken heeft gewerkt. Een van de invalkrachten.'

'Precies waar je al langer bang voor was,' fluisterde ze. 'Je had het er laatst nog over.'

Hij knikte. Staarde stilletjes naar de jongen.

Helen volgde zijn blik. De geuren van kruit, bloed en urine hadden zich vermengd en deden haar bijna kokhalzen. Ze legde een trillende hand over haar neus en mond en liep naar de tafel om haar telefoon te pakken.

'Wat doe je?' vroeg Werner scherp.

Ze griste de mobiel uit haar tas. 'De politie bellen.'

'Niet doen!' Hij sprong op en duwde haar hand naar beneden.

'Niet?'

'We gaan niet bellen. Met niemand.'

Ze schudde verstoord haar hoofd en tikte met haar duim op het telefoonicoontje.

Werner greep haar pols vast en pakte het toestel uit haar hand. Liet het in zijn zak glijden.

'Hè? Wat –'

'Luister. Kijk me aan. Geen politie. Dat wordt één groot mediacircus.'

'Mediacircus? We zijn overvallen! We hadden dood kunnen zijn, allebei.'

'Je denkt niet helder na, Helen.'

'Wij kunnen hier toch niets aan doen?' Ze wees naar het ontzielde lichaam, haar stem sloeg over. '*Hij* komt hier naar binnen met een pistool!'

'Luister. Dat wapen...' Werners adem stokte. Hij haalde zijn vingers door zijn haar. Zweeg even. 'Dat is... van mij.' Hij keek met spijt neer op de overvaller, verhief zijn stem. 'Je hebt die jongen vermoord met óns pistool. Hij kwam binnen met een *bb gun*. Ik kon het boven van hem afpakken. Het was nep.'

Ze voelde zich koud worden. 'Jouw pistool?'

Hij keek haar schuldbewust aan. Zei niets.

'Wij hebben een pistool in huis en daar vertel jij me

niets over? Ben je helemaal gék geworden? Er lopen hier drie pubers rond, dit is absurd, weet –'

'Sst...' Hij pakte haar bovenarmen vast en probeerde haar tegen zich aan te trekken. Even liet ze het toe, daarna zette ze haar handen tegen zijn borst en duwde hem weg.

Hij bleef haar vasthouden. 'Ik had geen zin in ruzie,' fluisterde hij. 'Het was mijn beslissing, oké?'

'Door jouw beslissing is er nu iemand dood.'

'Maar wij leven nog! Begrijp je wat ik wil zeggen? *Wij* leven!'

Ze perste haar lippen op elkaar en keek verdwaasd op naar de man met wie ze al bijna achttien jaar getrouwd was. Hoe haalde hij het in zijn hoofd om een wapen in huis te halen? Hij had de laatste maanden meer dan eens tegen haar gezegd dat hij bang was om doelwit te worden. Hij had ook laten doorschemeren dat hij maatregelen wilde nemen. Maar dat het zo ver ging...

Haar stem klonk stukken rustiger dan ze zich voelde. 'Werner, we moeten dit overdragen aan de politie.'

'Overdragen? En denk je dat je er dan vanaf bent? De politie neemt helemaal niets van ons over, die gaat ons alleen nog maar meer belasten. Dit is geen gewone inbraak, dit is nieuws. Dit...' – hij maakte een weids gebaar – '...gaat als een lopend vuur door heel Nederland heen.' Hij keek geschrokken naar de klok die boven het aanrecht hing. 'We praten straks verder. Over een halfuur komen Emma en Thom thuis. Hij moet hier weg.'

Ze keek hem verward aan. Dit ging te snel.

'Nu, Helen! Zij mogen dit niet zien.'

'Goed. Ik vang ze buiten op en breng ze naar jouw moeder.' Ze probeerde contact met hem te krijgen, maar hij keek verwilderd uit zijn ogen. Ze had hem nog nooit zo gezien. Zo rustig mogelijk zei ze: 'Als ik niets had gedaan, zou hij mij hebben vermoord. Jou waarschijnlijk ook. Dit was noodweer. Nóódweer. Dat snapt de politie, dat snapt iedereen. We hebben niets verkeerds gedaan.'

'Maar gelooft een rechter dat? En mijn gasten, de jongens in de keuken? Jouw werkgever? Je collega's? De buurt? Leraren op school?'

'Wat maakt het uit of ze het geloven. Het is gewoon de wáárheid.'

'Er bestaat geen waarheid, alleen perceptie. En die is voor iedereen verschillend. Als we dit aangeven... zal alles veranderen. Dan hebben we er geen enkele grip meer op.'

'Alles ís al veranderd.' Helen keek van Werner naar de bloedspetters op de koelkast en het prikbord. Meters verderop zag ze spatten op het aanrecht en op de witte tegeltjes erboven. Die tegels had ze zelf nog uitgezocht, kort na aankoop van het huis. 'Oud-Hollandse witjes', nu besmeurd met het bloed van een vreemde.

Een dode vreemde.

Ze voelde zich misselijk worden. Ze had hem neergeschoten en daarna laten stikken. Letterlijk. Als in trance had ze toegekeken hoe hij de strijd van zijn verwondingen verloor. Zij, Helen Möhring, verkoeververpleegkundige, had iemand onder haar ogen laten sterven. Het was haar taak er alles aan te doen om mensen in leven te houden. Toch had ze niets gedaan.

Zou de rechter haar geloven als ze vertelde dat het had geleken alsof het buiten haar om gebeurde? Hoe zwaar zou justitie tillen aan het autopsierapport, waaruit naar voren zou komen dat de overvaller minutenlang had liggen creperen voordat hij stierf?

Werner kneep hard in haar bovenarmen. 'Helen, luister nou naar me. Denk aan ons, denk aan Emma, Thom en

Sara. We hebben drie prachtige kinderen die we niet in een gouden kooitje kunnen opsluiten.'

'Wat heeft dat –'

'Weet jij veel of die jongen vrienden heeft die hier verhaal willen komen halen? Broers, een vader of een oom die op wraak uit is? Oog om oog?'

Helen verstijfde. Ze voelde de angst fysiek binnendringen, als een scherpe, ijskoude hand die dwars door haar rug heen stak en haar hart omvatte.

Werner streek door haar haar, zocht haar blik. 'Kijk me aan, Helen. Vertrouw me gewoon. Ik vind het vreselijk, ben doodsbang, net als jij, maar ik zie heel helder voor me hoe we dit moeten oplossen.'

'Ik weet niet of –'

'Heb ik ooit een verkeerde beslissing genomen?'

Langzaam schudde ze haar hoofd. 'Wat wil je doen? Hem be... begraven? Maar waar dan?' De wanhoop klonk door in haar stem. 'In onze tuin? In de perkjes bij het zwembad, of achterin, waar de schommel heeft gestaan? Ik trek dat niet, ik kan –'

'Sst.' Hij legde een vinger tegen haar lippen. 'Vertrouw me. Ik weet precies wat we moeten doen. Help me.'

21

Ralf schoot rechtop achter het stuur en tuurde ingespannen naar de twee fietsers die zwalkend en luid pratend het huis naderden. Het gerammel van een kettingkast, het zachte, constante geklingel van een fietsbel die niet goed was vastgezet. De jongen en het meisje kwamen thuis, ieder een tennisracket op de rug.

Ze verdwenen achter de garage uit beeld. Kort erna zag

hij hen als twee zwarte schimmen op het terras achter het huis lopen en naar binnen gaan.

Zijn hart klopte in zijn keel. Hij bleef kijken, verwachtte elk moment geschreeuw, commotie.

Iets.

De seconden tikten weg, regen zich aaneen tot minuten.

Ralf keek nogmaals op het klokje. Het was nu bijna vijftig minuten geleden dat hij de schoten had gehoord. Als Brian die mensen overhoop had geschoten, dan zouden hun kinderen nu wel alarm hebben geslagen. Maar er gebeurde niets. Het bleef rustig.

Misschien was Brian allang thuis?

Ralf greep naar de contactsleutel en startte de motor. Met gedoofde lichten reed hij de beschutte inham uit, draaide het karrenspoor op en reed stapvoets naar de openbare weg.

22

'Wat ruikt het hier raar.'

'Ja, naar een hondenasiel of zo.' Thom trok zijn neus op.

'Nee, naar de Maros.'

Maros was een slagerij in de buurt. Helen verstijfde even. Daarna liet ze haar poetsdoek in een emmer koud water zakken en kneep hem uit. Boende de witjes boven het aanrecht verder schoon. 'Nou, dat valt toch wel mee?'

'Eh, mam, sinds wanneer poets jij 's avonds de keuken?'

Helen deed haar best haar stem zo normaal mogelijk te laten klinken, maar kon een lichte trilling niet voorkomen. 'Zeg, sinds wanneer zijn jullie geïnteresseerd in het werkschema van jullie moeder? Wil je het van me overnemen misschien?'

'Mooi niet.'

Thom en Emma bleven bij het kookeiland staan en keken om zich heen. Emma stak haar neus in de lucht. 'Het ruikt echt gek, mam.'

'Bloed,' zei Helen.

De kinderen keken haar geschrokken aan.

Als de situatie niet zo ongelooflijk verwarrend en afschuwelijk was geweest, had ze erom kunnen lachen. Nu poetste ze verbeten verder. 'Je vader gleed uit en is met zijn gezicht op het kookeiland terechtgekomen.'

Werner kwam de trap af. Hij droeg schone kleren; een donker shirt en een jeans. Zijn voeten staken in een paar leren teenslippers. De zwelling bij zijn oog begon blauw te verkleuren en zijn lip was dik – er zat een scheurtje in, als een kartelig zwart streepje.

Emma bekeek haar vader vol ontzag. 'Jee, pap.'

'Ja, ziet er niet uit, hè?' grapte hij.

'Het lijkt wel of je gevochten hebt,' zei Thom. Er klonk bewondering door in zijn stem.

'Was dat maar waar. Dan had ik misschien nog een mooi verhaal gehad.' Hij keek naar Helen. 'Heb je nog hulp nodig, of is het klaar?'

Helen keek om zich heen, veegde over haar voorhoofd met haar mouw. 'Ik denk dat het nu schoon is.'

Emma liep naar het prikbord. 'Gadver. Er zit bloed op de kaartjes van de musical.'

'Ze laten je ook wel door met een kaartje waar vlekken op zitten.' Helen haastte zich naar het prikbord. Ze vouwde de doek om haar wijsvinger en veegde snel de spettertjes weg. Deed hetzelfde met de spatjes op de houten rand van het prikbord. Haar hart roffelde achter haar ribben.

Thom keek naar zijn vader. 'Kwam dat allemaal uit je lip?'

'Ja, heftig, hè? Ik sta er ook van te kijken.'

'Wonden aan het hoofd en het gezicht bloeden altijd heel erg,' zei Helen. Ze goot de emmer leeg in de keramieken wasbak en spoelde het doekje uit. Het stonk naar nat ijzer.

'Wat zijn jullie plannen voor vanavond?' vroeg Werner.

'Yorick en Stijn komen zo meteen chillen,' antwoordde Thom.

Emma trok haar jas uit. 'Ik ga morgen bij Sophie logeren, dus ik wil nu alvast voor de so van maandag leren. Hoezo?'

Werner zocht oogcontact met Helen. 'Je moeder en ik zouden eigenlijk naar de bioscoop gaan, maar –'

'Ik denk dat we vanavond beter thuis kunnen blijven. Je ziet eruit om op te schieten.' Geschrokken sloeg ze een hand voor haar mond. Ze herstelde zich en zei snel: 'Koffie dan maar?'

23

Brian woonde antikraak in een voormalig Chinees-Japans restaurant, dat in een park aan het water lag. Het immens grote, boerderijachtige pand werd door niemand onderhouden. De muren waren vochtig en het dak was op sommige plaatsen kapot. De rood met gouden luifel bij de entree had ooit een voorname indruk gemaakt, maar vertoonde nu zwarte aanslag en hing scheef. Een projectontwikkelaar had het gebouw opgekocht met de bedoeling het te slopen en op deze idyllische plek, tussen de oude kastanjebomen en vlak bij de stad, een chic appartementencomplex neer te zetten. Maar tot die tijd werd een vijftiental kamers in het pand verhuurd aan mensen die wisten dat ze er elk moment uit gezet konden worden en dat in ruil voor een lage huur voor lief namen. Ralf vond het gebouw iets spookachtigs hebben. Zeker 's avonds. Het stond ver van de openbare weg af en werd nauwelijks verlicht. De voordeur was zelden op slot: iedereen kon in en uit lopen. Ralf en Brian hadden wel eens een zwerver aangetroffen die zich met zijn winkelwagen en slaapzak in de voormalige keuken had verschanst.

De geur van sigarettenrook en reuzel drong in Ralfs neusgaten toen hij naar binnen ging. In de hal brandden een paar ledlampjes. Bakken met geknakte plastic planten veroorzaakten vage schaduwen. Hij liep een nauwelijks verlichte gang in, langs de keuken, waar nog steeds rvs-tafels en stellingen stonden. Aan het einde was een smalle trap naar boven. De stank werd hier sterker, aangevuld met die van schimmel en vocht. Het personeel had op deze verdieping geslapen; hun matrassen hadden er nog gelegen en de posters en kalenders hadden nog aan de muren gehangen toen Brian hier was ingetrokken.

Bij de derde deur aan de rechterkant hield Ralf zijn pas in. Hij duwde de klink naar beneden, maar de deur gaf niet mee. Ralf klopte. 'Brian?'

Niets.

Hij sloeg met vlakke hand op de deur. 'Brian? Hé, maat?'

De deur ernaast zwaaide open. Brians buurman had een arm om een meisje geslagen, dat hem nieuwsgierig bekeek.

'Misschien ligt hij te pitten?' De jongen sloot de deur

achter zich en liep langs Ralf heen naar de trap. Het meisje giechelde.

Ralf wachtte tot ze uit het zicht verdwenen waren, haalde zijn sleutelbos uit zijn zak en opende de deur.

Brians kamer was klein en stond vol meubels. Een tweepersoonsbed met een glanzend zwart dekbedovertrek, een kledingkast, een dressoir, een salontafeltje met rookglazen blad en een paar stoelen. De oudroze gordijnen waren gesloten – Brian luchtte zijn kamer nooit. Naast het bed stond een halfvol glas cola met een petfles ernaast. Op de salontafel lag een verfrommeld Marlboro-pakje naast een overvolle asbak.

Brian zelf was nergens te bekennen.

24

Werner en Helen hadden ooit samen met vrienden het vlees gekocht van een stiertje dat vlak bij hun huis op het land had gegraasd. De diepvrieskist was speciaal voor dat doel aangeschaft. Maandenlang had er bijna alleen maar rundvlees op het menu gestaan, totdat het iedereen de neus uit kwam. Bovendien hadden er vele kilo's vlees en zelfs botten bij gezeten waarvan Helen geen idee had wat ze ermee aan moest. 'Om soep van te trekken,' had de boer gezegd. Maar met bouillonblokjes ging dat nu eenmaal sneller en makkelijker. Vorig jaar had Helen het gekristalliseerde, uitgedroogde restvlees met spijt weggegooid, de kist schoongemaakt en uitgezet.

Nu was hij weer volop in bedrijf. Alle lichtjes brandden, groen, geel en rood, en zo nu en dan maakte hij een zacht rammelend geluid. Werner had hem ingesteld op 'snelvriezen'. Op de klep stonden een paar oude verhuisdozen en er leunde een verschoten parasol tegenaan.

Helen stond met haar armen over elkaar naar de kist te kijken. 'Dit is krankzinnig,' fluisterde ze.

'Het is gewoon het beste,' zei Werner zacht. 'Als we hiermee naar buiten komen, gaat het verhaal een eigen leven leiden. Dan hebben we niets meer in de hand.'

Helen draaide haar hoofd naar hem toe en keek hem onderzoekend aan. Hij zei nog veel meer. Ze zag aan zijn houding en mimiek dat hij haar ervan probeerde te overtuigen dat dit de enige juiste beslissing was, maar op een of andere manier drongen zijn woorden niet echt tot haar door. Ze kon alleen maar denken aan wat hij eerder vanavond tegen haar had gezegd: *We hebben drie prachtige kinderen die we niet in een gouden kooitje kunnen opsluiten.*

Oog om oog.

'Ik ben bang dat ik gek word,' fluisterde ze.

Hij legde een arm om haar heen en trok haar tegen zijn borst. Kuste haar kruin. 'Je wordt niet gek. We komen er wel uit. Hij ligt daar voorlopig goed. Ik verzin wel iets.'

'Pap, mam?'

De stem van Emma deed Helen verstijven.

'Ja?' vroeg Werner.

'Mag ik een zak chips?' Emma stond boven aan de keldertrap in de deuropening.

'Ja, hoor, liefje,' hoorde Helen zichzelf antwoorden. 'Het is weekend.'

'Oké!' Even was het stil. Daarna klonk het, aarzelend: 'Wat doen jullie daar eigenlijk?'

'Opruimen!' riep Werner terug.

'O, nou, veel plezier dan.'

Toen de voetstappen waren weggestorven, legde Helen een trillende hand tegen haar mond.

‘Niets aan de hand,’ fluisterde Werner. Hij produceerde een half glimlachje en trok haar dichter tegen zich aan. ‘Die kinderen zijn momenteel zo met zichzelf bezig, die merken hier niets van. Echt niet.’

‘Denk je?’

‘Zeker weten.’

ZATERDAG

1

De patiënte was vierendertig, moeder van twee kinderen. In haar ooghoeken glinsterde vocht. 'Sorry hoor, zuster, het zal echt wel allemaal goed komen zoals u zegt, maar ik ben gewoon bang.'

Helen legde een hand op de arm van de vrouw. 'Iedereen is een beetje bang zo vlak voor een operatie. Dat is heel normaal.' Ze hoopte dat de glimlach waar ze zo veel moeite voor moest doen oprecht overkwam.

Toen ze vanochtend met haar collega's de verkoever had opgestart, was ze haar zenuwen nog nauwelijks de baas geweest. Ze was in de kleedruimte vergeten haar mobiele telefoon en ringen in het kluisje te leggen, kort erna had ze een trolley tegen de muur laten botsen en een mandje met infuusnaalden uit haar handen laten vallen. 'Zware nacht gehad, zeker?' had Paula, een van de oudere collega's, gevraagd terwijl ze haar had geholpen om de naalden bij elkaar te rapen.

'Ge... gewacht tot de kinderen thuiskwamen.' Dat begreep Paula: 'Het zijn tropenjaren, hè, met die pubers. Wat dat betreft ben ik blij dat die van mij de deur uit zijn, ik slaap 's nachts weer.'

'Zuster?'

Helen schrok op uit haar gedachten.

'Ik ga er natuurlijk ook alleen maar op vooruit,' zei de patiënte.

Ze was vergeten waar de vrouw aan geopereerd moest worden en wierp een snelle blik op de monitor. *Appendectomie*, zag ze staan – blindedarmverwijdering. 'O, ja hoor, dat zeker. U bent zo meteen van uw pijn af.'

Vanuit haar ooghoek zag ze Lex Melo aan komen lopen, een van de anesthesiemedewerkers. Net zoals iedereen op deze afdeling droeg hij blauwe kleding met korte mouwen en kunststof klompen.

'Kijk, daar is mijn collega al,' zei Helen. 'Hij neemt u mee naar de ok en dan zie ik u straks weer in de uitslaapkamer.' Ze boog zich vertrouwelijk voorover. 'Er werkt een topteam daarbinnen, het beste dat we hebben.'

'En als Helen het zegt, is het waar.' Lex gaf Helen een knipoog buiten het blikveld van de patiënte. 'U was nog niet eerder geopereerd, begreep ik?'

De vrouw keek al een stuk opgewekter toen hij zijn aandacht op haar richtte. Het kwam door zijn ogen, dacht Helen, groot en bruin, de mooiste van het hele ziekenhuis. Hij had haar wel eens verteld dat hij ze had geërfd van zijn Braziliaanse opa.

'Nee, inderdaad. Dit is de eerste keer.'

'Dan zijn we altijd extra voorzichtig,' grapte hij.

Terwijl hij het bed naar de operatiekamer reed, keek Helen hem na. Lex was groot en niet bepaald slank gebouwd. Toch zag je aan de manier waarop hij bewoog dat hij fit was en lekker in zijn vel zat. Toen hij drie jaar geleden het team was komen versterken, waren heel wat vrouwelijke collega's weken van slag geweest – een deel van de mannen trouwens ook. Helen had al die commotie nogal grappig gevonden, evenals Lex zelf. Ze kwamen erachter dat ze dezelfde soort humor deelden en zich ergerden aan dezelfde dingen. Helen prees zich gelukkig dat ze hem inmiddels als een goede vriend mocht beschouwen, maar paste er wel voor op om hem buiten werktijd te zien.

Er waren grenzen aan wat een vriendschap tussen man en vrouw kon verdragen, en dat gold nog sterker als de aantrekkingskracht niet beperkt bleef tot het mentale vlak.

2

'Lig je hier nu nog?'

Ralf schrok wakker. Knipperde met zijn ogen tegen het felle zonlicht. Zijn moeder stond met haar handen in haar zij naast zijn bed. Haar korte, gebleekte haar was donker bij de aanzet.

'Mam, het is zaterdag.'

'En twee uur in de middag. Je verslaapt je verstand nog.' Ze greep het dekbed vast en sloeg het open.

Ralf ging rechtop zitten. Hij keek haar niet in de ogen. Die kon hij zo onderhand uittekenen, die priemende lichtblauwe ogen van haar, die de laatste jaren alleen nog maar vol verwijt naar hem hadden gekeken.

'Kijk eens om je heen, naar die troep in je kamer. Ralf, echt, je moet nu...'

Ze bleef maar tegen hem tekeergaan. Zo meteen zou ze beginnen over zijn toekomst, zou ze zeggen dat hij werk moest zoeken. Een zaterdagbaantje, minimaal. Maar het liefst zou ze hem na zijn opleiding onder de pannen hebben voor achtendertig uur per week bij een of ander suf bedrijf met nog suffere collega's. Haar idee van een goede toekomst. Ze zou niet rusten voor ze dat voor elkaar had. Hij durfde er niet aan te denken hoe ze zou reageren als ze wist dat hij al weken niet meer naar school ging.

‘Ik snap niet dat jij hier kunt slapen,’ ging ze door, terwijl ze kledingstukken van de vloerbedekking raapte en op zijn voeteneinde legde. ‘Het stinkt hier. Je vader en ik –’

‘Zeik niet, ma.’

‘Sla niet zo’n toon tegen me aan!’

‘Ach, flikker toch op.’ Ralf sprong uit bed, beende langs zijn moeder naar de badkamer, sloeg de deur achter zich dicht en deed hem op slot.

Hij trok zijn shirt en boxershort uit en stapte onder de douche.

Onder de warme stralen dacht hij terug aan de tijd dat hij nog op de basisschool zat. Als hij problemen had of zich verdrietig voelde, kroop hij bij haar op schoot en dan aaide ze hem over zijn haar en knuffelde hem, zei dat alles goed kwam en dat ze trots op hem was.

Trots was ze allang niet meer.

De tranen prikten achter zijn ogen.

Er werd op de badkamerdeur gebonkt. ‘Ralf? Niet te lang douchen, hè? Het geld groeit je vader en mij niet op de rug! En denk eraan, zo meteen eerst je kamer opruimen!’

3

Helen zat aan de grote ronde tafel in de koffiekamer, samen met Lex en Anouk, een jongere collega van de verkoever. Het team nam nooit tegelijkertijd pauze. Er moesten altijd verpleegkundigen op de afdeling aanwezig zijn om de status van de patiënten in de gaten te houden. De eerste uren na een operatie waren kritiek, vooral bij patiënten die vóór de ingreep al zwak waren of bijvoorbeeld hart- en longproblemen hadden.

‘Is het jullie wel eens opgevallen hoe vaak wij op een werkdag “even” zeggen?’ vroeg Anouk. Ze had haar stevige benen over elkaar geslagen en liet een van haar kunststof klompen aan een teen heen en weer bungelen.

‘Hoezo?’ reageerde Helen.

Anouk roerde in haar koffie. ‘Kan de arts “even” komen, ik geef u “even” een infuus...’

‘Nooit bij stilgestaan,’ mompelde Helen.

Lex’ stoel balanceerde op twee poten. Hij was geconcentreerd bezig met zijn telefoon en mengde zich niet in het gesprek. Waarschijnlijk had hij besloten dat ‘wij’ niet op hem sloeg. Als assistent van de anesthesioloog had hij vrij technisch werk en veel minder en vooral korter contact met de patiënten dan de verpleegkundigen.

‘Als je erop gaat letten, schrik je ervan,’ ging Anouk door. ‘Het is echt een stopwoord, dat “even”.’

Een collega kwam de ruimte in gelopen. Ze zette een kopje onder het koffieapparaat en drukte op de startknop. ‘Misschien omdat we tegenwoordig ook alles “even snel” moeten doen? Je rent van het een naar het ander.’

‘Dat valt bij ons toch wel mee?’ reageerde Anouk, en ze draaide zich om naar de nieuwkomer.

Helen trok zich dankbaar terug in haar eigen cocon, begon een spelletje te doen op haar telefoon. Ze wilde zo snel mogelijk weer aan het werk. Als ze zich op de patiënten richtte, was er verder niemand die op haar lette. Dan kon ze gewoon haar standaardvragen stellen en standaardhandelingen verrichten. Dat was al ingewikkeld genoeg.

Ze zou willen dat ze de tijd kon terugdraaien. In haar hoofd was ze al honderd keer met pistool en al naar buiten gerend, de straat op, waar ze moord en brand schreeuwde en in de lucht schoot. In die versie bleef de overvaller leven en belandde hij in een politiecel – waar hij hoorde.

'Wat heb jij gisteravond gedaan?'

Helen keek verschrikt op, recht in Anouks grote, groene ogen. De vraag was rechtstreeks aan haar gesteld. 'Eh... hoezo?'

Anouk grinnikte. 'Jee, Helen, die reactie van jou. Is het iets wat we niet mogen weten?'

Nu keek de andere collega haar ook aan. 'Je kleurt ervan.'

Lex keek op van zijn telefoon.

'Ik heb helemaal niets gedaan,' zei ze, en ze stond op van haar stoel. 'Ik ga aan het werk.'

De stoel viel met een klap op de grond.

4

Het dekbed met het zwarte overtrek lag nog op dezelfde manier opgefrommeld aan het voeteneind van Brians bed. Op de grond stond nog steeds het halfvolle glas cola met de petfles ernaast. Ralf pakte een autotijdschrift en bladerde het door zonder er echt in te kijken. Hij nam een petje van het dressoir, zette het op en bekeek zichzelf in de spiegel. Op het plankje van de wastafel lag een oplaadsnoer. Hij wikkelde het los, duwde de stekker in het stopcontact bij het bed en sloot Brians telefoon erop aan.

Het voelde raar om in Brians domein rond te neuzen terwijl hij er zelf niet was. Brian had zo'n sterke persoonlijkheid dat hij alles in zijn directe omgeving een extra lading gaf. Zonder Brians lijfelijke aanwezigheid kwam zijn kamer eigenlijk een beetje doorsnee over. Armoedig bijna. Voor iemand die zo succesvol was, had Brian best weinig mooie spullen. Afgezien van zijn kleding en zijn Golf GTI dan. Maar die auto stond bij een garagehouder stof te verzamelen totdat Brian zijn rijbewijs terugkreeg.

Ralf deed een paar kastjes open, keek erin en sloot de deurtjes weer. Hij zag een zak chips liggen en trok hem open. Begon hem staande leeg te eten. Hij had niet ontbeten vanochtend, maar was direct na het douchen in zijn auto gestapt en weggereden.

'Wat doe jij hier?'

Geschrokken draaide Ralf zich om. Chips kraakten tussen zijn kiezen en stukjes vielen tussen zijn lippen vandaan op de vloer.

5

Helen duwde de infuusnaald in de ader van een tweeëntwintigjarige motorrijder. De man was via de spoedeisende hulp binnengebracht. Naast een aantal zichtbare verwondingen, waardoor hij veel bloed had verloren, had hij ook inwendig letsel. Zijn lichaam zat onder de bloeduitstortingen en blauwe plekken. Ze plakte het infuus af en sloeg de deken terug om plakkertjes op zijn borst aan te brengen. Daar zat een grote, grijze tatoeage van twee handen die een rozenkrans vasthielden. *Die heeft je niet kunnen behoeden*, dacht ze wrang. Ze werkte snel door.

Door het zien van de tatoeage moest ze pas weer aan Sara denken. Zouden zij en Jackie nu in Antwerpen zijn om zich te laten tatoeëren? Of had Werner haar op tijd te pakken gekregen? Ze hadden het er niet meer over gehad. Het was haar helemaal ontschoten. In het licht van alles wat er was gebeurd leek Sara's plan ineens zo onbeduidend.

6

Ralf kende die kerel. Mikey heette hij – je sprak het uit als *Majkie*.

Of het zijn echte naam was, wist Ralf niet.

Hij kwam zonder aarzelen de kamer in gelopen en schoof een whiskyfles opzij met zijn Air Jordan. Ralf herkende het model en de kleur van die sneakers. Een limited edition, die kostte vierhonderd dollar. Mikey droeg een rood petje dat er al even exclusief uitzag. Verder was Brians dealer onopvallend gekleed, in een donkere chino en dito overhemd.

Mikey bleef in het midden van de kamer staan. 'Waar is Brian?'

'Weet ik niet.'

Mikey keek hem taxerend aan. Zei niets.

'Hé, maat, ik zoek hem ook, weet je. Hij... hij neemt zijn telefoon niet op.'

'Ik ben je maat niet,' antwoordde Mikey. 'Hij zou gisteren geld komen brengen dat hij van me heeft geleend.'

'Dan moet je niet bij mij zijn.'

Mikey liep op hem af en bleef op een armlengte afstand staan. Keek Ralf uitdagend aan.

Hij werd nerveus van die blik. Brians dealer had een ongezond bleke huid. Zijn ogen stonden dicht bij elkaar en een beetje scheef. Die combinatie gaf hem iets buitenaards. Ralf had Mikey altijd al een griezel gevonden, meteen vanaf de eerste keer dat Brian hem had meegenomen naar Mikeys kamer. Het was een rare. Iemand bij wie je wegbleef, in plaats van dat je in hetzelfde huis ging wonen en op regelmatige basis drugs van hem afnam – zoals Brian was gaan doen.

'Ik geef hem nog een dag,' zei Mikey. 'Als hij morgenavond niet betaald heeft, komt er honderd procent rente bij. Hij moet niet denken dat-ie me kan naaien. Zeg hem dat maar.'

Ralf opende zijn mond om nog eens te zeggen dat hij niet wist waar Brian was, maar Mikey had zich al omgedraaid en liep de kamer uit.

7

Er scheen een bleke zon toen Helen via de personeelsuitgang het ziekenhuis uit liep. Hoog aan de hemel dreef een dunne laag sluierbewolking.

'Je leek van slag vandaag.' Lex kwam naast haar lopen en zocht oogcontact.

Helen richtte zich op de splitsing van het voetgangerspad verderop; het fietsenhok lag aan de rechterkant en Lex moest linksaf, naar de parkeergarage.

'Slecht geslapen,' zei ze kortaf.

'Iets met de kinderen, met Werner?'

Nog maar acht passen.

'Helen?'

Ze wilde het zo graag, het kon niet.

Ze kon hem niets vertellen.

Uitgesloten.

'Ik wil er niet over praten.' Ze wilde het pad naar rechts inslaan, maar hij legde een hand op haar onderarm om haar tegen te houden.

Dat deed hij subtiel, niet al te dwingend.

Zijn ogen haakten zich vast in die van haar. 'Helen...'

'Dank je,' zei ze alleen maar. Sloeg haar blik neer en liep snel door naar het fietsenhok.

8

Het was zes uur. Ralf was langs een paar vrienden van Brian gereden, maar niemand had na gistermiddag contact met hem gehad. Bij zijn moeder was niemand thuis. Hij had ook Naomi gebeld; net als de rest had ze geen idee waar Brian uithing. Ze vertelde dat hij niet had gereageerd op haar berichtjes. Dat was niet uitzonderlijk, Brian was er het type niet naar om zijn vriendinnetje te bestoken met liefdesverklaringen, of haar überhaupt van enige informatie te voorzien.

Brian werkte op oproepbasis bij een transportbedrijf. Soms in de weekenden, soms doordeweeks. Ralf zocht het nummer op, maar bedacht zich op het laatste moment. Stel dat hij Brian onder normale omstandigheden niet te pakken kon krijgen, zou hij dan naar zijn werk hebben gebeld? *No way.* Dus waarom nu dan wel? Zijn vrienden hadden er ook al zo van opgekeken dat ze Ralf aan de lijn kregen. En terecht. Brian was wel eens vaker een dag onbereikbaar. Of langer.

Ralf dacht na. Wat zou hij nu doen als er niets aan de hand was? In elk geval niet het halve land afzoeken.

Maar er was wel degelijk iets aan de hand.

Ralf stopte zijn telefoon weg en startte zijn auto. Hij wilde er nog eens naartoe, naar de plek waar hij Brian voor het laatst had gezien.

9

'Ik ga hem begraven.' Werner sprak op gedempte toon. Uit de woonkamer klonken kreten: Thom zat met een vriend te gamen.

Helen schoof haar lege koffiemok rond op het tafelblad. 'Waar?'

'Misschien ergens in Limburg of op de Veluwe. Niet hier in de buurt in elk geval.'

Door het keukenraam zag Helen Emma in de tuin rondlopen met een plastic tasje. Ze moest bladeren verzamelen voor een biologieproject op school.

'Ik weet het niet,' zei ze.

'We moeten toch iets.' Werner pakte hun mokken. Hij liep ermee naar het aanrecht en zette ze onder het rvs-koffieapparaat. Zwijgend concentreerde hij zich op het maken van twee cappuccino's en strooide er gewoontegetrouw cacao overheen. Een versiering die op dit moment misplaatst leek. 'Zolang ze hem niet vinden, is er niets aan de hand.'

Ze nam een mok van hem aan. 'Maar als ze hem wel vinden... dan heeft hij waarschijnlijk vezels op zijn kleding zitten die van ons zijn, en ons DNA.' Helen dacht eraan terug hoe Werner en zij de jongen de hal in hadden gesleept en uiteindelijk de keldertrap af hadden getild. Zij had hem bij zijn knieholtes vastgehouden, Werner onder zijn oksels. In het ziekenhuis kwam het regelmatig voor dat ze patiënten moest optillen, ook als ze niet meer leefden. Op zulke momenten lukte het haar steeds om haar gevoel af te sluiten en te doen wat er moest gebeuren. Nu had ze een alomvattende weerzin gevoeld.

'Vast wel,' zei Werner. 'Maar op die vezels en dat DNA staan onze namen niet. Als de politie daar iets mee wil, dan zal er toch eerst een vermoeden moeten zijn dat hij bij ons is geweest.' Hij nam een slok van zijn cappuccino.

De zwelling rond zijn oog was toegenomen, zag Helen. Er tekende zich een donkere halvemaan af aan de buitenkant van zijn oogkas. Zijn lip was zo dik dat je het kon horen als hij sprak.

Na een korte stilte zei ze: 'Misschien heeft hij wel tegen iemand verteld dat hij ons ging overvallen.' Ze keek hem indringend aan. 'Dat kan toch?'

'Natuurlijk. Maar in dat geval is die ander medeplichtig. Dus die zal daar niet gauw mee naar de politie gaan.' Zijn blik dwaalde af naar de flatscreen die aan de muur hing – een samenvatting van een tenniswedstrijd.

Nu de grootste schok voorbij was, begon de manager in hem het over te nemen. Werner gedroeg zich alsof er een bedrijfsprobleem moest worden opgelost. En zij kreeg de rol toebedeeld van een personeelslid dat hem tijdens een vergadering tegensprak.

'Je bent niet op je werk, Werner,' zei ze zacht. 'We moeten dit samen doen.'

'Misschien niet.'

'Ik denk dat je onderschat hoeveel werk het is om een diep graf te graven. Dat kost je uren, misschien wel een dag. Ik neem aan dat je met de auto niet helemaal tot aan zo'n afgelegen plek kunt komen, of wel?'

Hij knikte bedachtzaam.

'Dus moet hij daar naartoe worden gesleept. En naderhand moeten die sleepsporen worden gewist. Als je voor die tijd nog niet betrapt bent, tenminste.' Ze schudde haar hoofd. 'Het is te riskant.'

'We kunnen het ook samen doen, dan gaat het sneller. En dan niet overdag, maar 's nachts.'

'Des te verdachter als iemand ons ziet.'

Werner stond op. Hij keek geërgerd op haar neer. 'Heb jij een beter idee dan? Jíj hebt die jongen doodgeschoten, niet ik.'

'Wat had ik anders moeten doen?' vroeg ze scherp. 'Met hem praten? Hij was helemaal doorgedraaid van de drugs.' Bij de herinnering kroop er een rilling over haar rug, die ze van zich afwierp door met haar schouders een afwerend gebaar te maken.

'Hij had niet dood gehoeven, Helen.'

'Dat wilde ik ook –'

'Wat ik wil zeggen: ík heb dit probleem niet veroorzaakt.'

Ze sprong op en sloeg met haar platte hand op tafel. 'Jíj bent degene die een pistool in huis heeft gehaald zonder met mij te overleggen. En jíj bent degene die de politie niet wilde bellen.'

'Je hebt drie keer geschoten. Drie keer.'

'Ik was in paniek.'

'En in paniek schoot je drie keer raak, terwijl je in je hele leven alleen een luchtbuks in je handen hebt gehad.'

'Ik weet ook niet waarom –'

Er klonk een harde bonk tegen de muur. Ze keken allebei geschrokken op. Het was de poort, besefte Helen. Tegelijkertijd hoorde ze het hoge, gierende geluid van een scooter.

'Sara,' zei Werner.

10

Ralf wist niet goed wat hij op deze plek dacht te vinden. Hij begreep echt wel dat Brian hier niet ergens, als aangeschoten wild, zijn wonden lag te likken. Maar toch. Hij had hem voor het laatst gezien in dat huis. Daar, in die grote woonkeuken, terwijl hij met getrokken wapen die kerel achternarende, de trap op.

Ralf legde zijn handen op de tuinmuur en gebruikte een boomstronk als opstapje. De tuin was diep, met struikgewas, perkjes en bomen, een flink grasveld en in het midden een zwembad met een houten huisje en een heg erlangs. Het was meer een park dan een tuin, zo groot.

En het huis leek meer op een hotel, of zo'n advocatenkantoor.

Ralf schrok van een plotselinge beweging en liet zich een stukje zakken. Er liep een meisje over het gras. Ze was een jaar of twaalf, dertien. Jeans, rode hoody en lichtblond krullend, bijna kroezend haar. Ze had een plastic draagtasje bij zich. Dat ze hem nog niet had opgemerkt kwam waarschijnlijk doordat ze constant naar de grond keek, alsof ze iets verloren was. Ralf vroeg zich af of zij het meisje was dat hij gisteravond had zien thuiskomen. Het zou goed kunnen, het postuur klopte. Terwijl hij haar bespiedde, hoorde hij een scooter. Het geluid kwam snel dichterbij. De scooter minderde vaart. Hij hoorde de tuinpoort opengaan en met een klap weer dichtslaan. Wie er binnenkwam kon hij niet zien; de heg tussen het zwembad en het terras ontnam hem het zicht op dat deel van de tuin.

Het meisje hield op met zoeken en kwam overeind. Ze riep iets naar degene die was binnengekomen. De ander groette terug – ook een meisje, zo te horen. Nu zag hij haar ook. Ze liep vlak langs het huis naar binnen toe. Van deze afstand kon hij haar gezicht niet goed zien, maar ze was slank, droeg een getailleerde lange jas en had dezelfde haarkleur als het meisje in de tuin. Haar zus?

11

'Hai pap, hai mam.' Sara hing haar jas op een hangertje in de bijkeuken en liep de keuken in.

Ze had hetzelfde weerspannige krulhaar als Helen en Emma, maar er waren niet veel klasgenoten die dat wisten, omdat ze het al jaren consequent met een steiltang bewerkte. Vandaag droeg ze het opgestoken. Er lag een poederlaagje over haar blanke huid en dicht langs haar wimpers was een strakke, zwarte lijn aangebracht die bij haar buitenste ooghoeken schuin omhoogliep. Ze zag er ouder en volwassener uit dan zeventien. Haar kledingstijl droeg daaraan bij. Sara had al op de lagere school verlangend uitgekeken naar de dag waarop ze in kledingmaat XS zou passen en ze dus eindelijk verlost zou zijn van de kinderafdelingen. Ze had een dure smaak: sinds ze kleedgeld kreeg, kocht ze liever tweedehands merkkleding dan nieuwe setjes van H&M. 'Ons luxepaardje' noemde Werner haar altijd, met een intonatie waaruit bleek dat hij dat niet als een tekortkoming zag.

'Was het leuk met Jackie in Antwerpen?' vroeg Helen.

'Gaat wel.' Sara pakte een glas uit de kast en schonk er cola in. Ze bleef bij het kookeiland staan. 'Mam, pap? Kunnen jullie volgende week zaterdagavond weggaan?'

'Weggaan?' Werner legde zijn elleboog op de rug van de leren eetkamerstoel. 'Waarom?'

'Het is mijn beurt voor een filmavondje.'

'Dat komt een beetje slecht uit,' zei Werner. 'Vrijdag wordt Thom zestien en twee feestjes in één weekend vind ik te veel van het goede.'

'Juist fijn toch? Dan maken wij de restjes wel op van Thoms feest. Jij neemt altijd te veel mee.' Ze keek haar moeder opgewekt aan. 'En dan kunnen jullie zaterdag samen iets leuks gaan doen.'

'Dat zien we dan nog wel,' zei Helen.

'Ah, toe? Ik heb het er al met Emma over gehad, ze gaat zaterdag bij Linde slapen.'

'En ik bij Yorick,' zei Thom, die de keuken in kwam lopen. Hij trok de koelkast open en bestudeerde de inhoud ervan met een intensiteit alsof zijn leven ervan afhing. Uiteindelijk koos hij voor een fles Fanta, waarmee hij terug naar de woonkamer liep.

'Ik wil er een nachtje over slapen,' zei Helen.

'Ah...?'

'Sorry. Papa en ik hebben veel aan ons hoofd momenteel.'

Sara rolde met haar ogen en zuchtte. 'Wérk, administratie...'

'Beetje dimmen, dame,' hoorde Helen Werner zeggen. 'En is er niet iets wat je ons zou moeten vertellen?'

'Ik zou niet weten wat.'

'Misschien over wat je in Antwerpen hebt gedaan, of beter gezegd: hebt laten doen?'

'O, bedoel je dát.'

'Ja, dat, ja,' zei Werner fijntjes.

'Nou, dat is niet doorgegaan. Die vent was belachelijk duur en hij had pas over twee maanden tijd. Jackie wilde naar een ander toe, daar zijn we ook heen gegaan, maar daar zat zo'n vieze biker met een bierbuik. Echt ranzig.'

'Het was daar vast een stuk goedkoper,' merkte Werner op, al een stuk vrolijker.

'Ik ben niet gek, pap. Het moet wel mooi zijn.'

Helen zocht oogcontact met haar dochter. 'Ik vind je nog te jong voor een tatoeage, Sara. Dat soort dingen moet je met ons overleggen.'

'Wat maakt het uit, jullie zien het toch nooit.' Sara's telefoon begon te zoemen. Ze pakte hem uit haar tas en keek op het schermpje.

'Het gaat niet om ons, het gaat om jóu, je bent nu nog te jong om –'

'Ja, ik weet het: je daden te overzien,' vulde Sara snel aan. 'Wat denken jullie nou, dat ik hier "*boner garage*" op laat tatoeëren of zo?' Ze trok met de telefoon een denkbeeldige lijn net boven haar schaambeen.

'Wie weet,' bromde Werner.

Haar perfect opgemaakte ogen schoten vuur. '*Come on!* Ik ben niet achterlijk.'

'Je bent nog niet volwassen.'

'Wie wel? Sorry, maar ik moet deze pakken. O ja, Jackie komt zo meteen hierheen, ze blijft slapen.' Sara zette het telefoontje aan haar oor en verdween de gang in.

12

De hemel kleurde steeds dieper donkerblauw. Vleermuizen waren uit hun schuilplaatsen gekomen en maakten geluidloze duikvluchten boven het zwembad, dat een blauwgroen schijnsel verspreidde.

Ralf tuurde door samengeknepen oogleden naar de achterkant van het huis. Er brandde daarbinnen licht, zowel beneden als achter een dakkapel op de eerste etage. Zo nu en dan zag hij schimmen bewegen.

Brian had geen namen genoemd. Hij had hem eigenlijk niks verteld over de mensen die hier woonden, maar op basis van wat hij vandaag had gezien, dacht Ralf dat het ging om een man en een vrouw met drie kinderen. Een doorsneegezin, maar dan rijk. Misschien hadden ze een juwelierszaak of een autobedrijf. Een maffiahol leek het in elk geval niet te zijn. Toch waren er daarbinnen gisteren drie schoten gevallen en was er geen politie bij gehaald. En was Brian sindsdien spoorloos.

De bosgrond veerde onder zijn sneakers terwijl hij om het huis heen naar de voorkant liep. De tuinmuur ging bijna naadloos over in de muur van de garage. Langs de korte oprit groeide een strak gesnoeide, heuphoge coniferenhaag. Twee auto's: een donkere Mercedes en een lichtblauwe Fiat 500. Ralf verplaatste zich half kruipend naar de hoek en keek de straat in.

Hij merkte dat zijn hart sneller was gaan kloppen. De straat leek rustig. Aan de overkant ritselde dicht struikgewas aan weerszijden van een elektriciteitshuisje. Daarachter, wist hij, lag een ondiepe singel die de chique wijk omsloot. Hij stak de oprit over en liep naar de brievenbus, een groene plastic bak op een paal. Er stond geen naam op, alleen een nummer: 23. Hij opende de klep en keek erin. Niets. Daarna bekeek hij het huis. De gordijnen waren dicht, maar hij hoorde wel geluiden. Een tv en stemmen – vaag. Aarzelend liep hij het tuinpad op dat naar de voordeur leidde. Het was recht en smal, bestraat met klinkers. Ook bij de deur hing geen naamplaatje, niets.

Wie zijn deze mensen?

ZONDAG

I

Sara leek in veel opzichten niet op haar broer en zus, maar eerder op Werners moeder, besefte Helen, terwijl ze een mok cappuccino voor haar schoonmoeder op tafel zette.

Ria haalde een zilverkleurige dispenser uit haar handtas en bevrijdde een zoetje boven de dikke schuimlaag. Haar parelarmbandjes tikten zacht tegen elkaar.

Werners ouders kwamen elke zondag rond het middaguur op bezoek. Sinds de geboorte van Sara was dat op een of andere manier vaste prik geworden. Er was niet aan te ontkomen. Gelukkig hadden ze in het voorjaar een kajuitboot gekocht en er aardigheid in gekregen om daar in het weekend mee te gaan varen. Uitnodigingen om een keer mee te gaan – zoals Werners broers en hun gezinnen – had Helen tot nu toe kunnen afwimpelen. In het afslaan van gezamenlijke vakanties in de Franse Gers was ze minder succesvol geweest. De familie had er een eeuwenoud, piepklein boerderijtje in *the middle of nowhere,* met uitzicht op de besneeuwde toppen van de Pyreneeën. Toen de kinderen jonger waren hadden ze heel wat vakanties gebivakkeerd in en rond dat 'heksenhuisje' – lekke luchtbedden, totale afwezigheid van privacy, en kraanwater dat naar chloor smaakte. Het was tevens de omgeving waarin Ria een zorgwekkende omslag in haar karakter doormaakte en 'de boel de boel liet' – onder invloed van goedkope wijn die ze in jerrycans betrok van de plaatselijke wijnboer. Ook dat talent had Sara van haar oma geërfd, bedacht Helen nu.

'Er zit een vlek hier,' fluisterde Ria, alsof het een groot geheim betrof. Ze wees met haar vinger langs de kraag van haar eigen smetteloze witte blouse.

Helen trok haar top een stuk naar voren en bekeek de kraag. Een vlekje van niets. 'Ik zie het, dank je. Ik zal hem vanavond wassen.'

Ria legde haar op gedempte toon uit dat ze de vlek eerst moest voorweken. Dat deed ze heel geduldig. Voor Ria zou Helen altijd jong en onwetend blijven. Dat haar schoondochter op eigen kracht al duizenden vlekken uit blouses, broeken en shirts had weten te krijgen, kwam niet in die vrouw op.

Ernst zat naast Ria op de rode bank. Hij droeg een grijze pantalon met een vouw en een overhemd met een donkerrode pullover. Ernst sprak niet veel. In de jaren zeventig was hij vanuit Duitsland hierheen gekomen om voor een divisie van een Duits bedrijf te komen werken. Het zou een tijdelijke baan zijn, maar het was anders gelopen. Het bedrijf had zijn contract verlengd, Ernst ontmoette Ria en ze stichtten een gezin. Hun drie zoons waren inmiddels zelf vader. Dus was Ernst nooit meer teruggegaan. In al die tijd had hij weinig moeite gedaan het Nederlands onder de knie te krijgen. Helen had het idee dat Ernst dat wel degelijk als een tekortkoming zag, maar dat compenseerde door zich wat afstandelijk en gesloten op te stellen.

Al met al waren Werners ouders niet het type mensen met wie je uit vrije wil een zondagmiddag doorbracht.

'Helen, wil jij een cognacje inschenken voor mijn vader?' hoorde ze Werner vragen.

Ze stond op en liep naar de keuken. In de hal passeerde

ze de kelderdeur. Die was nog nooit op slot geweest. Nu wel.

In de keuken maakte ze geen haast. Ze waste haar handen, zette kopjes en borden van het aanrecht in de vaatwasser. Controleerde de aarde van de potjes kruiden in de vensterbank – basilicum, krulpeterselie en bieslook. Gaf ze water. Ze bekeek de vlek op haar top en stipte hem halfslachtig aan met een vochtig vaatdoekje. Dat maakte het alleen maar erger. Ineens zag ze recht voor zich, op de muur, ook een vlekje zitten. Sinds gisteravond had ze steeds nieuwe ontdekt. Bruinige spatjes op de tafelpoot, op de plint van het kookeiland, de greep van een weinig gebruikte la. Ze poetste het vlekje weg en wierp het vaatdoekje in de vuilnisbak.

2

Het had vannacht geregend. De dichtbebladerde struiken hadden het vocht vastgehouden en gaven dat nu geleidelijk af aan Ralfs kleding. Er gleed een druppel in zijn nek. Een taaie twijg schaafde steeds langs zijn rug. Ralfs schuilplaats was niet comfortabel, maar bood een perfect zicht op de voorkant van het huis.

Een halfuur geleden was er een grijze BMW 5 Serie aan komen rijden. Er waren twee chique oudjes uitgestapt – de man droeg een rood windjack, zijn vrouw een lange, beige jas. De rossige vent had hen onthaald. Er zat een zwarte schaduw aan de zijkant van zijn rechteroog, dat half werd dichtgedrukt door de zwelling, en er was ook iets aan de hand met zijn lip – dat gezicht had er beter uitgezien voordat Brian daar naar binnen was gestapt.

Het meisje dat gisteren in de tuin rondliep, had die oudjes drie zoenen op hun wang gegeven en hen 'opi en oma' genoemd. Zíjn ouders, schatte hij in – 'opi' was een *ginger*. Daarna waren ze naar binnen gegaan.

3

'Hebben jullie afgelopen week nog iets bijzonders meegemaakt?' vroeg Ria.

Helen opende haar mond. 'Nou, nee, we...'

'Alles gaat zijn gangetje,' hoorde ze Werner zeggen.

'En school? Hoe doen de kinderen het?'

'Prima. Uit de kunst zelfs.' Werner schoof naar het puntje van zijn stoel en begon te vertellen over een nieuw project op Thoms school, waarbij de leerlingen talen als Russisch en Chinees kregen aangeboden. Er ontstond een gesprek over de toekomst van de internationale handel met Azië en de teloorgang van de West-Europese economie.

Helen keek naar Werner en zijn ouders. Ze zag hen praten en bewegen als door een dikke glazen wand. De geluiden klonken gedempt, verstomden, maar in haar hoofd zwol een hysterisch stemmetje aan, steeds dwingender, dat treiterig zei: *Zeg, weten jullie wel dat er een lijk in onze vriezer ligt?*

Een lijk!

In. De. Vriezer.

'Wat is er met jou aan de hand?' vroeg Ria. Ze keek haar verbaasd aan. 'Wat kijk je raar?'

Werner gaf haar een por met zijn elleboog. Een stilzwijgende berisping.

'Ik voel me geloof ik niet helemaal lekker,' zei ze. Net toen ze wilde opstaan, kwam Sara de kamer in gelopen, met Jackie in haar kielzog. Hoewel ze waren aangekleed en opgemaakt, wekten ze de indruk pas wakker te zijn.

'Oma, opi!' Sara omhelsde Ria en gaf Ernst een kus op zijn wang. Hij stak haar knipogend een vijfeurobiljet toe, zoals elke zondag. Dat was precies de reden van Sara's overdreven enthousiasme – zonder geldelijke beloning zouden zij, Thom en Emma op zondag niet uit bed te branden zijn.

Helen maakte gebruik van de commotie om ongemerkt de kamer uit te lopen. In de hal glipte ze de wc in en deed de deur op slot. Haar adem stokte. Het voelde alsof een woedende zwerm bijen zich vanuit haar maag een weg naar boven vocht en haar luchtweg blokkeerde. In het donker bleef ze staan, met haar rug tegen de koele tegels. Haar ogen stijf dichtgeknepen, haar mond wijd open in een stille schreeuw.

4

De poort naast het huis ging open. Ralf hoorde gelach, gepraat. Twee meisjes: eentje met een bruine vlecht tot halverwege haar rug en de ander eleganter en slanker, het blonde haar opgestoken. Ze zaten op een witte scooter, de blonde voorop.

Toen ze de oprit afreden zwaaide de voordeur open. De kerel kwam naar buiten gelopen. 'Sara?' riep hij. 'Denk eraan, hè, voor het eten thuis. Geen flauwekul.'

'Ja, pap, tuurlijk, tot straks,' riep het voorste meisje. Haar vriendin zwaaide halfslachtig naar de man.

Ralf voelde een adrenalinestoot door zijn aderen gaan toen de scooter hem voorbijreed.

Sara...

Hij kende dat meisje.

5

'Wat was dat nou met jou?' Werner keek Helen kwaad aan.

'Ik weet het niet.'

'Echt. Hoe moeilijk is het om jezelf een uurtje in de hand te houden?' Werner zette hardhandig glazen in de afwasmachine. 'Je had je gezicht moeten zien. Mijn ouders zullen wel denken.'

Hulpeloos hief ze haar handen. 'We hadden ze moeten bellen dat het vandaag niet uitkwam. Net als dat feest van Thom, dat is vrijdag al. Kunnen we dat niet verzetten? Ik bedoel, we –'

'Júist niet verzetten, Helen. Alles moet gewoon doorgaan. We moeten normaal doen.'

Ze liet haar handen zakken. 'En als ik dat niet kan?'

'Jezus, Helen. Kijk eens naar jezelf. Ik dacht dat op de verkoever de tijgers in de zorg werkten? Verpleegkundigen met ballen, omdat ze de hele dag door te maken hebben met leven en dood en dominante specialisten, toch? Dat is mij tenminste altijd wijsgemaakt.'

'Dat is iets heel anders,' zei ze. 'Dat is werk.'

Helen onttrok zich aan zijn gespannen blik. Ze had zichzelf net zo goed teleurgesteld met haar paniekerige gedrag. Tegelijkertijd besefte ze dat ze vóór de afschuwelijke gebeurtenis al een beetje overwerkt was geweest. De moeizame relatie met Werner vrat aan haar en wanneer ze thuiskwam van het werk zogen de kinderen de laatste restjes energie uit haar weg. 'Ik heb vannacht wakker gelegen. Gisteren ook. Ik doe geen oog dicht met een lijk in huis.'

'We gaan het oplossen, zo gauw mogelijk.'

Ze hoorde het niet. 'Weet je wat ik vanochtend dacht?'

'Nou?'

Ze keek Werner aan. 'Wat als hij niet alleen was?'

'Hoezo?'

'Nou, meestal zijn overvallers met z'n tweeën, of met een groepje.'

'Zou kunnen. Ik ben geen expert op dat gebied.'

Ze fronste haar wenkbrauwen. 'Jij kijkt toch ook wel eens naar *Opsporing Verzocht*? Junks plegen in hun eentje overvallen op tankstations en ze beroven oude mensen op straat. Maar ze gaan niet in hun uppie een huis overvallen.'

'Nou, deze was alleen.' Hij snauwde het bijna. 'Je was er zelf bij. En het maakt ook niet uit.' Hij liep op haar af en nam haar gezicht tussen zijn handen. 'Hou op met prakkiseren, Helen. Het is allemaal al ingewikkeld genoeg. We hebben een probleem en we gaan dat de komende dagen oplossen. Maar wat nu belangrijk is...' – zijn stem klonk milder, zijn uitdrukking verzachtte – '...is dat we doen alsof er niets is gebeurd. Oké?' Hij trok een wenkbrauw op. 'Of je het nu wel of niet kunt.'

'Ja, maar...'

'Geen gemaar.'

Helen keek Werner verbouwereerd aan. De manager in hem had het nu definitief overgenomen. Hij was altijd al wat koeler en afstandelijker geweest dan de meeste andere mannen, toch hadden zij en de kinderen ook vaak genoeg die andere Werner gezien: een grappige, betrokken vader die oprecht meeleefde met zijn gezin. Die Werner had ze in de afgelopen jaren steeds verder naar de achtergrond zien verdwijnen. Mensen veranderen niet echt, had haar moeder wel eens gezegd, alleen worden bepaalde karaktertrekken in de loop der jaren sterker, en andere zwakken af.

Het zou al schelen als hij nu zijn armen om haar heen zou slaan, haar het gevoel zou geven dat ze met elkaar verbonden waren. Maar dat deed hij niet. Hij had zijn rug half naar haar toe gekeerd en zijn handen in zijn nek gelegd, zijn ogen gesloten.

6

Naomi en Sara kenden elkaar. Hoe langer Ralf erover nadacht, hoe zekerder hij daarvan was. Nog niet zo lang geleden hadden ze met een groepje wat zitten drinken bij Brian thuis en toen was dat meisje er ook bij geweest. Ze was hem opgevallen, niet alleen omdat ze knap was, maar ook omdat ze iets bijzonders uitstraalde. Ze leek ouder dan de rest, verstandiger. Slimmer misschien ook wel. Er kwam steeds meer uit Ralfs geheugen bovendrijven. Ze had een Duits klinkende achternaam. Muller, Mahler, zoiets.

In een opwelling haalde hij zijn telefoon uit zijn zak en zocht het nummer van Naomi. Ze reageerde enthousiast toen ze zijn stem hoorde. Op een of andere manier deed hem dat goed.

'Ik heb hem niet meer gesproken,' zei ze. 'Hij reageert nergens op. Jij hebt hem dus ook niet meer gezien?'

'Nee. Ik had vanmiddag een afspraak met hem, maar hij is niet komen opdagen.' Hij pauzeerde even. 'Dus wilde ik nog een paar vrienden van hem bellen, maar ik heb hun nummers niet.' Hij noemde namen van jongens die Brian vaag kende.

'O, die heb ik denk ik wel,' hoorde hij haar opgewekt zeggen.

Ralf wreef met zijn wijsvinger over de binnenkant van het stuur. 'Zal ik anders even naar je toe komen?' probeerde hij.

'Goed.'

Goed?

Ralf glimlachte breed. 'Oké, tot zo.'

7

'Ik zou naar Tsjechië kunnen rijden. Weet je nog dat we daar zijn wezen skiën? Hartstikke afgelegen, dorpjes van niks. Weggetjes die nergens naartoe leiden. Ik kan hem ergens een ravijn in duwen en meteen terugrijden naar huis.' Werner smeerde een laag tapenade op een stukje geroosterd brood. 'Trouwens... bij dat huisje van mijn ouders in de Gers komt ook geen hond.'

Helen peuterde aan een velletje van een nagelriem. 'Dan ben je een nacht van huis.'

Hij haalde zijn schouders op. 'Dat ben ik toch wel vaker, voor een horecabeurs of zo?'

'Alleen is er nu geen horecabeurs.'

Hij zweeg even. 'Ik kan ook 's ochtends heel vroeg vertrekken. Dan ben ik, als het een beetje meezit, rond middernacht terug. Als we dat nou slim plannen, dan hoeven de kinderen niet eens te merken dat ik weg geweest ben. En ergens overnachten hoeft dan sowieso niet.'

Helen liet het op zich inwerken. Ze probeerde er zo min mogelijk aan te denken hoe bizar en gruwelijk hun gespreksonderwerp was, maar concentreerde zich op de praktische haalbaarheid van Werners ideeën. Zijn pragmatische aanpak stoorde en verontrustte haar, maar ze begreep ook dat hij domweg gelijk had. Emoties zouden hen niet verder brengen. Diep vanbinnen vroeg ze zich af hoe lang ze dit zou volhouden. 'Je laat dan sowieso een digitaal spoor achter van betalingen – tanken, tolwegen. En ook in het buitenland kan iemand je kenteken noteren. In dunbevolkt gebied valt een auto met een buitenlands kenteken extra op. Als het lijk wordt ontdekt, gaan ze natuurlijk eerst na of iemand iets afwijkends heeft gezien.'

Werner tikte met gekromde wijsvinger tegen zijn kin.

'Wat is er?'

'Ik bedenk net dat ik een ongeluk zou kunnen krijgen. Of kan worden gecontroleerd door de douane.'

Helen sloeg haar handen voor haar gezicht. 'Ik word gek. Misschien... misschien kunnen we hem beter in de tuin begraven.' Ze keek op, zocht Werners blik. 'Maar ik weet niet of ik dat aankan, alleen al het idee dat daar dan iemand ligt. Ik zou nooit meer... Het is zo... zo gruwelijk.'

'Ik wil dat ook niet.' Werner grinnikte vreugdeloos. *'Not in my backyard.'*

'Soms denk ik...' Ze schudde haar hoofd. 'Als we nou alsnog de politie bellen, dan –'

'Dan zijn we een stel dat een overvaller heeft doodgeschoten met een illegaal vuurwapen en zijn lijk twee dagen in de vriezer heeft bewaard.'

'Verdómme, Werner!' Helen sloeg met haar vlakke hand op het tafelblad. Ze voelde de pijn amper, sprong op en trapte gefrustreerd tegen het onbuigzame eikenhout van het kookeiland, en nog eens. Daarna bleef ze staan, snel ademend, trillend over haar hele lijf. Ze wilde schreeuwen zo hard ze kon, de haren uit haar hoofd trekken, met messen en borden smijten, Werner te lijf gaan. Twee dagen had ze haar uiterste best gedaan om zo normaal mogelijk te doen, om alle emoties die ze voelde te negeren, weg te stoppen. Nu lukte dat niet meer. Ze voelde zich opeens uitgeput. 'We hebben echt een fout gemaakt.' Haar stem klonk schor. 'Dit komt niet goed. We hadden meteen moeten bellen.'

Werner zei iets terug, maar ze verstond het niet. Ze hief

haar hoofd en keek met betraande ogen naar buiten. Het was schemerig aan het worden. Binnenkort zou het zwembad moeten worden afgedekt om het te beschermen tegen vallend herfstblad, de pomp schoongemaakt voor de winter. De rest van de tuinverlichting was nog steeds kapot. Ze kon zich amper voorstellen dat ze zich daar nog geen achtenveertig uur geleden druk om had gemaakt. Om zulke trivialiteiten.

Met haar mouw veegde ze de tranen van haar wangen. Bleef naar buiten kijken, naar de strak gesnoeide buxushaagjes en de dakplatanen. De takken waren langs een raamwerk van latten geleid, waar ze elke winter slingers met pinda's en mezenbollen aan hing. De vaste bewoners van de tuin kenden de weg. Het was een mooi gezicht om de vogeltjes af en aan te zien vliegen. Rustgevend.

'Varkens schijnen alles te eten,' hoorde ze Werner ineens zeggen.

Ze draaide zich abrupt naar hem om. Zijn blauwe ogen stonden glazig.

'Werner... dat gaat te ver. Echt. Je weet niet wat je zegt.'

8

De laatste zonnestralen vielen door de glazen pui van het restaurant en voorzagen het interieur van een okergele gloed.

Naomi zat tegenover Ralf aan een tafeltje. Ze roerde met een rietje in haar aardbeienmilkshake. Gouden spikkels schitterden in haar bruine haar.

'Hé, maat,' zei Ralf in zijn telefoon, zijn ogen gericht op Naomi. 'Ik zoek Brian. Heb jij hem toevallig gezien?'

'Hij zal wel bij Naomi zitten.'

'Nee, daar is hij niet.'

'Nah, hij zal vast ergens zijn.'

'Ja, vast wel. *Thanks.*' Ralf hing op. Hij had nu zo'n beetje alle gezamenlijke vrienden gebeld. Niemand van hen had Brian na vrijdag gezien of gesproken.

'Echt niet?' Naomi keek hem onderzoekend aan. Ze had eyeliner op die aan de uiteinden heel kunstig omhoogkrulde. Haar lippen waren zachtroze en ze glansden.

'Nee.' Ralf pakte het laatste stuk hamburger dat in het doosje voor hem lag en gebruikte het om de restjes sla en saus van het karton te vegen. At het op. Van stress kreeg hij honger.

Aan Naomi liet hij niets blijken, maar met het laatste telefoontje had hij de hoop opgegeven dat Brian nog leefde. Eigenlijk had hij dat diezelfde avond al geweten, maar weten en accepteren zijn twee verschillende dingen. Hij kon gewoon moeilijk geloven dat iemand anders zijn vriend te snel af was geweest. Brian leek onoverwinnelijk, absoluut *in charge*. Maar goed... Biggie kon het eerst ook niet geloven toen hij hoorde dat Tupac in Vegas was doodgeschoten.

'Misschien is hij bij zijn moeder?' zei Naomi.

'Ik heb haar nummer niet. Jij?'

Naomi schudde haar hoofd. 'Ik ken haar niet zo goed. Maar ik weet waar ze woont. We kunnen er even langsrijden?'

Ralf was gisteren nog bij Brians moeder aan de deur geweest, maar dat zei hij niet. Hij kende Emily al langer. Bij hun eerste ontmoeting had hij haar aangezien voor een zus van Brian, of een buurmeisje. Ze zag er niet uit als iemands moeder, en zeker niet als die van Brian. Die gemene kraaloogjes moest hij wel van zijn vader hebben geërfd, want Emily had bruine bambi-ogen.

'Toch?' drong Naomi aan.

Ralf klapte het doosje van zijn hamburger dubbel, en vouwde het nog eens op. Zei niets. Achteraf was hij blij dat hij Emily niet thuis had getroffen. Brian zag zijn moeder weinig, bovendien was hij pas twee dagen verdwenen. Onder normale omstandigheden was dat natuurlijk geen reden voor een zoekactie, maar bij Brian was niets normaal, en Emily wist dat. Ze was niet achterlijk. Ze zou meteen begrijpen dat er iets aan de hand was. En dat hij er meer van wist.

'Ik moet even naar de wc.' Naomi stond op en liep weg.

Ralf keek haar na: strakke jeans, hoge hakken. Wat was hij jaloers geweest toen Brian Naomi aan hem had voorgesteld. Des te meer verbaasde het hem dat ze zojuist zonder aarzelen in zijn auto was gestapt en met hem mee naar de McDonald's was gereden. Ze had zo dicht bij hem gezeten dat hij de geur van haar kauwgom had kunnen ruiken. En een vleugje van haar shampoo, of wat het ook was dat zo heerlijk rook. Hij was met opzet verkeerd gereden om nog wat langer met haar in de auto te kunnen zitten. Brian zou hem zijn kop van zijn romp trekken als hij zou weten wat hij in gedachten allemaal met Naomi had gedaan.

Toen ze terugkwam had ze haar lippenstift ververst; haar lippen waren dieper roze. Er was ook iets veranderd aan haar haar.

Hij stond op. 'Kom, we gaan.'

'Naar Emily?'

'Nee, we kunnen haar beter niet ongerust maken.' Hij keek haar zijdelings aan. 'Zullen we anders naar vrienden van jou gaan?' *Vrienden die Sara heten, bijvoorbeeld,* voegde hij er in gedachten aan toe.

Het viel te proberen. Er was nog geen goede aanleiding geweest om haar naar Sara te vragen. Zijn interesse voor

Sara lag natuurlijk ook niet zo voor de hand: hij had haar weliswaar een keer ontmoet, maar dat was het dan ook. Hij wist eigenlijk alleen maar waar ze woonde, en dat Naomi en zij elkaar kenden.

Eenmaal buiten zei Naomi: 'Misschien kun je me toch beter naar huis brengen. Ik moet nog leren voor mijn toets van morgen. Mijn moeder vermoordt me als ik weer een onvoldoende voor geschiedenis haal.'

Hij liep zwijgend naast haar verder. Ze ontglipte hem, terwijl hij haar keihard nodig had.

Haar gezicht klaarde op toen ze bij zijn Polo kwamen. 'Hij is echt mooi, je auto. Ik kan niet wachten tot ik mijn rijbewijs heb. Maar ja, dat duurt nog twee jaar. Als ik een auto heb, ga ik echt nooit meer fietsen.'

Terwijl hij het portier ontgrendelde, zei hij zo nonchalant mogelijk: 'Ik wil je wel een keer rijles geven, als je dat leuk vindt?'

Ze zette grote ogen op. 'Écht? Serieus? O, dat lijkt me super!' Daarna betrok haar gezicht. 'Je maakt een geintje zeker?'

'Geen geintje. Brian zal je toch ook wel eens hebben laten rijden?'

Ze trok een van haar dunne wenkbrauwen op. 'Ik mag van Brian niet eens het stuur vasthouden.'

'Van mij wel, hoor,' hoorde hij zichzelf zeggen.

MAANDAG

Lieve mama,

Weet je nog dat we dat gesprek hadden in dat oude koffie-tentje in de stad? We zaten daar de hele middag. Je weet vast meteen waar ik op doel, ook al is het bijna achttien jaar geleden. Ik geloof niet dat we eerder zo open en eerlijk dingen met elkaar hebben besproken. Ik was tweeëntwintig en jij begon in mijn beleving te veranderen van een moeder die ver boven me stond in een vrouw die naast me liep.
Je vertelde me dat je dolblij was met mij, maar dat je spijt had van papa. Je had jezelf een andere echtgenoot gegund, en mij een andere vader, eentje die minder egocentrisch was. Twee jaar daarvoor hadden we bericht uit Aruba gekregen dat hij was verdronken tijdens het duiken, maar toen hadden we hem al zes jaar niet meer gezien en niets van hem gehoord. Zijn afwezigheid heeft mijn hele jeugd getekend. Mijn stoere, knappe vader – waarom wilde hij niet bij ons zijn en wel

bij een andere vrouw? Vond hij ons niet leuk genoeg? Vaak gaf ik mezelf de schuld, soms jou. Zo onterecht, maar wist ik veel.

Omdat je zelf op mannengebied verkeerde keuzes had gemaakt, vond je het jouw taak om mij daarvoor te behoeden. 'Kinderen horen een verbetering te zijn van hun ouders, en niet hun fouten te kopiëren,' zei je. Je doelde op Werner.

Je vond hem niet onaardig, dat zei je ook. Dat waren exact de woorden die je gebruikte, en daardoor wist ik al hoe laat het was, dat je eigenlijk een grote hekel aan hem had.

'Hij mist warmte in zijn karakter, het is alsof niets hem echt raakt,' liet je je die middag ontvallen. Toen ik zei dat je het mis had, dat hij, als we samen waren, juist héél lief en knuffelig was, en dat ik bovendien toch echt liever een stoere kerel had dan een bomenknuffelaar, schudde je alleen maar je hoofd.

Wat we die middag niet wisten, allebei niet, was dat ik toen al een maand zwanger was van Sara. Je hebt nooit meer iets negatiefs over Werner gezegd, al heb je later heel duidelijk je punt gemaakt, op een andere manier. Gelukkig heb je je aversie tegen Werner nooit laten blijken aan de kinderen.

We hebben daarna nog vaak gepraat samen, maar ik ben dat

gesprek van die middag nooit meer vergeten. Meestal wekte de herinnering eraan gevoelens op van boosheid en frustratie. Had ik niet een betere hand van mannen kiezen dan jij? Pas nu, in de afgelopen jaren, zijn jouw woorden van toen bij me ingedaald. Een beetje laat, hè? Ik was altijd al een trage leerling. Maar ik denk dat ik nu pas ten volle besef wat je die middag bedoelde. Jij was wijs, ik was jong, verliefd. En zwanger.

Dat ik zo anders ben gaan denken, komt doordat ik Lex heb leren kennen. Ik ken hem nu goed genoeg om te weten dat hij een betere levenspartner voor me zou zijn geweest dan Werner. Ik voel me een leuker mens als ik bij Lex ben.

Maar mam, wat heb ik daaraan? Wat hebben de kinderen daaraan? Het is nu eenmaal anders gelopen. Werner heeft zijn tekortkomingen, maar hij is er als vader voor de kinderen en hij doet ons in niets tekort.

Ik wil niet zo'n ouder zijn die bij tegenslag haar gezin de rug toekeert en theatraal haar eigen geluk najaagt. Want daar komt het dan toch op neer, mam, dat ik dan hetzelfde doe als papa destijds? Dan kies ik keihard voor mezelf, over de ruggen van Sara, Thom en Emma. Dit gezin geeft hun stabiliteit, zekerheid, kracht. Dit is hun basis.

Maar sinds vrijdag weet ik het niet meer zo zeker. Ik dacht dat ik Werner kende, maar is dat wel zo? Hij heeft een pistool gekocht zonder dat ik dat wist. Hoe haalt hij het in zijn hoofd? En waar haal je een vuurwapen vandaan? Ik zou niet eens weten waar je zulke dingen kan kopen.
Werner wist het wel. En sindsdien bewaarde hij dat vreselijke ding in onze slaapkamer. Het is waar, mam, dat hij al langer bang was voor een overval. Maar er zijn wel meer mensen bang – kopen zij allemaal een pistool? Is er iets wat ik niet weet? Heeft het te maken met dat vele overwerk? Klopt het wel wat Werner doet?

1

'Goedemiddag, ik ben Helen. Wat is uw naam?'

'Piet van Drunen,' antwoordde de patiënt, een man met dik, grijs haar en een priemende blik.

'En uw geboortedatum?'

'Zevenentwintig maart negentienvijftig.'

Helen typte de eerste letters van de achternaam in op de touchscreen. Prompt verschenen de gegevens op het scherm: onderbeenamputatie.

'Ik geef u even een infuus,' zei ze, en ze ontsmette de plek op zijn onderarm. Gezien zijn leeftijd twijfelde ze of de man nog fulltime werkzaam was. Toch vroeg ze hem ernaar.

'Ik ben melkveehouder.'

'Da's fysiek zwaar werk,' concludeerde ze.

'Tegenwoordig minder dan vroeger.'

'Heeft u hulp?'

De man vertelde dat zijn zoon het bedrijf zou overnemen, maar dat hij zelf nog volop actief was. Zijn gezichtsuitdrukking hield het midden tussen boosheid en argwaan.

'Hoe voelt u zich?'

'Ik ben bang dat ze m'n goede been eraf halen. Dat lees je wel eens, dat zulke dingen gebeuren.'

Ze glimlachte. 'Niet in dit ziekenhuis.'

'Het is mensenwerk, toch? Links voor de kijkers is vanaf het toneel gezien rechts, snapt u?'

Ze snapte het maar al te goed.

'Zuster... ik zou er een stuk geruster op zijn als u iets op het zieke been wilt schrijven met een zwarte stift.'

'Is dat op de afdeling nog niet gedaan?'

'Nee, kijk maar.' De man trok aan de deken of hij er ruzie mee had en toonde zijn been. Donkere vlekken, de tenen blauwzwart. Ze tilde de deken verder op om het andere been te bekijken. Dat was bleek en er lagen dikke aderen op, maar ze zag geen verkleuringen. Ook zonder markering was dit een duidelijk geval, misschien dat het daarom op de afdeling niet was gebeurd. 'Ik neem aan dat het gaat om uw linkerbeen?' Ze raakte het aan.

De man knikte.

'Goed.' Ze pakte een stift uit de lade en zette een grote pijl op het aangedane been, met de punt in de richting van de voet. 'Zo, nu kan het niet meer misgaan. De arts komt zo meteen nog samen met u doornemen wat hij gaat doen, dus maakt u zich niet ongerust.' Ze legde de deken terug en controleerde het infuus.

Toen ze op de klok keek, realiseerde ze zich dat er een uur was verstreken waarin ze alleen maar met haar werk bezig was geweest. Ook Werner was vanochtend gewoon naar De Zoete Inval gegaan. Het hele varkensidee had hij laten rusten. Voorlopig. Totdat ze iets beters hadden bedacht. *Iets waar we samen achter kunnen staan* – dat had hij letterlijk zo gezegd.

Krankzinnig.

Petra, een van haar collega's, zocht haar blik. 'Hé, Helen? Wat zie je ineens bleek. Gaat het wel?'

'Ja... ja, prima. Misschien te weinig gegeten,' zei ze snel, en ze draaide zich naar haar beeldscherm.

2

Ralf liep zo stilletjes mogelijk de trap af. De vierde trede van onderen kraakte, dus die sloeg hij over. Hij was er bijna.

'Waar ga jij heen?'

Shit.

Dat mens had hypergevoelige zintuigen. Het was alsof ze onzichtbaar spinrag door het hele huis had gespannen en elke trilling haar alarmeerde.

'Ik ga weg,' zei hij.

Zijn moeder versperde hem de doorgang. Ze droeg een zwart T-shirt met een of andere positieve tekst erop. Zulke shirts droeg ze vaker, ze had er een kast vol van. HAPPY LIFE! KISS ME I'M FAMOUS. FOLLOW YOUR DREAMS! Jammer dat het zure gezicht erboven er zo slecht mee combineerde.

'Nee, Ralf. Je blijft thuis nu. We moeten praten.'

'Moet dat echt?' Hij keek op zijn mobiel. Naomi was al uit school. Ze verwachtte hem zo meteen voor haar eerste rijles.

'Je hebt een serieus probleem,' zei ze.

Hij keek haar gealarmeerd aan. Had het met Brian te maken? Was er politie aan de deur geweest? Ongerust liep hij achter zijn moeder aan de huiskamer in.

Ze ging aan de eettafel zitten en schoof een stapeltje tijdschriften en folders opzij.

Toen hij tegenover haar had plaatsgenomen, zei ze: 'Ik heb een brief gehad van de leerplichtambtenaar.'

Ralf ontspande zich. Ademde uit.

'Hij wil dat we op gesprek komen,' ging ze verder.

'Dat slaat nergens op. Ik ben achttien, ik hoef niet eens meer naar school.'

'Dit gaat nog over afgelopen jaar. Volgens de leiding heb je drie maanden ongeoorloofd verzuimd. Dat nemen ze heel serieus. Die man heeft het zelfs over een geldboete.'

'Hij doet maar. Ik ga daar niet heen. Ik heb wel wat beters te doen.'

'O, ja?' vroeg ze, op haar hoede. 'Wat dan?'

'Gewoon, van alles. School, werken.'

'Interessant. Ik heb namelijk niet alleen een brief gehad van de leerplichtambtenaar, maar ook een telefoontje van de administratie van je nieuwe opleiding. Je bent er pas twee keer geweest. En toen heb ik toch maar eens Dennis Faro gebeld, je weet wel, de marktkoopman voor wie je op oproep zegt te werken.' Ze zweeg even. 'Hij heeft je sinds het begin van de zomer niet meer gezien.'

Ralf haalde zijn schouders op. 'Kan mij die Dikke Dennis schelen. Hij liet mij altijd alle klotekarweitjes doen.'

Zijn moeder bleef hem strak aankijken. Ze bewoog amper. Normaal gesproken zou ze nu zijn opgesprongen en naar hem zijn gaan wijzen, geschreeuwd hebben dat hij een leugenaar was. Nu bleef ze rustig, beheerst. Hij wist niet wat hij liever had.

'Je gaat niet naar school, je werkt niet, maar toch rijd je auto en zie ik je regelmatig in nieuwe kleren. Het klopt niet, Ralf, dat snapt een kind nog.'

Zijn telefoon zoemde. Het was Naomi.

HET WAS TOCH GEEN GEINTJE OVER DIE RIJLES, HÈ?

Hij stopte zijn telefoon weg. 'Nou, mam, bedankt voor het gesprek. Sorry dat ik jullie leven verpest en zo, maar ik moet nu weg.'

'Nee, je blijft zitten. Ik wil weten wat er met je aan de hand is.'

Hij stond abrupt op. De stoel wankelde. 'Die school is klote, ze leren je daar niks. Meer dan de helft van de klas komt niet opdagen, dus ik zou niet weten waarom ik daar dan wel heen zou moeten.' Hij liep naar de deur en diepte ondertussen de autosleutels uit zijn broekzak op.

'Maar je laat me verdomme wel voor honderden euro's leerboeken voor het nieuwe schooljaar bestellen!' schreeuwde ze hem na.

3

De melkveehouder was nog niet terug uit de ok. In de verkoever lagen twee andere patiënten. Een van hen was een Surinaamse vrouw met kort grijs haar. Ze klaagde dat ze dubbel zag.

Helen probeerde haar gerust te stellen. 'Het komt van de narcose, mevrouw. U krijgt uw zicht gewoon terug, maar soms duurt het wat langer.'

'Hoe lang?'

'Een kwartiertje misschien. Probeert u maar een beetje te rusten.'

Ze maakte een aantekening.

'Zeg, kom jij mij even helpen?' Die vraag kwam van Jurgen Heemstra, een van de jongere specialisten in het ziekenhuis. Hij keek haar kort aan en liep meteen door naar de andere kant van de zaal, waar de patiënten op hun operatie werden voorbereid.

De specialist keek niet meer om. Hij ging er blindelings van uit dat ze alles waar ze mee bezig was zou laten vallen en achter hem aan zou rennen.

Helen richtte zich weer op haar patiënte en ging door met het controleren van de lichaamsfuncties. Ze zag niets afwijkends, maar dat hoefde niet te betekenen dat alles in orde was.

'Het begint al minder te worden, denk ik,' merkte de vrouw na enige tijd op. Ze legde een vlakke hand op een van haar ogen. 'Net of het maar aan één kant is...'

'Dat kan heel goed, hoor. Het is niets om u zorgen over te maken, alles ziet er normaal uit. Sommige mensen hebben wat meer tijd nodig.' Ze stopte de vrouw in. 'Ligt u lekker zo? Warm genoeg?'

'Ja, dank u wel,' fluisterde de vrouw.

Achter Helen klonken twee bescheiden kuchjes. Ze draaide zich om: Heemstra.

'Ehm... kun je me nú dan even helpen?' Hij hield zijn hoofd een beetje scheef.

Inwendig moest ze glimlachen, maar ze paste er wel voor op daar iets van te laten merken.

'Tuurlijk.' Ze volgde hem langs de glazen sluisdeuren die naar de operatiekamers leidden. Vanuit haar ooghoeken zag ze een operatieassistente uit een van de OK's komen. Ze had haar armen om een rechthoekig vaatje geslagen. Vaatjes als deze werden door het hele ziekenhuis gebruikt. Ze waren van blauw kunststof met een geel deksel en op de zijkant zat een opvallende witte sticker met een waarschuwingsteken en een code. Je had die vaatjes in verschillende maten. Er waren er speciaal voor naalden, maar ook voor bloed en verband. En voor menselijke resten.

In het afvalvat dat de operatieassistente droeg, zat waarschijnlijk het onderbeen van de melkveehouder. Helen hield haar pas in. Ze keek de assistente na.

Iemand kwam naast haar staan en zei iets tegen haar. Ze merkte het niet.

Ze spoedde zich naar een zijdeur en keek de gang in,

waar de assistente met dezelfde snelle tred door de schuifdeuren een andere ruimte in liep. Helen concentreerde zich op het vaatje. Het was alsof alles eromheen vervaagde. Er was iets bijzonders aan die dingen: als ze eenmaal waren gesloten, kon het deksel er niet meer van af. Dat had met hygiëne te maken. De vaten werden opgehaald door een afvalverwerkend bedrijf, dat ze rechtstreeks naar de verbrandingsovens bracht. Daar werden ze vernietigd. Ongeopend.

'Helen...? Hallo?'

Een fluittoon vulde haar oren.

'Hallo, contact?' Anouk kwam voor haar staan en raakte haar even aan.

Helen knipperde met haar ogen. 'Hé, Anouk, ik had je niet in de gaten.'

'Wat is er met jou? Ben je ziek of zo?'

'Slecht geslapen,' zei ze zacht. Haar stem haperde en haar maag trok samen, alsof iemand er steeds zachtjes in kneep.

'Ga even zitten.'

Ze schudde haar hoofd. 'Nee, het gaat alweer. Assisteer jij Jurgen even?' Ze onttrok zich aan Anouks onderzoekende blik, haastte zich de gang op en vluchtte een toiletruimte in. Er was niemand. Ze deed de kraan open en liet koud water over haar polsen en handen stromen. Wierp water in haar gezicht en bevochtigde haar hals. Bleef minutenlang zo staan, met haar kin op haar borst.

4

Naomi bevochtigde haar lippen door snel haar tong eroverheen te laten glijden. Ralf vond het een mateloos fascinerend schouwspel. De zon speelde met haar haar, dat sluik over haar schouders viel. Bruin, met oplichtende gouden spikkels die steeds van plaats veranderden. Hij moest zich ervan weerhouden een lok tussen zijn vingers door te laten glijden.

De auto reed te dicht langs een struik. Twijgen schuurden hoorbaar over de lak. Ralf stak zijn arm uit en gaf een duwtje tegen het stuur om de auto naar het midden van het parkeerterrein te laten rollen.

Naomi liet het stuur los.

'Vasthouden,' beval hij.

Ze gehoorzaamde, rode blosjes op haar wangen, maar ze liet het gas los en trok demonstratief haar knieën omhoog. 'Ik durf niet meer. Echt niet.'

'Je doet het goed. Nu de koppeling indrukken.'

Ze reageerde niet.

'Dat pedaal links.'

Ze liet haar linkerbeen zakken en ontkoppelde. Ralf zette de auto in zijn vrij en trok de handrem aan. 'Genoeg voor vandaag.'

'Ik heb het helemaal verkeerd gedaan.'

'Juist niet. Je deed het best goed voor iemand die nog nooit auto heeft gereden.'

'Echt?'

Hij knikte.

Ze wisselden van plaats. Ralf voelde zich opgelucht dat hij weer zelf achter het stuur zat. Er was niemand aangereden, er was geen politie langs geweest en zijn auto was nog heel – afgezien van een paar krasjes, maar die kon hij er makkelijk weer uit poetsen.

'Hoe ging je toets?' vroeg hij.

Haar gezicht klaarde op. 'Dat je dat nog weet. Best goed. Ik denk wel dat ik een voldoende heb.' Ze vertelde enthousiast over antwoorden die ze op het laatste moment nog had kunnen verbeteren. 'Ik heb trouwens nog steeds niets gehoord van Brian. Jij?'

Hij schudde zijn hoofd.

'Denk je niet dat we naar zijn moeder moeten gaan? Ik bedoel, drie dagen is best lang.'

'Ach... hij is wel vaker van de radar geweest.'

Ze keek hem verbaasd aan. 'Jij maakt je toch ook zorgen? Gisteren tenminste wel. Je hebt toch niet voor niets al zijn vrienden opgebeld?'

Ralf knikte. Dacht na.

'Nou dan.'

Hij trok zijn blik van haar los en keek naar een punt in de verte. Tikte met zijn duim op het stuur. De kans was belachelijk klein. Maar toch: stel... stel nou dat Brian was beschoten en uit dat huis weg had weten te komen. Bloedend, zwaargewond. Waar zou hij dan naartoe zijn gegaan? In elk geval niet naar zijn kamer, en ook niet naar vrienden.

'Goed,' hoorde hij zichzelf zeggen. 'Dan rijden we er wel even langs.'

5

Helens dienst zat erop. Ze liep op enige afstand achter haar collega's aan naar de kleedkamer. Haar mondkapje bungelde losjes om haar hals. Ze trok het mutsje van haar hoofd en frommelde het op. Schudde haar haar los. Bij de operatiekamers passeerde ze een zijgang, waar een metalen kast op wieltjes stond. Hij was niet tegen de muur geparkeerd, maar stond midden in het gangetje, alsof degene die hem had voortgeduwd met spoed was weggeroepen.

Een van de deurtjes was nog open. Op de legplanken lagen medische apparatuur en instrumenten. Aan sommige kleefde bloed. Instrumenten werden na gebruik in dit soort kasten gelegd en naar de sterilisatieruimte gereden. Daar werden ze gereinigd, gesteriliseerd en in twee lagen papier verpakt – brandschoon en gebruiksklaar voor de volgende operatie.

Helen bleef staan. Tussen de spullen lag een elektrisch apparaat dat eruitzag als een accuboor, alleen was er op de plaats waar normaal gesproken een boortje zat een dun zaagje bevestigd. Toen Helen nog op de ok werkte, had ze dat apparaat regelmatig in werking gezien. Het gleed door bot en weefsel heen als een mes door boter. Weifelend liep ze op de kast af. Ze stak haar hand uit, pakte de accuboor bij de greep en tilde hem op. Ze bekeek de snijvlakken. Er kleefde weefsel aan, minuscule flinters bot. Stukjes van meneer Van Drunen, besefte ze.

6

'Hallo?' Naomi boog zich voorover en duwde het klepje van de brievenbus omhoog. Ze tuurde door de spleet de gang in.

Ralf keek naar haar, naar de manier waarop haar achterste in de jeans bewoog en haar blouse opkroop over haar onderrug. De blote huid die zichtbaar werd, was glad en gebruind. Hij wendde abrupt zijn hoofd af en concentreerde zich op een auto verderop in de straat.

'Ik zie niemand,' zei ze.

Ralf haalde zijn telefoon uit zijn broekzak. Het was halfzes. 'Misschien kunnen we beter vanavond terugkomen. Of morgenvroeg.'

'Morgenvroeg zit ik op school.' Naomi ging rechtop staan. Ze duwde zacht tegen zijn borst. 'Hé. Zou hij niet gewoon thuis zijn?'

'Daar ben ik zaterdag nog wezen kijken. Zijn bed was onbeslapen.'

'Misschien is hij er nu wel?'

Ralf voelde er niet veel voor. Er was daar niemand, behalve Mikey, die nog geld van Brian tegoed had. Die wilde hij liever niet tegen het lijf lopen.

'Ah, toe nou?' Ze pakte zijn onderarm vast en wreef erover. *'Please, please?'*

Zijn huid tintelde op de plaatsen waar Naomi zijn jack aanraakte en hij voelde zachte schokjes door zijn lijf gaan. Hij staarde naar haar lippen. Mocht Brian op een of andere manier nog in leven zijn, dan moest hij verdomde snel iets van zich laten horen.

'Goed,' hoorde hij zichzelf mompelen. 'We gaan wel even kijken.' Een deel van hem waar hij weinig zeggenschap over had pakte haar bij de hand en nam haar mee naar zijn auto.

7

Werner en Helen liepen gearmd door de wijk. Thuis konden ze niet rustig praten. Het hele huis zat vol met kinderen: vrienden van Thom waren na het eten langsgekomen om te gamen, Sara had zich met Jackie en een make-upkoffer opgesloten in de badkamer en Emma werkte met twee klasgenootjes in de keuken aan een presentatie voor school.

'Ik baal ervan dat ik niet beter heb opgelet bij al die politieseries,' zei Werner.

'Die vertellen je waarschijnlijk net zo veel onzin als bijna alle ziekenhuisseries.'

'Het helpt toch om ideeën op te doen.'

Net als die varkens van je, zeker. 'Dit is geen film, Werner. In het echt heb je geen controle. Je kunt nooit helemaal voorkomen dat iemand je bezig ziet en de politie belt.'

'Toch moet het te doen zijn.' Werners haar waaide op bij zijn slaap. 'Er worden nog steeds moorden gepleegd die de politie niet krijgt opgelost. Lijken met DNA-sporen waarvan niemand weet van wie ze zijn. Of ze krijgen het lijk zelf niet eens geïdentificeerd. En dan al die vermissingen.' Hij keek haar aan. 'Ik denk echt dat het zal schelen als ik hem ergens in het buitenland probeer kwijt te raken. In een rivier, of in een meer.'

'Ik heb misschien een idee,' zei ze weifelend. Haar stem klonk zacht. 'Maar het is eigenlijk... te luguber voor woorden. Gekkenwerk.'

Hij keek haar aan. 'Vertel op.'

Ze vertelde Werner over de protocollen rondom medisch afval. 'De inhoud van die vaatjes wordt na sluiting niet meer gecontroleerd. Die deksels zitten muurvast.'

'De inhoud moet er toch een keer uit?'

Ze schudde haar hoofd. 'Nee, die vaatjes worden in hun geheel vernietigd. Die gaan rechtstreeks de verbrandingsoven in.'

'Weet je dat zeker?'

'Ja. Het betekent alleen dat we...' Ze kreeg de woorden niet over haar lippen.

'Ik begrijp wat het betekent.'

Ze voelde zich weer misselijk worden. 'Laat maar,' fluisterde ze. 'Vergeet het. Ik heb niets gezegd. Ik... ik lijk wel gestoord.'

Werner pakte haar bij de schouders. Zijn ogen gingen

onderzoekend over haar gezicht. Ze waren groter dan anders, ze leken zelfs een beetje uit te puilen, en ze keken naar haar met een plotseling fanatisme dat haar achteruit deed deinzen. 'Integendeel, Helen. Ik vind het een briljant idee. Echt briljant.'

8

'Ik heb nooit begrepen waarom Brian hier zo graag wilde wonen,' zei Naomi zacht.

Ze liepen langs de open keuken. Ralf zag afzuigkappen, fornuizen en bestekbakken, maar ook veel lege plekken; het beste spul was weggehaald en aan opkopers verkocht.

'Het is goedkoop,' zei Ralf. 'Niemand klaagt over geluidsoverlast en je kunt altijd voor de deur parkeren.'

'Maar het stinkt hier.' Demonstratief haalde ze haar neus op. 'En je kunt er elk moment worden uitgezet. Ik zou dat niet kunnen.'

'Ik ook niet.'

Ze namen de trap. Tot Ralfs opluchting was de gang boven leeg. Mikey moest thuis zijn, want zijn donkerpaarse BMW had zojuist vlak naast de entree gestaan. Met Brians sleutel opende hij de deur en stapte naar binnen. Deed hem meteen achter hen op slot.

Er was niets veranderd. Het beddengoed lag nog op dezelfde manier aan het voeteneind, alsof Brian het bij het wakker worden van zich af had getrapt. Zijn iPhone lag aan de oplader, precies waar Ralf hem de laatste keer had aangesloten.

Naomi zag het ook. 'Hé. Daar ligt zijn telefoon.'

Ralf verstarde even. 'Eh, ja. Misschien heeft hij een andere bij zich?'

Naomi hield zich even met de telefoon bezig, maar kwam niet door de beveiliging heen en legde hem terug. 'Dus het ziet er hetzelfde uit als zaterdag? Hij is hier niet geweest?'

Ralf knikte.

Ze pakte een lege fles van de grond en zette hem op een kastje. 'Maar waar is hij dan wel?'

Ralf ontweek haar vragende blik, die prachtige donkerblauwe ogen van haar, omrand met dunne, zwarte lijntjes. Er ontstonden scheurtjes in het schild van leugens dat hij om zich heen had opgetrokken. Toch kon hij Naomi niet in vertrouwen nemen. Dat zou hartstikke stom zijn. Ze zou het doorvertellen aan een goede vriendin, en die zou het op haar beurt weer aan een andere goede vriendin vertellen. Dat deden meisjes nu eenmaal, en dan was het een kwestie van tijd voor de politie bij hem op de stoep stond. Hij had het al vaker zien gebeuren.

'Geen idee.' Hij haalde zijn schouders op.

Ze trok het gordijn open en keek naar buiten. Het raam was vuil, er zaten dunne lagen spinrag in de hoeken. 'Ralf... ik vind eigenlijk dat ik dit niet tegen jou moet zeggen, ik bedoel, je bent zijn beste vriend en zo, maar...' Ze blies een pluk haar uit haar gezicht. 'Ik twijfel soms aan Brian. Of ik wel met hem door wil gaan.'

Dit was wel zo'n beetje het laatste wat hij uit haar mond had verwacht te horen.

'Neem dit nou.' Ze spreidde haar armen. 'We gaan bij zijn moeder langs, bellen iedereen die hij kent, maken ons hartstikke veel zorgen, maar hij zit zelf waarschijnlijk gewoon bij vrienden in Amsterdam of Rotterdam, of weet ik waar, en hij denkt geen seconde aan mij. Of aan jou.'

Naomi praatte door, maar wat ze precies zei kreeg Ralf niet meer mee. Door de weidse beweging die ze met haar armen maakte werden haar borsten naar voren gedrukt. De kleine, ronde vormen werden nauwelijks verhuld door de blouse die ze droeg. Naomi had een handvol, misschien iets minder. Hij moest zichzelf ervan weerhouden om eraan te voelen.

Die blouse over haar hoofd uit te trekken.

Die bh los te maken.

Haar op haar rug op bed te leggen...

'Wedden dat hij ons straks recht in ons gezicht uitlacht?' Ze stootte een kreet van frustratie uit en stompte tegen de kast. 'O, ik ben er zo klaar mee!' Haar borsten wipten op en neer door de krachtsinspanning. Twee volmaakt ronde halve bolletjes die trilden terwijl ze nog eens uithaalde.

Zijn lichaam reageerde erop.

Plotseling draaide hij zich om. 'Kom,' snauwde hij. 'We gaan.'

9

'La maison?'

'Het huis.'

'Le jardin?'

'De tuin.'

Helen draaide de bladzijde van het Franse leerboek om. 'Goed, Emma, volgens mij ken je alles al uit je hoofd!'

Emma zag er vanavond anders uit. Na het eten had ze zich in de badkamer teruggetrokken om haar gezicht schoon te maken, te scrubben en een maskertje te nemen. De harde zwarte lijnen en klonterige mascara waren verdwenen en haar sproetjes werden niet meer verstopt onder een laagje foundation. Haar blonde haar zat in een slordige staart op haar achterhoofd gebonden. Weerbarstige kroeshaartjes vormden een transparant diadeem. Zoals ze daar zat, in het zachte lamplicht aan de keukentafel, leek ze weer precies op het meisje dat zo kort geleden nog huppelend aan de hand had gelopen.

'Het werkt goed, hè, alle woorden een paar keer achter elkaar opschrijven,' ging Helen door. 'Zo leerde ik vroeger ook altijd.'

Emma knikte braaf.

'Oké, daar gaan we weer... *Le toit?*'

'Het dak.'

'Weet je ook hoe je "toit" schrijft?'

Er klonk een bescheiden rinkelgeluidje, gedempt door het soepele leer van Helens tas. Vroeger had ze haar telefoon genegeerd als ze ergens mee bezig was – 'als het belangrijk is, bellen ze vast nog wel een keer'. Aan die laconieke houding was een einde gekomen toen de kinderen ouder werden en ze zich onafhankelijk van haar en Werner door de wereld waren gaan bewegen. Sara was niet thuis – die was na het eten naar een vriendin gegaan.

Helen ritste haar tas open en nam haar telefoon eruit. LEX stond er op het schermpje. Verbaasd nam ze op.

'Bel ik wel gelegen?' vroeg hij.

'Eh, ja, sorry. Natuurlijk.' Ze stond op van tafel en keek door het keukenraam naar buiten. De garagedeur stond open en er brandde licht onder het afdak – Werner was bezig het licht van Thoms fiets te repareren. Ze draaide zich om in de verwachting dat Emma haar vragend aan zat te kijken, maar Emma benutte de onverwachte pauze met het beantwoorden van berichten op haar telefoon.

'Helen?'

'Eh... wacht even.' Ze zwaaide en zocht oogcontact met Emma. 'Moet even, sorry,' mimede ze, wijzend op haar telefoon, en ze liep snel de hal in. Sloot de keukendeur achter zich. 'Ik was net mijn dochter aan het overhoren.'

'Sara?'

'Nee, Emma. Franse woordjes.' Het ergerde haar dat haar stem hoger klonk dan anders.

'Zal ik later terugbellen?'

'Hoeft niet, ik...' Midden in de hal bleef ze staan. Haar blik werd naar de kelderdeur getrokken. Hoorde ze daar nou iets ritselen? Gespannen probeerde ze de deurknop. De deur zat nog steeds op slot. Haar opluchting maakte meteen plaats voor het afschuwelijke beeld van de overvaller die daar onder aan de trap in de vriezer lag. Ze wist nog precies hoe ze hem hadden achtergelaten, gekleed in zijn zwarte trainingsbroek en jack, het hoofd opzij gedraaid, de armen voor zijn borst gevouwen, de knieën hoog opgetrokken. Een plastic tasje met beide pistolen en zijn bivakmuts lag in het kuiltje tussen zijn schouder en zijn hoofd.

'Helen?'

Ze liep door naar de woonkamer en ging op de bank zitten. Haar benen trilden. 'Zo,' zei ze, quasiopgewekt. 'Steek maar van wal.'

'Dat wilde ik juist tegen jou zeggen. Ik sprak Anouk vanavond, vanwege dat personeelsuitje naar Rome. Ze zei dat je je vandaag zo vreemd gedroeg. Het was meer collega's opgevallen.'

'Anouk en jij praten samen over mij?'

'Het kwam toevallig ter sprake, Helen, kom op.'

Helen perste haar lippen op elkaar. Het ziekenhuis was soms net een incestueus dorp. Een ommuurde vesting waarbinnen de bewoners elkaar constant in de gaten hielden en waar niets verborgen bleef. Dat was nooit een probleem geweest, ze had het juist wel grappig gevonden, geruststellend ook. Maar ze had dan ook nooit eerder iets te verbergen gehad.

'Ik moest denken aan ons gesprek van gisteren en ik dacht... laat ik eens bellen. Ik ken je zo niet.'

Ze zocht naar woorden, beet op haar lip.

'Heeft het met Sara te maken?' ging hij door. 'Is het weer mis?'

'Nee, hoor. Met Sara gaat het prima. Gelukkig wel.'

'Zeker weten? Ze heeft je vaker voor de gek gehouden.'

Ze sloot haar ogen, haalde diep adem. 'Ik ben een paar weken geleden opgehouden met haar te controleren. Ze heeft niet meer gelogen, niet over belangrijke dingen in elk geval. En ze lijkt ook niet meer met die jongen om te gaan.'

'Klinkt geweldig. Het kan zo verschrikkelijk aan je vreten. Ik heb toen met Sanne al doodsangsten uitgestaan en ik kan me voorstellen dat dat gevoel nog veel sterker is bij je eigen kind.'

'Hoe is het met haar?' vroeg Helen, in een poging het gesprek een andere wending te geven.

Sanne was het zusje van Lex. Zijn moeder was al zesenveertig geweest toen ze werd geboren. Lex was toen vierentwintig en zijn tweelingbroers vier jaar jonger. Niemand had verwacht dat het gezin uitgebreid zou worden – voor Lex' ouders was de verrassing nog het grootst. Lex had zijn zusje eens meegenomen op een personeelsuitje: een bozige, bleek geschminkte gothic die moeilijk contact maakte en in weinig op haar grote broer leek. Ze was al een paar keer van huis weggelopen.

Lex vertelde dat Sanne zich op Japanse kunst en muziek had gestort. In de hoop dichter bij hun dochter en haar belevingswereld te komen, hadden zijn ouders voor komend voorjaar een reis voor drie personen naar Japan geboekt. 'Ik mag voor mijn ouders hopen dat ze tegen die tijd nog steeds zo *into* Japan is,' zei Lex.

'Ik hoop het met je mee.'

Er viel een korte stilte.

'Helen... ik ken je nu al een poos en –'

'Er is écht niets aan de hand.' Ze probeerde autoriteit in haar stem te leggen. 'Geloof me nou maar. Jullie maken je zorgen om niks.'

'Eh, júllie? Voor de duidelijkheid: ík ben degene die zich zorgen maakt.' Zijn stem kreeg een vertrouwelijke, zachte toon: 'Ik ken je toch?'

Helen slikte. Ze had hem altijd in vertrouwen genomen, over allerlei privékwesties. Het enige wat ze niet met hem besprak was haar huwelijk met Werner, daar lag de grens. In de loop van de tijd was ze Lex' mening belangrijker gaan vinden dan die van haar vriendinnen en soms woog zijn oordeel zelfs zwaarder dan dat van Werner. Misschien omdat Lex écht naar haar luisterde en oprecht in haar geinteresseerd was. Hij hield van mensen, terwijl Werner geneigd was mensen te gebruiken voor zijn eigen doelstellingen. Werner was de ultieme manager, een leider die recht op zijn doel afging. Ook in de liefde en als opvoeder. Het was een van zijn eigenschappen die ze vroeger als spannend en verrijkend had ervaren. *Opposites attract.*

'Mam?' Emma stond in de deuropening. 'Kom je me nog overhoren?'

'Tuurlijk, lieverd,' zei ze. 'Eh...'

'Ik hoor het,' zei hij. 'Sorry dat ik je gestoord heb.'

'Je stoort me nooit,' liet ze zich ontvallen. 'Bedankt, Lex.'

Ze verbrak de verbinding.

10

'Bedankt voor het eten. Het was lekker.'

'Ik zal het doorgeven aan Colonel Sanders.'

Naomi glimlachte. 'Jij eet echt nooit thuis, hè?'

'Jawel, ik eet óók thuis.'

Nu lachte ze hardop.

Op haar verzoek zette Ralf haar af op de hoek van het huizenblok waar ze woonde – 'Anders gaan mijn broers me weer uithoren'.

Bij het afscheid legde ze onverwacht een hand op zijn been. Ralf legde de zijne er zo nonchalant mogelijk overheen.

'Iemand die ik ken geeft zaterdag een filmavond,' zei ze. 'Of Brian nou wel of niet terug is... Heb jij zin om daar mee naartoe te gaan?'

Ralf reageerde niet meteen.

Dit was geen vrijblijvende uitnodiging. Als een meisje een jongen uitnodigde voor een filmavondje, dan vond ze hem leuk. Niet alle filmavondjes draaiden uit op seks, maar dat er gezoend zou worden, stond al vast. Ralf begreep heel goed dat ze kwaad op Brian was en zich door hem in de steek gelaten voelde, maar Brian was wel zijn vriend. Aan de andere kant was Brian zelf nooit zuinig op Naomi geweest. Als de overval vrijdagavond was gelukt, zouden ze dat met een stel meiden gevierd hebben.

Ze keek hem bloedserieus aan. Zijn zwijgen had haar onzeker gemaakt.

Net toen hij wilde zeggen dat hij de zaterdagavond graag met haar zou doorbrengen, maar liever zonder het gezelschap van haar vriendinnen en vage vriendjes, voegde ze eraan toe: 'Het is bij Sara Möhring. Die hebben een kast van een huis en er is zo veel drank dat die ouders het niet eens merken als er een paar flessen weg zijn. Dus we hoeven zelf niets te kopen.'

11

Helen trok de wijnkast open en keek erin. Op de blankhouten schappen lagen meer dan honderd flessen wijn te wachten om gedronken te worden. Wijnen uit Frankrijk, Italië, Portugal en Griekenland. Sommige heel zeldzaam en kostbaar, cadeaus van leveranciers van De Zoete Inval. Sinds het incident had ze geen druppel meer gedronken. Ze zou er wat voor overhebben om weer eens een lome tevredenheid door haar lijf te voelen stromen en haar strakgetrokken spieren te laten ontspannen, maar ze was doodsbenauwd dat de alcohol verkeerd zou vallen en ze dingen zou gaan zeggen of doen die onomkeerbaar waren. Onbedaarlijk huilen bijvoorbeeld, uit pure onmacht servies kapotgooien of ruziemaken met Werner waar de kinderen bij waren. Of alle drie tegelijk.

Ze sloot de deur en draaide zich om. Werner stond bij het kookeiland. Hij maakte de indruk dat hij daar al langer naar haar stond te kijken. 'Beter van niet,' zei hij.

'Weet ik.'

'Later.'

Ze knikte. Later klonk goed. Het was een hoopvol woord. Later impliceerde dat dit op een dag allemaal voorbij zou zijn en ze hun leven weer konden oppakken. Helen voelde de behoefte om Werner te omhelzen en tegen hem aan te kruipen, maar zijn licht verwilderde, bijna starende blik weerhield haar daarvan.

Zijn kaakspieren waren strakgespannen. 'Goed,' zei hij alleen maar, tegen niemand in het bijzonder, en hij liep langs haar heen de bijkeuken in. Ze hoorde de achterdeur open- en dichtgaan en zag dat hij naar de garage ging.

12

Ralf zat rechtop in bed. Zijn laptop rustte zoemend op zijn schoot. De naam 'Sara Möhring' gaf weinig hits. Sara had haar social media-accounts afgeschermd, maar haar naam kwam wel veel voor op lijsten met uitslagen van tenniscompetities. Op de site van de tennisvereniging vond hij groepsfoto's waar ze op stond. Verder was er niets over haar te vinden.

Daarna voerde hij 'Kraaienveld 23' in. Een van de eerste hits leidde naar een site waar een foto van het huis op stond. Uit het begeleidende tekstje maakte hij op dat het zeven jaar geleden was verkocht voor bijna zeven ton. Ralf siste tussen zijn tanden. Op Kraaienveld 23 bleek nu een bedrijf gevestigd te zijn: De Zoete Inval BV. Ralf ging rechter zitten. De Zoete Inval was de naam van vier grote, populaire *all-you-can-eat*-restaurants. Het maakte niet uit naar welk je ging, het zat er altijd stampvol. Ralf had er zelf nog nooit gegeten, maar hij kende wel mensen die er in de keuken of in de bediening werkten.

Brian had er ook een poos gewerkt, in de keuken. Hij had hem daar verdorie een maand of vier, vijf geleden nog eens moeten ophalen omdat zijn Golf niet wilde starten. Ralf ging naar de site van De Zoete Inval en klikte op het tabblad 'Wie zijn wij?'. Naast een algemeen wervend tekstje over een 'enthousiast team dat altijd klaarstaat om u een geweldige lunch of diner te bezorgen' stonden foto's met lachende mensen in bedrijfskleding. Op een ervan keek een rossige vent met een tevreden grijns in de camera. Er was geen twijfel over mogelijk dat dit de vader van Sara was. 'Werner Möhring' stond erbij.

Die klojo had zijn oude werkgever overvallen!

13

Werner droeg een blauwe overall uit het ziekenhuis, plastic overschoenen en rubberhandschoenen. Een mondkapje bedekte de onderkant van zijn gezicht. Het zat onder de bloedspatten.

'Dit is jouw schuld, Helen,' gromde hij. 'Eigenlijk zou ik jou dit moeten laten doen.' Hij sperde zijn ogen open. Ze knalden bijna uit hun kassen terwijl hij de zaag hanteerde en hem in gestaag tempo heen en weer haalde. Transpiratievocht droop in stroompjes langs zijn jukbeenderen. Plukjes haar staken onder zijn operatiemutsje vandaan en plakten aan zijn voorhoofd.

Hij werkte als een bezetene door. Stootte ritmische zuchten uit als hij extra kracht zette en de zaag van zich af bewoog. Zacht, plakkerig weefsel droop van het zaagblad.

Helen keek vol afgrijzen toe. Ze zat met haar rug tegen de betonnen keldermuur, die warm en vochtig aanvoelde. Ze kon zich niet bewegen.

'Dit vergeef ik je nooit meer,' hoorde ze hem fluisteren, hijgend vanachter het mondkapje.

Ze wilde zeggen dat het haar verschrikkelijk speet, dat ze het terug zou draaien als ze dat zou kunnen, maar er zat een brok in haar keel die haar het spreken verhinderde. Koortsachtig keek ze om zich heen.

De kelder zag er anders uit. De witte verf op de muren was vervaagd tot een grauwe, vlekkerige massa waar het beton doorheen schemerde. Aan het plafond bungelde een peertje dat zoemende geluiden maakte en knipperde.

Abrupt hield Werner op met zagen. Hij hief het besmeurde gereedschap boven zijn schouder en draaide zich langzaam naar haar om. 'Nu jij!'

Helen schoot wakker. Zweetdruppels dropen langs haar nek. Ze wilde haar vochtige haardos uit haar gezicht strijken, maar haar rechterarm reageerde niet op haar aansturing. Het onderlaken was van het matras losgekomen en zat samen met het dekbedovertrek om haar bovenlijf en nek heen gewikkeld. Paniekerig trok ze zich los. Het dunne katoen was klam van haar zweet.

In de slaapkamer was het stil en donker. Ze knipte het bedlampje aan en keek naast zich. Geen Werner. Ze streek met haar hand over het matras: aan zijn kant was het koel en droog.

Helen glipte uit bed. Haar ademhaling was gejaagd en haar hart leek hoog in haar borst te kloppen. Ze trok haastig haar badjas aan, schoot in haar pantoffels en liep de gang op.

Werner was niet in de badkamer. De deuren van de kinderkamers stonden op een kier. Ze bleef bij elke deur staan luisteren, maar hoorde niets anders dan de gestage, rustige ademhaling van haar kinderen in diepe slaap.

Weifelend sloop ze de trap af. In de keuken brandde het licht van de afzuigkap, maar er was niemand. Met toenemende ongerustheid liep ze door naar de hal. Die was donker, maar niet helemaal: er drong een zacht schijnsel tussen de gesloten kelderdeur en het deurkozijn door. Ze ving geluiden op, gedempt vanuit de kelder.

Trillend legde ze haar oor tegen de deur. Het geluid klonk nu helderder, harder. Het leek op het geluid dat een rasp maakt op een hard oppervlak, zoals een muskaatnoot.

Helen bleef staan luisteren, ademend door open mond. *Heen en weer. Heen en weer.*

Ze had het niet gedroomd.

Werner was daarbeneden.

DINSDAG

1

'Kijk eens. Eerste verhoging.'

Ralf griste de opengescheurde envelop uit zijn moeders hand en propte hem in zijn achterzak. 'Er bestaat zoiets als briefgeheim.'

Ze deed of ze hem niet hoorde. 'Ik begrijp niets van jou, Ralf. Waarom betaal je je bekeuringen niet meteen? Nou ben je duurder uit.'

'Ik regel het wel,' mompelde hij.

'Regelen? Hoe wil je dat doen? Er staat niets op je bankrekening.'

Dat wist ze dus ook al. 'Ik regel het wel, zei ik toch?'

In zijn portemonnee zat zestig euro. Niet eens genoeg voor een volle tank. Er moest gauw een oplossing komen. Een baan bijvoorbeeld, liefst een die beter betaalde dan het minimumjeugdloon. Het was alleen jammer dat niemand zat te wachten op een jongen van achttien zonder vakopleiding. Dat hadden ze hem bij die uitzendbureaus wel duidelijk gemaakt. Het best betaalde baantje dat ze voor hem hadden kunnen vinden was in een grote wasserij. 'Je collega's zijn voornamelijk Polen. Je moet wel flink aanpakken en fysiek sterk zijn, maar zo te zien kun je dat wel aan.' Ralf had voor de eer bedankt.

Misschien had Jeffrey nog een klus. Hij had het laatst

nog gehad over werk in een wietcontainer. Pittiger dan in de wasserij; ze lieten je twaalf uur aan één stuk door werken in de hitte en de stank en er was constant het risico van een ripdeal of een politie-inval, maar je verdiende er een paar honderd euro per dag mee. Dat was tenminste de moeite waard. Stel dat hij dat een dag of drie, vier zou kunnen volhouden, dan was hij de komende maand uit de brand.

Hij pakte zijn jack van de kapstok en liep naar de deur.

'Waar ga je heen?'

'Werk zoeken,' zei hij.

Zijn moeders gezicht klaarde op, maar vrijwel meteen verdween haar glimlach weer. 'Toch niets illegaals?'

Ze las niet alleen zijn brieven, maar ook nog zijn gedachten.

'Mam... ik zie je straks.'

'Ralf, wacht. Ik vertelde je laatst over dat jongerenproject, weet je nog? Ik heb daar een paar mensen gesproken en hun jouw situatie voorgelegd. Je kunt er volgende week al terecht.'

Hij staarde haar uitdrukkingsloos aan.

'Je krijgt een soort coach toegewezen,' ging ze door. 'Die gaat samen met je bekijken waar je kwaliteiten liggen en je helpen om je leven weer op de rails te krijgen.'

'Geweldig,' zei hij mat. 'Ma, echt geweldig.' Hij liep naar buiten en smeet de voordeur achter zich dicht. Dacht ze nou echt dat hij zich leende voor dit soort kansloze geitenwollensokkenprojectjes?

In zijn auto pakte hij zijn telefoon en stuurde een bericht naar Jeffrey – MAAT, WAAR BEN JE? ', startte en reed de straat uit. Toen pas zag hij in zijn achteruitkijkspiegel dat vlak achter hem een paarse BMW reed.

2

'Sorry. Het wordt niets zo.'

Werners stem klonk alsof hij vanochtend vroeg uit een rokerige karaokebar was gerold. Zijn huid zag grauw en de zwelling bij zijn oog begon van paars naar geel te verkleuren.

Maar het was niet zijn uiterlijk, dat Helen alarmeerde: Werner straalde een ander soort energie uit. Nerveus, opgejaagd. Het leek of ze met een vreemde aan de keukentafel zat.

'Je had me wakker moeten maken,' zei ze. 'We hadden dit samen kunnen doen.'

Hij schudde zijn hoofd. 'Dat had niets uitgemaakt. Met een handzaag lukt het gewoon niet. Ik heb een halfuur staan zagen op een...' Zijn ogen dwaalden rusteloos door de keuken. 'Dit gaat weken duren. Maanden.' Hij stak zijn handen omhoog, de vingers gespreid. Werners pianohanden waren nooit geschikt geweest voor zwaar werk. Ze zaten nu vol kapotte blaren en schaafwonden. 'Het was al een hele toer om hem uit die kist te krijgen, hij zat vastgevroren aan de randen.'

Helen klemde haar kaken op elkaar en keek zwijgend langs Werner naar buiten. Aan de overkant van de straat liep een man. Hij had twee fors uitgevallen rottweilers aan de lijn waar hij weinig controle over leek te hebben. Een van de honden sleurde hem mee naar de struiken naast het elektriciteitshuisje en snuffelde er uitgebreid aan.

Ze schraapte haar keel. 'Ik had vannacht een nachtmerrie die heel echt leek. Ik werd er wakker van. Toen ik naar beneden ging om je te zoeken, hoorde ik je bezig in de kelder.'

Werner keek haar glazig aan. 'O?'

Helen wreef over haar voorhoofd. Haar vingers trilden. 'Ik durfde de kelder niet in te gaan, sorry. Ik vind het zo afschuwelijk, Werner, zo... Ik weet niet wat ik hiermee aan moet.'

Hij keek haar zwijgend aan, zijn ogen tot spleetjes geknepen. Even leek zijn blik verwijtend, maar dat verbeeldde ze zich vast.

'We kunnen dit maar één keer doen, Helen,' zei hij zacht. 'We krijgen geen herkansing. Het moet meteen goed.'

Het was wel eens vaker gebeurd, heel af en toe, en vooral als ze moe was, dat ze naar haar eigen man keek en hem in een flits zag zoals een toevallige passant hem zou zien. Een stijlvolle man van rond de veertig; licht grijzend, met een hoog voorhoofd en aristocratische, fijne trekken. Veel mensen zouden hem als knap beschrijven. Helen was niet zozeer op zijn uiterlijk gevallen, ze had zich vooral aangetrokken gevoeld tot zijn innerlijke kracht. Werner was zo'n man die anderen tien stappen voor was, altijd vooruitdacht en wist wat er moest gebeuren. Maar vanochtend zag ze voor het eerst vertwijfeling in zijn blik.

'Er moeten toch zagen zijn waarmee je door bevroren vlees en bot heen kunt komen? IJzerzagen misschien?' vroeg hij zich hardop af. Hij pakte de iPad die op tafel lag, maar zijn vingers bleven boven het scherm hangen.

'Wat is er?'

Gefrustreerd schoof hij het apparaat van zich af. 'Stel... Stel dat wij hier ooit aan gelinkt worden. Dan gaan ze je surfgedrag natuurlijk na.'

'Dat zit er dik in, ja. Maar misschien is het niet eens nodig.' Ze vertelde over de accuboor die in het ziekenhuis werd gebruikt door de orthopedisch chirurg. 'Ik weet natuurlijk niet hoe het werkt bij bevroren ledematen. En ik zou ook niet weten hoe ik zoiets ongezien mee naar huis kan nemen. In mijn handtas past het sowieso niet. Maar misschien wel in een –'

'Wat voor zaagblad heeft zo'n ding?'

Helen hield haar duim en wijsvinger een centimeter van elkaar af. 'Zoiets. Vrij dun. Als een elektrisch broodmes.'

Hij sprong op. 'Pak je jas.'

3

In een poging Mikey van zich af te schudden was Ralf door rood gereden en een paar keer abrupt van richting veranderd, maar de BMW was steeds weer in zijn achteruitkijkspiegel opgedoken. Tegen de tijd dat Ralf de straat inreed waar Jeffrey woonde, zaten er nog maar twee auto's tussen hen in.

Ralf dacht aan het busje pepperspray dat in zijn handschoenenkastje lag. Heel effectief, maar hij durfde het niet tegen Mikey te gebruiken. Brians dealer wist waar hij woonde en zou uit wraak minstens zijn arm of been breken. Ralf kon maar twee manieren bedenken om van hem af te komen, afgezien van hem vermoorden: met hem praten en hopen dat hij hem zou geloven, of hem het bedrag betalen dat Brian hem schuldig was.

Hij reed langzaam langs de portiekwoning waar Jeffrey met zijn vriendin Denise en hun pasgeboren tweeling woonde. De gordijnen waren open en hij zag beweging. Jeffrey was 's ochtends meestal wel thuis en bovendien was hij driftig en sterk – misschien kon hij Jeffrey hierin betrekken?

Op zoek naar een parkeerplek reed hij door naar een klein winkelcentrum aan het einde van de straat. Het was er rustig. De snackbar was op dit vroege uur nog gesloten, de deur van de Turkse winkel was dicht.

Hij parkeerde en stapte uit. De BMW kwam met piepende banden het terrein opgereden en stopte pal achter zijn auto. Mikey sprong eruit. Voor Ralf de kans kreeg om iets te zeggen, werd hij bij de keel gegrepen en met kracht tegen zijn auto aan geramd.

4

'Kan ik u misschien helpen?' Een jongen met een gezicht vol sproeten kwam bij Werner en Helen staan. 'Jan-Willem' stond er op zijn badge.

'Eh, nou...'

Jan-Willem wees naar de wand met elektrische zagen. 'Op alles van Black & Decker zit deze week twintig procent korting. Dat scheelt toch mooi. Op zich een goed merk, hoor. Hebben we weinig klachten over.' Hij zocht oogcontact met Werner. Jan-Willems wenkbrauwen en wimpers waren zo licht dat ze wel transparant leken. 'Als u tenminste geen al te zware klussen op de planning heeft?'

'Nou, ik –' Werner balde zijn vuist en keerde de jongen al hoestend de rug toe.

Helen forceerde een glimlach. 'We zoeken wel echt een goeie. Eentje die niet zo snel oververhit raakt, zeg maar. Waar je een uurtje of langer mee kunt doorwerken.'

'Dat kunnen ze allemaal wel, maar het is afhankelijk van de belasting. Waar is het voor?'

Helen zocht steun bij Werner, maar hij stond nog steeds te hoesten.

'Mevrouw?'

'Het is voor vlees. Vlees en botten,' zei ze vlug.

'Pardon?'

Werner was opgehouden met hoesten en keek haar verbijsterd aan. Zijn ogen traanden.

'We voeren onze rottweilers diepvriesvlees met botten. Dat willen we graag in kleinere porties zagen, maar met een handzaag duurt het veel te lang.'

Werner had zich amper bewogen.

'Die vraag heb ik vaker gehad,' zei de jongen opgewekt. '*Barf* heet dat toch? *Bones and...*' Hij dacht even na. '*...raw food.*'

Helen knikte dankbaar, al had ze geen idee waar de verkoper het over had.

'Mijn zus geeft dat ook aan haar labradors,' ging hij door. 'Die fabrieksbrokjes zijn ook maar bedacht door de commercie, natuurlijk.'

Werner mengde zich in het gesprek. 'Wat voor gereedschap gebruikt je zus?'

'Voor diepgevroren vlees? Die bovenste.' Hij wees naar een elektrische zaag van ruim honderd euro. 'Die is alleen niet in de aanbieding, vrees ik.'

'We nemen hem toch,' zei Werner.

'Heel verstandig.' Jan-Willem hurkte en zocht tussen een stapel dozen naar het juiste apparaat. 'Als je even hebt staan klooien met ondermaats materiaal, heb je die investering er graag voor over. Goed gereedschap is het halve werk.'

5

'Ik weet niet waar hij is!' Ralf duwde zijn kin naar zijn borst om de druk op zijn keel te verminderen.

Mikeys vingers omsloten zijn keel als ijzeren haken. Hij

was kleiner en tengerder dan Ralf, maar snel en onverwacht sterk. Bovendien prikte hij met zijn andere hand een vlindermes in zijn zij. 'Je loopt bij Brian in en uit, en nu zie ik je in de straat bij Jeffrey. Wat weet hij ervan? Waar zijn jullie mee bezig?'

'Niks, man. Jeffrey is gewoon een vriend van me. Mag ik niet naar een vriend?'

Mikey bracht zijn gezicht dicht bij dat van Ralf. Hij kneep zijn scheefstaande ogen tot spleetjes. 'Oké. Nog één keer...'

'Ik zoek hem net zo goed!'

Misschien geloofde Mikey hem, of had hij hem aan het twijfelen gebracht. In elk geval liet hij zijn keel los.

'Hoeveel krijg je van hem?' Ralfs stem klonk schor en hoog.

'Drie mille. Hij heeft een voorraad wit van me overgenomen waar hij klanten voor had. Hij zou me het geld dezelfde avond nog komen brengen.'

Ralf wist niet wat hij hoorde. Was Brian van plan geweest om te gaan dealen? Daar had hij niets over gezegd. 'Wanneer was dat?'

'Vrijdag.'

Er begon hem iets te dagen. Brian was ervan uitgegaan dat hij vrijdagavond minstens vijfduizend euro rijker zou worden bij Werner Möhring.

'Ik weet het goed met je gemaakt.' Mikey wees met het mes naar hem. 'Ik geef je tot zondag de tijd. Twaalf uur, Brians kamer. Als jij of die vuile dief niet over de brug komt, hebben jullie een serieus probleem. Allebei.' Hij bracht zijn mond dicht bij Ralfs oor en fluisterde: 'Ik zou maar niet te gehecht raken aan die bitch van hem, want zij is als eerste aan de beurt.'

6

Werner en Helen hadden een groot, plastic zeil en een paar rollen duct-tape in een andere bouwmarkt gehaald. In de supermarkt kochten ze naast andere boodschappen vier doosjes diepvrieszakken met een inhoud van drie liter en een rol grijze vuilniszakjes. Alles werd contant afgerekend. Zojuist hadden ze het sterk naar plastic ruikende zeil over de keldervloer uitgespreid.

Werner keek op de klok. Het was tien over elf. 'Hoe laat komen de kinderen thuis?'

'De meiden pas om halfvier, Thom een uur eerder.'

'Goed.' Werner haalde diep adem, zijn blik was naar binnen gekeerd. 'Ik heb drank nodig.'

'Je hoeft het niet alleen te doen.'

Hij keek haar kort aan, met een uitdrukking die ze niet goed kon plaatsen. Daarna liep hij naar de kast waar hij zijn sterkedrank bewaarde.

Helen realiseerde zich dat het lang geleden was dat Werner en zij een doordeweekse ochtend of middag samen hadden doorgebracht. Vroeger deden ze dat regelmatig, toen Werner nog werknemer was bij De Zoete Inval en zij vaker avonddiensten draaide dan nu.

'Er is weer wat uit, verdomme,' hoorde ze hem zeggen.

Nadat Werner een paar keer had misgegrepen, was hij zijn drank onopvallend gaan merken door met zijn nagel een streepje op het etiket te krassen. Als het niveau in de fles lager stond dan het onderste merktekentje, was er kennelijk door iemand anders uit gedronken. Helen hield niet van dit soort controles. Ze ging er liever van uit dat haar kinderen eerlijk waren, in elk geval tegen haar en Werner. De buitenwereld was vaak al hard en onrechtvaardig genoeg, daarom vond ze dat iedereen binnen het gezin van elkaar op aan moest kunnen. Sara's bedrog had haar doen inzien dat ze daarin veel te naïef was geweest. Bovendien had ze nu te maken met kinderen die een eigen identiteit aan het ontwikkelen waren en daarom ook grenzen opzochten.

Bestonden ze eigenlijk wel, pubers die de drankkast van hun ouders links lieten liggen?

'Waaruit?' vroeg ze.

'Uit mijn Aultmore Adelphi,' riep hij. 'Zo'n fles kost verdomme honderdvijftig euro.'

'Onze kinderen hebben smaak,' zei ze zacht. Ze kon een flauwe glimlach niet onderdrukken.

Werner kwam terug met een glas whisky. Hij ging met zijn rug tegen het aanrecht staan en nam een slokje. Sloot even zijn ogen. 'Man, hier ben ik aan toe.'

Op het aanrecht achter hem lag de nieuwe elektrische zaag te glanzen in de herfstzon.

7

De dag was verkeerd begonnen, met het gezeur van zijn moeder en de aanvaring met Mikey er zo vlak achteraan. Vervolgens was hij er bij Jeffrey achter gekomen dat de klusjes bij zijn wiet telende vrienden al waren vergeven. 'Je bent te laat, man. Voor jou tien anderen.'

Naomi zat naast hem in de auto, onwetend van wat haar boven het hoofd hing. Zojuist had ze weer een stukje in zijn auto gereden. Het ging haar steeds beter af.

'Ik weet het niet, hoor,' zei ze. 'Eerst dacht ik dat Brian gewoon even van de radar was, maar nou... nou denk ik...'

'Denk je wat?'

'Ik weet het niet.' Ze keek hem aan. 'Het is best raar,

toch? Het is al dinsdagmiddag. Vind je niet dat we naar de politie moeten gaan?'

'Nee. Dat moet zijn moeder doen. Wij zijn alleen maar zijn vrienden.'

'Maar Brian ziet haar zo weinig dat ze het waarschijnlijk niet eens weet. Misschien gaat ze hem pas over een paar weken missen of zo.'

Hij trok zijn pet van zijn hoofd, keek naar de glanzende sticker op de klep en wreef er zachtjes over met zijn duim. 'Zullen we het nog één nacht afwachten? Als hij morgen nog niet boven water is, gaan we bij haar langs. Jij en ik. Goed?'

8

Het hoge, gierende geluid klonk door tot in de keuken. Monotoon – minutenlang dezelfde toonhoogte, dan weer staccato, haperend.

Soms was het ineens stil.

Helen ijsbeerde rondom het kookeiland, haar armen over elkaar geslagen. Ze voelde zich schuldig.

Een lafaard.

Natuurlijk, het was Werners wens geweest om het alleen te doen. 'We hebben er niets aan als we straks allebei doordraaien,' had hij gezegd, en daar had ze zich maar al te graag bij neergelegd. Maar ze zou nooit die blik in zijn ogen vergeten voordat hij in de kelder verdween. De vastberadenheid, de kilte. Toch zat er achter die harde laag ook onzekerheid en angst. Dat kon niet anders. Hij was net zo bang als zij, alleen wilde hij het niet laten merken.

'Mijn klus zit er straks op,' had hij gezegd. 'Hierna is het jouw beurt. In het ziekenhuis kan ik je niet helpen.'

Het geluid vanuit de kelder viel weg.

Stilte.

Helen luisterde ingespannen. Hoe ver was hij? Lukte het eigenlijk wel? Ze probeerde zich geen al te levendige voorstelling te maken van het tafereel in de kelder, maar haar onderbewuste bleef haar maar bestoken met gruwelplaatjes. Het blauwe zeil dat over de koude vloer uitgespreid lag, de jongen die...

Ze voelde haar maag opspelen en drukte een vuist tegen haar mond. In het ziekenhuis was ze er tot op zekere hoogte aan gewend geraakt dat mensen stierven. Er was niets naars of lugubers aan iemand die net was overleden, het was alleen maar triest. Maar de lichamen van overleden patiënten werden met respect behandeld. In de wereld van moord en doodslag ging het er heel anders aan toe. Die wereld had ze tot voor kort alleen maar van tv en uit boeken gekend; bloederige fictie die haar nauwelijks iets deed. De scène rondom dat in zuur opgeloste lijk in *Breaking Bad* bijvoorbeeld, dat min of meer moest worden opgedweild, die had ze eerder knap bedacht en fascinerend gevonden dan gruwelijk of afstotelijk. Pas nu realiseerde ze zich dat zelfs de beste fictie nog niet bij benadering leek op de rauwe, smerige werkelijkheid.

Helen wreef over haar bovenarmen. Het leek frisser in huis geworden – het was alsof de prikkende kou uit de diepvries zich gestaag door de rest van het huis verspreidde.

Toen ze zich omdraaide, zag ze dat er een politieauto voor het huis stopte.

9

‘Bedankt voor de rijles. Was echt super.’ Naomi boog zich naar hem toe, en voor hij het besefte, drukte ze een zoen op zijn wang. Die was een beetje vochtig, gevaarlijk dicht bij zijn mond en duurde langer dan een vriendschappelijke kus.

‘Ik heb zin in zaterdag.’ Hij klonk een beetje schor. Hield haar blik vast.

‘Ik ook.’ Haar hand ging aarzelend naar de deurgreep.

‘Die Sara… waar ken je haar eigenlijk van?’

‘Van het tenniskamp, vorig jaar zomer.’ Naomi verplaatste haar hand van de deurgreep naar de rits van haar vest. Ze speelde ermee terwijl ze Ralf vertelde over de flessen dure drank die Sara van huis had meegenomen. Die drankvoorraad had haar mateloos populair gemaakt.

Ralf deed zijn best om aandachtig te luisteren. Hij keek naar Naomi’s mond, zacht en stevig tegelijkertijd, en naar haar tong, die af en toe zichtbaar was tussen haar tanden als ze de ‘d’ uitsprak. Hij probeerde uit alle macht niet te veel naar haar borsten te kijken, die meebewogen als ze gebaarde. Af en toe keek hij quasiongeïnteresseerd van haar weg en dan snoof hij haar geur op. Als Naomi bij hem was, dacht hij bijna niet meer aan Mikey en het onheil dat hun te wachten stond. Hij dacht al helemaal niet aan zijn moeder en haar irritante ‘hoe breng ik mijn zoon weer op het rechte pad’-projectjes.

‘Door Sara heb ik Brian leren kennen.’

‘Echt?’

‘Ja. Brian en Sara hebben wat gehad samen. Heel kort maar.’

‘Apart.’ Sara was bloedmooi, maar met haar berekenende, koele houding leek ze hem helemaal geen type voor

Brian. Die ging toch meer voor volgzamer meisjes. Kritiekloos, bij voorkeur. Brians ego was snel gekwetst. 'Hij heeft het met mij nooit over haar gehad.'

'Dat is hem geraden ook. Ze heeft hem laten zweren het tegen niemand te zeggen. Hij heeft haar ontmaagd, aan het begin van de zomervakantie.' Ze keek hem geschrokken aan. 'Shit, dat ga je toch niet verder vertellen, hè?'

Hij stak twee vingers op. 'Erewoord.'

Ze keek hem onderzoekend aan en boog zich toen vertrouwelijk naar hem toe. 'In de keuken van De Zoete Inval, toen er niemand meer was. Als haar vader daar achter was gekomen, zou Brian meteen zijn baan kwijt geweest zijn.'

'En zijn ballen waarschijnlijk ook,' merkte Ralf droog op. Hij hoopte ineens vurig dat hij later zelf nooit dochters kreeg.

'Haar vader kon het sowieso niet hebben dat ze aan het downdaten was. Ik bedoel, zij zit op het vwo en die jongens op wie ze viel waren een stuk ouder en werkten vaak al.' Ze peuterde iets onder haar nagel vandaan. 'Ik snap het wel, hoor. Jongens van het vwo zijn van die... jóngetjes, weet je wel. Die zijn allang blij als ze je hand mogen vasthouden of zo. Het zijn geen mánnen.'

Wat wilde ze daar nu mee zeggen?

Ze raakte zijn onderarm aan. 'Ik moet nu echt naar binnen. Mijn zusje is vanmiddag alleen thuis, ik moet oppassen.'

'Zal ik helpen?'

Ze schudde haar hoofd. 'Beter van niet.'

Hij zweeg even. 'Hoe laat ben je morgen uit?'

'Tien over twaalf.'

'Dan haal ik je op bij school.'

'Oké,' zei ze, en ze haastte zich de auto uit.

Hij keek haar na terwijl ze de brandgang in liep. Haar

leren schooltas hing over haar schouder en had dezelfde tint blauw als haar sneakers. Op de hoek keek ze nog even om, glimlachte en stak haar hand op. Daarna verdween ze uit het zicht.

'Sorry, Brian,' fluisterde hij voor zich uit. Hij legde zijn hand op zijn kruis en kneep er zachtjes in.

10

De bel ging – een diepe, luide gong die Helen altijd wat theatraal had gevonden, maar die op een bepaalde manier paste bij De Wildenbergh met zijn hoge plafonds en glanzende stenen vloeren, en daarom nooit was vervangen. Nu wilde ze niets liever dan die bel negeren, maar daarvoor was het te laat.

Er stonden twee politiemensen voor de deur en die stonden daar vast niet zomaar. Ze vocht tegen de impuls om via de achtertuin te vluchten en liep schoorvoetend de hal in. Een van de agenten, een donkere vrouw van een jaar of dertig, maakte oogcontact door het zijraam.

Werner waarschuwen ging niet meer.

Met trillende hand opende ze de voordeur. Ze probeerde zich zo normaal mogelijk te gedragen; verrast en nieuwsgierig, een beetje zorgelijk, maar ze was er niet zeker van of het ook zo zou overkomen.

'Goedemiddag. Storen we?' De man nam het woord, een kerel van zeker vijftig, kalend, met een vriendelijk rond gezicht. Aan de koppel om zijn heupen hingen een wapenstok, handboeien en een pistool.

Ze sloot haar ogen even. 'Eh, nee hoor.'

'We zijn bezig met een buurtonderzoek. Heeft u de afgelopen dagen iets vreemds gehoord?'

'Nee, ik geloof het niet,' zei ze snel.

Er kwam al even geen geluid meer uit de kelder. Waarschijnlijk had Werner de bel gehoord en hield hij zich stil, maar zeker was ze daar niet van. Het zweet brak haar uit. Stel dat het zo stil was omdat hij klaar was met zijn lugubere klus, en hij zo meteen in zijn vuile overall de hal in zou stappen – verdwaasd, verwilderd, met de bebloede zaag in zijn handen? Helen kon nauwelijks de neiging weerstaan om achter zich te kijken.

'Ook niets vreemds opgemerkt? Iets wat afwijkt van de normale gang van zaken?'

'Iets wat afwijkt...' fluisterde ze. Er ging een rilling door haar heen. Ze herstelde zich snel en keek de agenten kort aan. 'Eh, nee. Waarom vraagt u dat eigenlijk?'

'Er is bij uw buren ingebroken.'

Bijna ongemerkt blies ze haar adem uit.

'De dieven hebben de achterdeur geforceerd, waarschijnlijk zijn ze via het bos in de tuin terechtgekomen. Het meisje dat hun katten verzorgt, ontdekte vanochtend dat er spullen weg waren.'

'Wat erg. Is er veel gestolen?'

'Daar mogen we helaas niets over zeggen.'

De vrouw viel haar collega bij. 'We hebben uw buren nog niet te pakken gekregen. Ik begreep van de kattenoppas dat ze morgen pas terugkomen van vakantie.'

'Vakantie,' echode Helen. Ze hief haar handen en produceerde een verontschuldigend glimlachje. 'Sorry, dat wist ik niet. Otto en Frank zijn regelmatig een paar dagen weg, maar ze laten ons dat niet altijd weten. We hebben eigenlijk niet zo veel contact.'

Plotseling trok er een hoog, gierend geluid door het huis, lichtjes gedempt door de kelderdeur. Het scherpe schrapen van getand metaal dat zich een weg graaft door vaste materie. Heel even verstomde het geluid, daarna sloeg het apparaat weer aan.

De agente keek langs haar heen het huis in. 'Aan het klussen?'

Helen keek achter zich. Haar hele lijf beefde. Ze vreesde dat de trilling ook in haar stem te horen was. 'Eh... in zo'n oud huis als dit is er altijd wat te doen.'

De agent kuchte. 'Maar u heeft dus niets gemerkt vannacht? Of vanochtend vroeg? We proberen te achterhalen hoe laat de inbraak heeft plaatsgevonden.'

'Sorry dat ik u niet kan helpen. Ik heb niets gemerkt. Mijn man en ik hebben momenteel veel aan ons hoofd.'

'O?' vroeg de agente.

Helen schrok. *Waarom praat ik zoveel?* Ze maakte een wegwerpgebaar. 'Niks bijzonders. Werk. En dingen met de kinderen...'

'Pubers?' vroeg de agent.

Ze knikte. 'Dertien, vijftien en zeventien.'

Hij zond haar een meelevende blik toe. Daarna overhandigde hij haar een kaartje. 'Misschien heeft uw man of iemand anders wat gehoord of gezien. Het zou ons helpen als u dat dan nog zou willen doorbellen.'

'Goed, doe ik.'

'En, mevrouw Möhring?'

Helen keek de agente aan.

'De dagen worden korter. Wijken als deze zijn helaas geliefd werkterrein voor criminelen. Die worden steeds brutaler en professioneler.' Ze wees naar Werners Mercedes en keek langs de gevel omhoog. 'Misschien moet u camera's overwegen? Die zijn tegenwoordig niet meer zo duur.'

'O ja. Dat is een goeie. Bedankt voor de tip.'

De agente knikte haar vriendelijk toe. 'Prettige dag nog verder.'

'En sterkte ermee,' zei de agent, en hij gaf haar een knipoog.

11

Het werd al donker toen Ralf naar huis reed. Hij had de hele namiddag bij vrienden doorgebracht en daar ook gegeten – diepvriespizza en kliekjes spaghetti. Door de onzingesprekken en harde muziek had hij de hele tijd nergens aan hoeven denken, maar nu hij in zijn auto zat, lukte dat niet meer.

Hij parkeerde om de hoek bij zijn ouderlijk huis, onder een paar grote kastanjes waarvan het blad al was verkleurd. Hij zette de motor uit. Terwijl de binnenverlichting langzaam doofde, bleef hij bewegingloos achter het stuur zitten. Er kwamen fietsers voorbij, scooters en automobilisten. Af en toe liet iemand zijn hond uit op de groenstrook naast de auto. Niemand merkte hem op.

Ralf probeerde te bedenken wat Sara kon hebben gezien in iemand als Brian. Zijn uiterlijk? Brian had eruitgezien als een klootzak die voortdurend ruzie zocht. Van zijn karakter moest hij het ook al niet hebben. Iedereen vond hem een hufter – behalve al die meisjes die onder de indruk waren van zijn auto. Maar Sara's vader was rijk. Zijn Mercedes was een stuk nieuwer, duurder en indrukwekkender dan die Golf GTI van Brian. Wat had Naomi ook alweer gezegd? *Jongens van het vwo zijn van die jongetjes, die zijn allang blij als ze je hand mogen vasthouden.* Nou, Brian was inderdaad geen jongetje. Dat had hij Sara kennelijk meteen even duidelijk gemaakt met zijn ontmaagdingsactie in het restaurant van haar vader.

Niet lang daarna had Brian dus ontslag genomen – hij

werkte al sinds juli niet meer bij De Zoete Inval – en had een paar maanden gewacht om zijn voormalige werkgever in diens eigen huis te overvallen.

Hoe was hij op het idee gekomen? Ralf kon er nu alleen nog maar naar gissen. Brian had hem overal buiten gehouden. Hij had hem niet eens verteld dat de overval bij Sara Möhring thuis was. Ralf kende Sara nauwelijks, maar toch. Het was informatie die hij met hem had moeten delen. Had hij dat met opzet niet gedaan? Nu hij erover nadacht was Brian wel erg goed op de hoogte geweest van het reilen en zeilen van het gezin. Hij had precies geweten waar iedereen die avond uithing, alsof hij wekenlang bij dat huis had staan posten. Maar dat had hij niet gedaan. Daar was Brian absoluut te lui voor.

Achteraf begreep Ralf niet goed waarom hij niet had doorgevraagd.

Wat had Brian hem eigenlijk wél verteld, vroeg hij zich nu af. Die ontmaagding? *Nope.* Niet eens een hint. Aan de andere kant: Brian had zo veel vriendinnen gehad. Misschien had hij het niet eens het vermelden waard gevonden.

Toch... Vrienden bespraken zulke dingen, en hij had Brian beschouwd als een vriend. Was dat andersom ook zo, of had Brian hem alleen maar gezien als een handig hulpje en, sinds hij zijn rijbewijs en zijn auto kwijt was, als zijn privéchauffeur?

12

'Jij ook een stukje, pap?'

Werner schudde zijn hoofd. 'Eten jullie dat maar lekker op. Ik heb genoeg gegeten.'

'Ja, dat hebben we gezien, bijna niks,' zei Sara. Ze rolde met haar ogen, maar dekte de chocoladetaart af en zette hem in de koelkast. 'Je begint op mama te lijken met haar diëten. Jullie steken elkaar aan. Je krijgt echt geen pens van één stukje taart, hoor.'

Werner legde zijn onderarm op de rugleuning. 'Misschien moet ik je geheugen even opfrissen: je vader runt vier restaurants. Ik krijg de hele dag door eten aangeboden.'

Ze pruilde: 'Maar niet van je oudste dochter.'

'Nee. Van échte koks.'

Ze trok een gezicht en liep de keuken uit.

Werner haalde diep adem en keek uitdrukkingsloos naar buiten.

Helen merkte aan alles dat het hem verschrikkelijk veel moeite kostte om niets aan de kinderen te laten blijken. Hij zat erdoorheen. En 'het werk' was nog niet af. Daar had hij vanmiddag om halfdrie abrupt mee moeten stoppen toen Sara onverwachts vroeg uit school was thuisgekomen, met drie vriendinnen in haar kielzog. Met z'n vieren hadden ze de halve middag de keuken bezet gehouden. Ze hadden taart gebakken en stap-voor-stapfoto's gemaakt – een project voor school.

'Ik kan morgenvroeg nog wel een paar uurtjes spijbelen,' zei Werner. 'Maar morgenmiddag moet ik naar de zaak, daar kom ik niet onderuit. Ik was er vandaag ook al niet.'

Thom stak zijn hoofd om de deur. Hoe ouder hij werd, hoe meer hij ging lijken op Werner, met zijn benige, verfijnde trekken en slanke bouw. Wonderlijk, hoe genetica soms werkte: het was alsof zij niets te maken had gehad met de totstandkoming van haar zoon. Hij groeide op als een kloon van zijn vader.

‘Hebben jullie eigenlijk al inkopen gedaan voor mijn feest?’ vroeg hij.

Helen en Werner draaiden allebei hun hoofd naar Thom toe.

‘Eh, feest?’

Thoms ogen werden groot. ‘Jezus, wat is dat voor spul dat jullie drinken? Vrijdag is mijn feest. Weet je nog?’

‘Eh... ja, natuurlijk weet ik dat,’ zei Helen.

Thom keek zijn ouders ongelovig aan. ‘Zeker weten? Normaal gesproken staan er rond deze tijd al dozen van de Sligro en de Makro in de garage.’

‘Het is allemaal geregeld,’ zei Werner, zichtbaar geïrriteerd. ‘Je moeder en ik zitten hier te praten. Laat je ons even met rust?’

‘Nou, sorry hoor!’

‘Klaar nou!’ Werner stond half op uit de eetkamerstoel en priemde met zijn wijsvinger naar Thom. ‘Als je je grote smoel niet houdt, dan blaas ik dat hele feest van je af.’

Onder de tafel stootte Helen Werner aan.

Thom wilde wat zeggen, maar bedacht zich. Daarna keerde hij hun abrupt de rug toe en liep de hal in.

‘En doe verdomme die deur achter je reet dicht!’

‘Hij stond al open!’ riep Thom, terwijl hij hem achter zich dichttrok – net iets te hard.

Enkele seconden was het stil in de keuken. Daarna richtte Werner zich op Helen. ‘Wat zat je me nou te schoppen?’

‘Je hoeft je frustratie niet op hem af te reageren. Thom heeft gelijk, we zijn nog geen seconde met zijn verjaardag bezig geweest.’

‘Ja, vind je het gek?’

‘Dat kan hij toch niet weten? Hij viert vrijdag zijn zestiende verjaardag, dat is voor hem hartstikke belangrijk.’

Werner staarde naar het tafelblad, omklemde zijn glas.

Zijn hele houding drukte frustratie en wrevel uit.

'Verdomme,' hoorde ze hem mompelen. 'Zit hier vrijdag ook nog eens de hele tent vol. Geweldige timing.'

'Misschien... is er dan niets meer over.'

Er ontstonden diepe rimpels in zijn voorhoofd. 'Kun jij elke dag vijfentwintig kilo in je handtasje mee smokkelen dan?'

Geschrokken keek ze hem aan.

'Want daar hebben we het over, hè? Ik had dat rekensommetje al gemaakt. We zijn hier nog wel even zoet mee.' Hij stond op en verliet de keuken.

WOENSDAG

1

Ze had hem nooit eerder gebruikt: een donkerrode leren tas in de vorm van een smalle, hoge shopper. Hij had een rechthoekige harde bodem, bovenin een rits en twee slappe hengsels. Toen ze hem vier jaar geleden ontdekte in een etalage in Rome, had ze hem zowel chic als stoer gevonden. Eenmaal thuis was hij toch wat te groot gebleken om hem als handtas te gebruiken en te klein om ermee te gaan winkelen. Helen had haar miskoop uit de dekenkist in de hal gehaald en hem een beetje afgestoft. Hij stond op de vloer naast de keukentafel naar haar te grijnzen. Er lagen twee opmerkelijk zware pakketten in, zorgvuldig in grijze vuilniszakken gewikkeld en ingetapet met duct-tape. Haar eigen spulletjes zaten opgeborgen in het voorvak. Ze boog zich voorover om de tas dicht te ritsen en voelde de kou eruit opstijgen.

'Doe je best,' hoorde ze Werner zeggen.

Ze knikte bijna onzichtbaar.

'Je kunt het.'

Ze knikte nog eens.

Nu raakte hij haar schouder aan. 'Ik zie je vanavond. Succes.'

Ze draaide zich om en zocht zijn blik. 'Jij ook.'

Hij keek haar een beetje verward aan. Even dacht ze dat hij haar ging kussen, maar hij gaf alleen een kneepje in haar schouder.

2

Op de ontbijttafel lag een stapeltje formulieren met een envelop en een pen. Een briefje erbij in zijn moeders ronde, keurige handschrift.

VUL JE DIT EVEN IN, RALF? IK BEN VANAVOND OM HALFZES THUIS.
X MAMA

Hij zette zijn ontbijtbord en beker ernaast. Dit waren de beste ochtenden, wanneer zijn ouders allebei op hun werk waren. Geen gezeur over zijn eetgewoonten, niemand die er wat van zei als hij een vol uur douchte, in zijn boxer rondliep en Comedy Central hard aan had staan.

Ralf sneed zijn toast en gebakken eieren in kleine stukjes en maakte zijn ontbijt af met een laag mayonaise. Hij at snel en spoelde zijn happen weg met cola. Ondertussen bekeek hij advertenties op Marktplaats. Er werden een paar interessante scooters aangeboden door particulieren in een nabijgelegen stadje. Weinig kilometers gereden, geen valschade aan de kappen. De vraagprijzen waren er dan ook naar. Aan de foto's te zien stonden twee ervan buiten – eentje werd zelfs aangeboden met bijpassende beschermhoes. Hij schoof het bord van zich af en belde het nummer van de eerste aanbieder.

Een vrouw – *Jantine of Janine?* – nam op.

'Met Mike Jansen. Is de scooter er nog?'

Die was er nog. Voor de vorm stelde hij een paar vragen.

De vrouw voorzag hem enthousiast van informatie. 'Klopt, hij staat bij ons eigenlijk altijd buiten, maar er zit absoluut geen roest op, hoor, en het zadel is ook droog, er zitten geen scheurtjes in.'

‘Wanneer zou ik kunnen komen kijken?’

‘Het beste vanavond, dan is mijn dochter thuis. Het is haar scooter.’

‘’s Avonds is voor mij moeilijk.’ Ralf kraste driehoeken op het vel papier. ‘Ik werk in de horeca. Kan ik een keer overdag langskomen? Morgen of overmorgen?’

‘Ehm, kun je ook nu meteen? Ik heb toevallig vandaag vrij. Morgen en overmorgen moet ik weer werken. Of anders misschien in het weekend?’

Ralf trok een van de formulieren die zijn moeder had neergelegd naar zich toe en schreef op de achterkant: DO + VR OVERDAG. ‘Hmm, moeilijk. En morgenavond?’

‘Nee, dan is hier niemand.’

Hij maakte weer een aantekening en zei: ‘Weet u wat? Ik kom toch vanavond even langs.’

Tien minuten later had hij vier telefoontjes gepleegd en twee adressen genoteerd. Het eerste leek hem het gunstigst. Hij zou er morgenavond eens gaan kijken.

3

Helen kwam het ziekenhuis binnen via de personeelsingang, maar in plaats van rechts af te slaan, in de richting van de kleedkamer en de verkoever, liep ze rechtdoor een brede gang in. Die kwam uit bij de centrale hal. Ze liep gehaast verder. De tas was zwaar – veel zwaarder dan een handtas hoorde te zijn. Steeds als het leer langs haar been schoof, voelde ze de kou. Bij de roltrappen stonden twee verpleegkundigen met elkaar te praten. Ze knikten haar toe. Ze probeerde zo normaal mogelijk terug te groeten. *Niets aan de hand*, prentte ze zichzelf in. Geen mens kon vermoeden wat ze bij zich droeg.

Haar hart bonkte in haar keel toen ze een tussenhalletje in liep en haar pasje gebruikte om een deur te openen. Ze kwam terecht in een smalle zijgang. Schichtig keek ze om zich heen. Ze had er eigenlijk nooit op gelet of er camera's in het ziekenhuis hingen, maar die zouden er vast zijn. In elk geval bij de hoofdingang en in de centrale hal. Ze speurde de muren en de plafonds af, maar er viel haar niets op.

Ze moest van de pakketjes af zien te komen voordat ze aan het werk ging, anders zou ze die de rest van de dag met haar kleding, telefoon, sleutels en trouwring in haar kluis moeten achterlaten. Snel duwde ze een deur open en glipte naar binnen.

De ruimte was matig verlicht en niet veel groter dan een gemiddelde logeerkamer. Langs de muren stonden manshoge rolcontainers van draadwerk. In een ervan lagen plastic zakken met algemeen afval, in een tweede waszakken vol wit beddengoed. De derde rolcontainer bevatte een tiental in elkaar geschoven blauwe plastic vaten, de felgele deksels lagen ernaast en erin. De vierde en vijfde container waren leeg. Aan het einde van de dag zouden ook die uitpuilen van allerhande vuil en afval, dat door Transport zou worden opgehaald.

Helen trok met houterige bewegingen het bovenste vat los van de rest en zette het in een van de lege containers. Ze ritste de tas open en staarde naar de pakketjes. Er had zich al condens op afgezet; de inhoud begon te ontdooien. Met enige weerzin haalde ze de pakketjes één voor één uit haar Italiaanse tas en legde ze in het vat. Ze veegde haar vochtige handen af aan haar jeans en tilde het vat op om het gewicht te controleren. Het voelde zwaar. Zwaarder dan zo'n ding hoorde te wegen?

Zwaarder dan de mensen van Transport gewend zijn in hun handen te hebben?

Er klonken voetstappen op de gang, gepiep van schoenzolen.

Angstig keek ze naar de deur. Haar hart roffelde achter haar ribben terwijl ze gehaast het deksel op het vat deed. Ze drukte erop tot het zich met een luide 'klik' vastgreep. Op hetzelfde moment zag ze de klink naar beneden gaan.

4

Pal voor de rood geschilderde deur van nummer acht stond een donkergrijze Mercedes. De glanzende bolide leek misplaatst in deze straat, of zelfs in dit deel van de wijk.

Uit gewoonte scande Ralf het kenteken. 'Die is van Werner Möhring.'

'Sara's vader bedoel je?'

Hij knikte.

'Ken jij hem?'

'Nee, maar ik weet dat dat zijn auto is.' Zijn blik was strak op de Mercedes gericht. 'Brian heeft hem me wel eens aangewezen als ik hem naar De Zoete Inval bracht of hem ophaalde.'

Naomi wilde al uitstappen, maar Ralf greep haar bij haar arm. 'Wacht even.'

De rode deur zwaaide open en Werner Möhring stapte naar buiten. De zwelling van zijn rechteroog was minder dan zondag, zag Ralf, maar er lag nog steeds een donkere schaduw omheen. Werner ritste zijn jack dicht tot onder zijn kin en stapte in zijn auto.

'Dat is 'm,' zei Ralf zacht.

'Ja, en?'

'Je zei gisteren dat Sara van haar vader niet met Brian mocht omgaan. Wat doet hij dan bij Brians moeder?'

'Dat heb ik niet zo gezegd. Ik geloof niet eens dat hij het wist, van Brian. Sara mocht gewoon niet met het personeel omgaan. Nog steeds niet, trouwens.' Naomi haalde haar schouders op. 'Best wel logisch, eigenlijk. Zij is de dochter van de baas.'

Ralf observeerde de doorzonwoning. Er hing vitrage voor het raam, je zag niet wat er binnen gebeurde.

'Misschien moest hij iets voor het werk bespreken of zo,' zei Naomi.

'Werk?'

Ze wees met haar kin naar de wegrijdende Mercedes. 'Emily werkt op kantoor bij De Zoete Inval.' Ze fronste. 'Vertelt Brian jou nooit iets?'

'Niet over zijn moeder, nee.'

Naomi stapte uit. Ze leunde met haar onderarm op het portier en zocht oogcontact. 'Kom je?'

5

Er stapte een vrouw naar binnen met een stapel papier in haar armen. Stevig gebouwd en in de vijftig, zonnebankbruin, met opgestoken, geblondeerd haar. Helen herkende haar meteen: Marjan de Boer van Personeelszaken.

Ze deinsde terug toen ze Helen zag. 'Jee, ik schrik me rot! Helen, wat doe jij hier?'

Helen griste haar tas van de grond en probeerde zo neutraal mogelijk te kijken. 'Hé, hoi, Marjan.'

De vrouw lachte verontschuldigend. 'Ik had hier niemand verwacht.'

Ik ook niet. 'Eh... alles goed?'

'Ja, hoor.' Marjan keek haar een beetje bevreemd aan. Daarna keek ze om zich heen, misschien om zich ervan te vergewissen dat Helen alleen was.

'Ik moet ervandoor.' Helen drukte haar handtas tegen zich aan en haastte zich de gang op. Snel liep ze door naar de klapdeuren. Ze voelde Marjans ogen in haar rug prikken.

Het was niet abnormaal om ziekenhuispersoneel op andere afdelingen tegen het lijf te lopen. Soms was er een vergadering of overleg of moest je iets ophalen – of wegbrengen. Maar wat kon in hemelsnaam haar aanwezigheid in het afvalhok verklaren? Met de deur dicht, nota bene? Er stonden vuilnisbakjes op de verkoever. In het afvalhok had ze niets te zoeken.

6

Emily zag er nog steeds niet uit als iemands moeder – tenminste niet van iemand van Brians leeftijd. Ze had grote, donkerbruine ogen en haar huid was licht getint. Haar dikke, donkerbruine haar zat in een vlecht die ze over haar rechterschouder naar voren droeg.

Ze lachte een rij witte tanden bloot. 'Kijk nou eens, Naomi! Hoe is het met je? En Ralf, lang niet gezien.' Ze keek langs hen heen de straat in. 'Is Brian er niet bij?'

'Eh, nee. We vroegen ons af of... eh...' Naomi keek Ralf aan.

Ralf deed een stap naar voren. 'We hadden gehoopt dat u –'

'Zeg maar jij.'

'...jij dat wist. Waar Brian is.'

Er viel een schaduw over haar vriendelijke gezicht. 'Hoe lang zijn jullie hem al kwijt?'

'Sinds vrijdag,' zei Naomi.

‘Kom binnen.’ Emily ging hun voor, het smalle gangetje door, de woonkamer in. De wanden waren blauw geschilderd en er hing een wierooklucht. Op een bank bij het raam lagen twee magere Siamese katten, die het bezoek geïnteresseerd gadesloegen.

‘Ga zitten.’ Ze wees naar de bank.

Naomi plofte bij de katten neer, pakte er eentje op schoot en begon hem te knuffelen. Ralf ging naast haar zitten.

‘Willen jullie iets drinken?’

‘Nee.’

‘Ja, graag.’

Emily grinnikte en keek Ralf aan. ‘Ik zal toch maar een extra glas meenemen.’

Ralf keek onwennig om zich heen. Hij was maar een paar keer eerder bij Emily thuis geweest, steeds heel kort. Haar huisje was klein en ze had opvallend weinig meubels: de bank waarop ze zaten, een groot woonkussen op de grond en een kleine houten eethoek bij het raam achter. Zijn vader zou zeggen: ‘Een blind paard kan er nog geen schade aanrichten.’

Toch was het er gezellig. Er hingen kleden en schilderijtjes aan de muur met Aziatische taferelen erop. Ralf zag een Boeddhabeeld op de vensterbank staan, met daarnaast een potje en stokjes waar rook uit kringelde. Als je eenmaal gewend was aan de wierookgeur, was die wel te doen.

‘Cola. Alsjeblieft.’ Emily gaf hun ieder een glas en ging op het dikke kussen zitten. Ze stroopte de mouwen van haar dunne houthakkershemd op. Ineens keek ze weer serieus. ‘Vrijdag dus.’

Ralf knikte.

‘Toen hebben jullie hem voor het laatst gezien?’

‘Ja, die middag,’ zei Ralf.

‘Heeft hij gezegd waar hij heen ging?’
Hij schudde zijn hoofd.
‘En sindsdien hebben jullie hem niet meer gesproken?’
‘Nee,’ zei Ralf schor. ‘We krijgen hem niet te pakken. Ik ben een paar keer naar zijn kamer gegaan. Zijn telefoon ligt er gewoon, aan de oplader, maar voor zover ik kan nagaan is hij er zelf niet meer geweest.’
Emily voelde aan haar vlecht. ‘En jullie dachten dat hij bij mij was?’
‘Nou, nee. Maar...’ Naomi zocht steun bij Ralf. ‘Wij dachten... misschien moet iemand naar de politie gaan. Niemand van zijn vrienden heeft iets van hem gehoord. Vijf dagen is best lang.’
Emily knikte en verplaatste haar blik naar Ralf. Keek hem indringend aan.
Ralf nam een slok van zijn cola en bestudeerde daarna het dichtstbijzijnde wandkleed. Het was rood met beige en bruin en stelde een berglandschap voor met Aziatische dorpjes en rijstvelden.
‘Is er iets wat ik moet weten?’ vroeg ze.
‘Ik zou niet weten wat.’
‘Ik denk dat je wel weet wat ik bedoel. Heeft hij ruziegemaakt met de verkeerde mensen? Krijgt iemand nog geld van hem?’ Haar donkere ogen gleden peilend over zijn gezicht.
Ralf vertrok geen spier. ‘Emily, als ik zou weten waar hij mee bezig was, zou ik het je vertellen.’

7

De vrolijk gekleurde, hoge ruimte gonsde van de bedrijvigheid. Overal zaten mensen met elkaar te praten en te eten, witte of blauwe uniformjasjes losjes over hun gewone kleding. Helen had geen trek, maar schepte voor de vorm wat tomatensoep in een kom en nam er een broodje kaas bij. Sloot daarna aan in de rij bij de kassa.

De hele ochtend had ze zich met tussenpozen ingebeeld hoe Marjan het afvalhok minutieus afzocht en uiteindelijk aanbelandde bij dat ene, hermetisch afgesloten, blauwe plastic vat. Hoe ze het optilde, woog in haar handen en ermee rammelde, waarna het besef tot haar doordrong dat er op dit vroege uur nog geen operatieafval kon zijn. Alleen bevallingen vonden vierentwintig uur per dag plaats, maar het specifieke afval uit de verloskamers was semivloeibaar. Het verschil tussen vaste en vloeibare inhoud voelde je meteen zodra je zo'n vaatje heen en weer bewoog.

Helen had er de hele ochtend rekening mee gehouden dat ze weggeroepen zou worden. Ze zag zichzelf al zitten in het kantoor van de leidinggevende, tegenover een rechercheur die haar vragen stelde over de inhoud van het vat.

Maar de ochtend ging voorbij als alle andere.

'Da's dan drie euro.'

Ze schrok op uit haar gedachten en maakte het voorvak van haar tas open om haar portemonnee te zoeken. 'Sorry, nieuwe tas,' verontschuldigde ze zich, en ze schoof een bos sleutels opzij.

'Laat maar, ik betaal wel.'

Ze keek op. 'Dat hoef je niet te doen.'

Lex deed of hij het niet hoorde. Helen keek naar hem terwijl hij zijn portemonnee uit zijn broekzak haalde en een praatje maakte met de caissière. Hij straalde een innerlijke rust uit. Ze had hem nog nooit nerveus gezien – zelfs vanochtend niet, toen hij zijn patiënt bijna had verloren. Onwillekeurig vroeg ze zich af hoe hij zou reageren als hij nu in haar schoenen zou staan. Of in die van Werner.

Hij liep naar een tafeltje bij een plantenbak. Ze nam tegenover hem plaats.

Lex rolde zijn bestek uit het papieren servet. 'Man, wat een ochtend.'

'Ze heeft het gered.'

'Meer geluk dan wijsheid. Dit soort reacties is zeldzaam. Gelukkig maar.'

'Je bleef rustig.'

Hij grinnikte. 'Grappig, dat ik die indruk wekte bij jou. Ik was niet rustig, hoor.'

'Die indruk wekte je niet alleen bij mij.'

Helen kreeg het gevoel alsof iemand haar gadesloeg. Toen ze opkeek, zag ze Marjan aan een grote, ronde tafel zitten. Ze leek niet deel te nemen aan het gesprek met haar collega's, maar keek haar recht aan.

Helen wendde haar hoofd af en lepelde een balletje uit de soep.

'Ik had je niet moeten bellen,' zei hij.

'Maakt niet uit. Ik vond het wel lief dat je je zorgen maakte.'

'Ik vergeet wel eens dat we collega's zijn.'

'We zijn ook vrienden, Lex.'

Hij pakte zijn broodje en scheurde er een stuk van af. 'Vriendschap tussen mannen en vrouwen bestaat niet, zei mijn moeder altijd. Een van de twee wil altijd méér.'

'En, had jouw moeder altijd gelijk?'

Hij grinnikte. 'Ze zat er eerlijk gezegd nogal eens naast.'

'Nou dan.'

8

Emily wilde nog even afwachten voor ze Brian als vermist opgaf. 'Eén dag nog,' had ze gezegd, maar daarna had ze Ralf indringend aangekeken en eraan toegevoegd: 'Of zijn er redenen om het juist wél vandaag nog te doen? Weet jij iets wat ik niet weet?'

Ralf had haar met een stalen gezicht bezworen dat hij haar zoon vrijdag voor het laatst had gezien en dat hij geen idee had waar hij daarna naartoe was gegaan. Hij wist niet zeker of ze hem had geloofd, maar ze was gestopt met vragen stellen.

Na het bezoek aan Emily had hij Naomi thuisgebracht. Hij zou het leuker hebben gevonden om haar nog een rijles te geven, maar ze had een hele berg huiswerk.

In zijn telefoon stond een bericht dat een van zijn vrienden eerder vandaag had gestuurd. Kevin schreef dat zijn ouders van huis waren en vroeg of hij zin had om bij hem te komen chillen. Alex was er al en Rick en Luuk kwamen later. Rick was de scootertechneut; precies degene die hij moest spreken.

IK KOM ERAAN typte hij, en hij startte zijn auto.

9

Het was zeven uur en Werner was nog niet thuis. Helen vroeg zich af of zijn taak erop zat. Of het klaar was. Ze had hem niet meer gezien of gesproken nadat ze vanochtend naar het ziekenhuis was gegaan.

Ze sloeg haar armen over elkaar en begon heen en weer te lopen. Sara en Thom waren na het eten naar vrienden gegaan en Emma zat boven te leren voor een proefwerk.

Wanneer het hele gezin thuis was, voelde het huis anders. Minder bedreigend. Dan was ze zich minder bewust van dat kille, stroperige aura dat zich vanuit de kelderruimte tot in de verste hoeken van het huis uitstrekte.

Het lichaam moest hier weg.

Zo snel mogelijk.

De twee pakketten van vandaag hadden samen ongeveer zes kilo gewogen. Dat betekende dat ze nog tien of elf risicovolle tochten naar het afvalhok voor de boeg had. Elf keer de kans om op heterdaad betrapt te worden.

Het moest anders. Sneller, meer tegelijk. Maar hoe?

De harde bons van de poort tegen het huis deed haar opschrikken. Ze zag Werner langs het keukenraam naar de achterdeur lopen, zijn hoofd gebogen tegen de regen. Kort erna hoorde ze de deur achter hem dichtvallen en even later het zachte geklingel van de metalen hangers in de garderobe.

Hij kuste haar niet bij binnenkomst, maar liep door naar het koffieapparaat. 'En?' vroeg hij.

Ze keek naar zijn rug. 'Gelukt. En jij?'

Terwijl het apparaat siste en bromde, mompelde hij: 'Alles is ingepakt.'

'Alles? Echt, nu al? Hoeveel pakjes zijn het geworden?'

Hij draaide zich naar haar om. 'Een stuk of dertig. Iets minder misschien. Ik heb ze niet echt geteld.' Er verscheen een verbeten trek om zijn mond. 'Het zijn alleen niet allemaal zulke anonieme, kleine pakjes als die van vanochtend. Houd daar rekening mee.'

'Zit er iets bij wat niet in mijn tas past?'

'Ja.'

'Waarom heb je dat dan niet –'

'Er zit een grens aan wat ik aankan,' zei hij snibbig.

Ze opende haar mond om te vragen wat hij bedoelde, maar sloot hem weer toen ze het ineens begreep.

10

Misschien had hij niet moeten drinken. Niet zoveel, tenminste. Van drank raakte hij altijd opgefokt. Maar hij zou zich sowieso stukken beter hebben gevoeld als Luuk en Alex niet zo stikvervelend waren geweest. Luuk was de ergste. Die beweerde dat hij nog twee tientjes van hem kreeg, terwijl het andersom was. Het had niet veel gescheeld of hij had die zelfingenomen grijns van zijn gezicht gestompt.

Gelukkig had Rick nog even zijn neus laten zien. De afspraak voor morgenavond stond. Hij zou zorgen dat hij geld in huis had – boter bij de vis.

Ralf stak de straat over. Het rinkelen van zijn sleutelbos weerkaatste tussen de huizenblokken. Hij vond het niet erg om naar huis te lopen. Brian was een tijdje geleden gepakt met drank op achter het stuur en had toen zijn rijbewijs moeten inleveren. Ralf zou helemaal gek worden als hem dat zou overkomen. Zonder zijn auto zou hij thuis vastzitten, bij zijn moeder, die steeds naar hem keek met een blik alsof hij de grootste mislukking van haar leven was.

Tegen een gevel stond een fiets. Plastic bloemenslingers om het stuur geslagen, een kinderzitje achterop. De fiets was met een duur kettingslot aan een regenpijp vastgemaakt. In een impuls trok Ralf hem om, trapte met zijn hak op het achterwiel en de kettingkast. Schopte daarna het achterlicht kapot. Hij mompelde een scheldwoord en liep snel door.

11

'Het is elf uur, Sara. Bedtijd.'

Sara deed of ze haar niet hoorde. Ze zat met opgetrokken knieën op een van de leren fauteuils aan de keukentafel en keek een Amerikaanse serie op haar laptop. Ze droeg een dunne flanellen pyjama die haar op twaalfjarige leeftijd schattig zou hebben gestaan, maar nu de nadruk legde op haar welvingen. Bij Sara stond geen enkel kledingstuk meer schattig, realiseerde Helen zich. Ze was een vrouw geworden. En het was van de ene op de andere dag gebeurd.

'Ik praat tegen je.'

Er ontstond een fronsrimpel tussen Sara's geëpileerde wenkbrauwen. 'Mam, ik heb morgen pas het tweede uur.'

'Dan lees je nog maar wat in bed.'

Sara rolde met haar ogen.

Helen deed haar mond open om er iets van te zeggen, maar wist haar woorden op tijd in te slikken.

'Wat gaan jullie zaterdag eigenlijk doen?' vroeg Sara, haar ogen nog steeds op het scherm gericht.

'Weet ik nog niet.'

Ze keek gealarmeerd op. 'Jullie blijven toch niet thuis, hè?'

'Nou ja... het is toevallig wel óns huis. Ik heb niet zo veel zin om me door jou en je vrienden te laten verjagen. Papa moet misschien werken en ik –' Ze stopte halverwege de zin.

Sara keek haar afwachtend aan.

Ja, Helen, wat ga jij eigenlijk doen als je op een zaterdagavond door je kinderen het huis uit wordt gejaagd en je man, zoals altijd, aan het werk is? De gedachte om iets te gaan drinken met Lex – gewoon, als vrienden – flitste even door haar hoofd. Ze verwierp die meteen. 'Ik heb nog geen plannen,' zei ze uiteindelijk. 'Maar als je nu niet naar bed gaat, geef ik je vast op een briefje dat ik zaterdag gezellig bij jullie op de bank ga zitten. Ik ben wel toe aan een avondje chillen.'

Sara klapte haar laptop met een zucht dicht en stond op. 'Mam, soms ben je echt vermoeiend.' Bij de deur wierp ze een blik over haar schouder. Bijna verveeld zei ze: 'Welterusten.'

'Welterusten, lief.'

Helen keek haar dochter zwijgend na. Nee, geen kind meer. Binnenkort zouden Thom en Emma hun grote zus achternagaan en dan zou ze de levens van haar kinderen alleen nog maar vanaf de zijlijn kunnen volgen.

Toch leek het nog maar zo kort geleden dat ze zwanger was van Sara. Werner en zij waren bloednerveus en opgetogen tegelijkertijd geweest. Straks kwam er een baby – hún baby. Een kind dat alle goede eigenschappen van hun tweeën in zich zou verenigen. Werners aristocratische kaaklijn, haar blonde krullen, zijn gedrevenheid om iets te bereiken in het leven, en de hare om iets voor anderen te betekenen. In hun naïviteit hadden ze er geen van beiden bij stilgestaan dat dat lieflijke, afhankelijke elfje zou kunnen opgroeien tot een puber die er heel andere normen en ideeën op na hield dan haar ouders.

Helen dacht terug aan mei dit jaar, toen ze bij toeval had ontdekt dat Sara haar bestal. Ze bleek, heel doortrapt, steeds kleine bedragen uit haar portemonnee te hebben gehaald. Maar al die kleine beetjes hadden bij elkaar een flink bedrag gevormd, waarvan Sara make-up, een tas en parfum had gekocht. Helen had haar dochter er niet meteen mee geconfronteerd. Ze wilde het honderd procent zeker weten. Daarom was ze gaan bijhouden hoeveel geld er 's avonds in haar portemonnee zat. Bijna elke ochtend ontbrak er muntgeld. Heel soms een briefje van vijf of tien. En als Sara niet thuis sliep, was er nooit iets weggehaald.

Helen was er ook achter gekomen dat Sara zich op feestjes regelmatig te buiten ging aan sterkedrank, terwijl ze thuis vertelde alleen af en toe een glaasje wijn te drinken. Ze ging om met jongens die stukken ouder waren en weinig toekomstperspectief hadden. Bovendien loog ze over waar ze de nacht had doorgebracht en vooral: met wie.

Haar slimme, lieve, veelbelovende dochter bleek een verontrustende schaduwkant te hebben.

Ze had haar samen met Werner geconfronteerd met haar daden en gedrag. Dat resulteerde in een hoogoplopende ruzie – Sara draaide de rollen om en beschuldigde haar moeder van achterbaks gedrag. Dezelfde avond was ze kwaad en overstuur weggelopen, om pas twee dagen later weer thuis te komen. Er volgde een afschuwelijke periode, waarin Helen amper een oog had dichtgedaan en doodsbang was geweest om haar dochter te verliezen. Soms had ze gedacht dat ze haar al kwijt was. Pas vele weken en lange, intense gesprekken later had Helen weer een beetje hoop gekregen dat het goed zou komen. Sara had haar excuses aangeboden en beloofd haar leven te beteren.

Dat was vijf maanden geleden. Helen ging niet langer Sara's gangen na. De wonden begonnen te helen.

En toch bleef het knagen, diep vanbinnen.

Helen had haar eigen moeder in die periode intens gemist. Ze had haar zo graag willen vragen hoe zij gereageerd zou hebben, wat zij zou hebben gedaan. Bij vriendinnen had ze wel eens laten vallen dat de situatie met Sara 'wat moeizaam' was, maar uiteindelijk was er naast Werner maar één persoon geweest die van alle ins en outs op de hoogte was. Lex was in die tijd een fantastische steun gebleken. Een betere steun dan Werner.

DONDERDAG

1

Werner had gelijk gehad. Dit was geen handzaam, anoniem pakketje. Het in een grijze vuilniszak verpakte voorwerp had de afmetingen en de vorm van een rugbybal. Het lag pontificaal boven op de rest van de pakketjes in de vriezer.

'Die gaat nu meteen mee,' zei Helen.

Werner stond zwijgend naast haar.

Ze schudde een rilling van zich af en opende de tas. 'Het moet toch een keer gebeuren. Dan heb ik het maar gehad.'

Hij knikte naar de Jumbo-shopper. 'Daarin?'

'Het past niet in mijn Rome-tas.'

'Valt dat niet te veel op?'

'Misschien. Maar als ik steeds maar vijf of zes kilo mee kan nemen, gaat het eeuwig duren. Ik trek dit niet veel langer, Werner, ik wil er vanaf.'

'Anders ik wel.' Hij boog zich voorover en haalde het pakket uit de vriezer. Legde het in de tas.

Helen tilde hem op. 'Doe er nog maar wat bij.'

Werner keek haar aan alsof hij vreesde dat ze haar verstand had verloren. Hij kwam niet in beweging.

'Ik loop nu toch al met een knalgele boodschappentas rond.' Ze dook in de vrieskist, haalde er een drietal pakketten uit en legde die aan weerszijden van het hoofd. Ze woog de shopper opnieuw. Hij was zwaar, heel zwaar. Het gewicht was zichtbaar aan de spanning op het geplastificeerde canvas en de hengsels. Als ze haar gezicht afwendde, kon ze zich met veel fantasie voorstellen dat hij gevuld was met colaflessen. 'Stabieler, zo.'

'Weet je het zeker?' vroeg Werner.

'Het is goed te doen, zolang ik er niet over nadenk.'

'Wat ga je zeggen als iemand vraagt wat je bij je hebt?'

Ze was een paar seconden stil en zei toen: 'Ik hoop dat niemand dat vraagt.'

2

Ralf opende zijn ogen en wilde ze meteen weer sluiten. Zijn moeder zat op de rand van zijn bed. Ze droeg een shirt met de opdruk: SOMETIMES DREAMS COME TRUE. Haar ogen waren onopgemaakt en haar geblondeerde, korte haar zat een beetje in de war. Ze bekeek hem in stilte.

Hij draaide zich om en trok de deken met zich mee.

'Wat heb ik verkeerd gedaan?' vroeg ze zacht.

Alles, dacht hij, maar hij zei niets. Hij kon het niet helpen dat hij dat zelfingenomen lachje van zijn oude conrector weer voor zich zag, die hem vertelde dat hij werd geschorst. Meteen erna volgde de blik van zijn moeder, die naast hem in dat muffige kantoortje zat; haar teleurstelling, haar boosheid. Ze had hem niet geloofd, zelfs niet nadat hij het had geschreeuwd: hij had die twee schoolkluisjes niet leeggehaald. Ze was alleen maar kwader op hem geworden, had gezegd dat hij moest ophouden met liegen, en dat de conrector hem echt niet zomaar beschuldigde. Daar was ze de fout in gegaan, op die dag in oktober, drie jaar geleden. En daarna op nog tien, twintig, ontelbaar veel andere momenten.

Was er eigenlijk iets aan hem wat wél deugde? Was er iets wat hij wél goed had gedaan, in haar ogen? Zijn muziek was waardeloos ('gettomuziek'), zijn kleding werd afgekeurd ('Zet dat petje af, Ralf, ik schaam me voor je'), zijn cijfers waren nooit goed genoeg. En, o ja, zijn vrienden waren losers. Allemaal.

Zo is het begonnen, mam, wilde hij zeggen, *omdat je me niet vertrouwde. Omdat je me niet geloofde. Omdat je alles afkeurde wat ik belangrijk vond.*

'Ralf? Je hebt de formulieren niet ingevuld. Ik heb nieuwe moeten aanvragen. Ze zaten onder de vetvlekken.'

Hij sloeg de dekens van zich af en begon zich aan te kleden. Het was pas zeven uur, belachelijk vroeg. Buiten schemerde het nog.

'Waarom heb je dat gedaan?' ging ze door. 'Je wist dat die formulieren belangrijk waren.'

Met snelle bewegingen schoot hij in zijn sneakers. Ze waren een beetje uitgescheurd aan de zijkant, maar een nieuw paar kon hij op zijn buik schrijven zolang hij niet ging werken of naar school ging. Dat had zijn vader hem maar al te duidelijk gemaakt. 'Zolang jij niet een keer ergens je schouders onder zet, kun je van ons ook niets verwachten. Voor mijn part loop je voortaan op blote voeten rond.'

Hij liep naar de badkamer, poetste zijn tanden en bracht zijn haar in model.

Zijn moeder kwam in de deuropening staan. Ze zei van alles, maar hij luisterde niet meer. Hij verspreidde de gel zorgvuldig; zijn haar werd wat lang aan de zijkanten, maar een knipbeurt bij een fatsoenlijke kapper viel voor zijn ouders in dezelfde categorie als nieuwe sneakers.

Hij voelde een hand die zijn schouder beetpakte. In een reflex trok hij zich los. 'Laat me met rust!'

Hij wurmde zich langs zijn moeder heen naar zijn kamer, pakte zijn jas, telefoon en oplader en haastte zich naar beneden.

'Ja, vlucht maar weer,' hoorde hij haar boven aan de trap roepen. 'Loop maar weer weg van je verantwoordelijkheden. Er komt niets van jou terecht, hoor je dat? Helemaal niets!'

Hij smeet de voordeur achter zich dicht, keek om zich heen en herinnerde zich dat zijn auto nog bij Kevin stond. Nijdig begon hij die richting in te lopen. Zijn zicht werd troebel, de huizen en bomen vervaagden tot grijze en groene vlekken. Hij haalde zijn neus op en veegde de nattigheid uit zijn ogen. De tranen bleven komen.

Waarom snapte ze nou niets?

Waarom kon ze nou niet één dag normaal doen?

Dit kon niet langer doorgaan zo, hij moest daar weg. Maar waarheen? En hoe? Hij had geen geld en geen werk, zijn beste vriend was waarschijnlijk doodgeschoten en als hij zondag geen drie mille bij elkaar had, zou Mikey niet alleen hem, maar ook Naomi te grazen nemen. Dat was al over drie dagen.

3

Het was te doen, zolang ze niet dacht aan de inhoud van de loodzware shopper die achter in haar Fiat stond. Dat lukte maar half. Bij elke hobbel en elke wending in de weg voelde ze hoe het gewicht zich in de kleine kofferbak verplaatste. Ze ging er steeds behoedzamer van rijden. Andere weggebruikers haalden haar in.

Bij het laatste kruispunt sprong het verkeerslicht op rood. Ze koos voor de rechterrijstrook en remde af. Naast haar stopte een auto met opzichtige blauwe en roodoranje striping. Ze hief haar kin een beetje en keek recht voor zich uit, haar klamme handen om het stuur geklemd.

Toen het licht op groen sprong, schoot haar voet van de koppeling en gaf ze iets te veel gas. Er klonk een zachte bonk achter in de auto. Ze glimlachte nerveus naar de politiemensen, herstelde haar fout en draaide snel het ziekenhuisterrein op. In de binnenspiegel zag ze tot haar grote opluchting dat de politieauto rechtdoor reed.

Ze beefde over haar hele lijf terwijl ze de parkeergarage in reed en een plekje zocht dat zo dicht mogelijk bij de uitgang lag. Het vrachtje was zwaar; ze wilde niet buiten adem zijn voordat ze in de centrale hal was en met haar gehijg en gezeul de aandacht op zich zou vestigen.

De hele weg naar het ziekenhuis had ze koortsachtig geprobeerd te bedenken wat ze moest antwoorden als iemand haar zou vragen wat ze bij zich had, maar ze wist het nog steeds niet. Ze parkeerde de Fiat en controleerde haar uiterlijk in de binnenspiegel. Haar wangen waren verhit. Ze duwde haar haar in model; het was vochtig geworden in haar nek. 'Het komt goed,' fluisterde ze naar haar spiegelbeeld. 'Je kunt het.'

Ze stapte uit, hing haar handtas over haar schouder en haalde de shopper uit de kofferbak. Ze legde een plaid over de inhoud. Vervolgens sloot ze de auto af en liep naar de uitgang. Al na tien meter wisselde ze van hand. De tas was veel te zwaar, ze had naar Werner moeten luisteren. Ze deed haar uiterste best om er niets van te laten blijken, liep opgewekt door en groette bekenden die vandaag ook om zeven uur moesten beginnen. Plotseling kwam er iemand naast haar lopen, een man die zijn hand uitstak naar de tas.

'Laat mij die dragen, ik kan het niet aanzien.'

Ze keek verschrikt opzij. De man die de tas van haar overnam, was Lex.

4

Ralf zette zijn auto op de parkeerplaats bij McDonald's en liep naar binnen. In de toiletten wierp hij water in zijn gezicht en snoot zijn neus. Hij bekeek zichzelf in de spiegel. Zijn ogen waren bloeddoorlopen en de huid rond zijn neus, ogen en lippen was licht gezwollen en rood verkleurd. Hij kon alleen maar hopen dat hij eruitzag alsof hij verkouden was – niet alsof hij zojuist een halfuur lang had zitten snikken als een *cry baby.*

Bij de counter bestelde hij een ontbijt en ging daarna in een rustige hoek zitten. Hij keek de zaak door. Zo vroeg in de ochtend was hij hier nog nooit geweest. De sfeer was anders dan overdag of 's avonds. Op de banken zaten mannen in pak achter hun laptop. Een paar zestigplussers dronken koffie aan ronde tafeltjes bij het raam. Bijna niemand zei iets. Hij herkende zijn eigen stamtent nauwelijks.

Ralf goot drie zakjes suiker in zijn koffie, roerde en nam een hap van de muffin. Daarna pakte hij zijn telefoon. Twintig berichten van zes verschillende afzenders. Hij schoof naar het puntje van de bank toen hij zag dat acht berichtjes van Naomi afkomstig waren. Het eerste was van iets na vijven vanochtend:

5:02

ER STAAT HIER EEN AUTO VOOR HET HUIS. BEN JIJ DAT?

5:09
HET IS EEN BMW VOLGENS MIJ. DONKERROOD OF BRUIN.

Ralf kauwde nerveus op de binnenkant van zijn wang. Mikey?

Het derde bericht had ze kort erna verstuurd:

5:11
ER ZIT EEN GAST IN, IEMAND DIE ROOKT. IK DURF MIJN OUDERS NIET WAKKER TE MAKEN. STRAKS IS HET BRIAN.

5:30
IK DENK NIET DAT HET BRIAN IS, WANT DIE GAST BLIJFT IN DE AUTO ZITTEN. ALSOF IE OP IEMAND WACHT OF ZO. BRIAN WAS ALLANG UITGESTAPT.

5:34
TOCH?

5:49
SHIT DIT IS RAAR. IK KEN NIEMAND MET EEN BMW.

Ralfs hart was sneller gaan kloppen. Ja, dat was Mikey geweest. Daaraan twijfelde hij geen moment. Mikey wist waarschijnlijk via Brian waar Naomi woonde.

Pure intimidatie.

En het werkte. Ralf balde een vuist voor zijn mond en las door.

Er waren nog twee berichtjes:

7:34
IK WAS IN SLAAP GEVALLEN ☺ DIE AUTO IS WEG. NET OF IK HET GEDROOMD HEB OF ZO.

8:29

CREEPY! DIE AUTO STAAT BIJ SCHOOL!! HIJ IS PAARS, MET ZWARTE VELGEN. KON NIET ZIEN WIE ERIN ZAT.

Haar laatste bericht was van vier minuten geleden.

De school was inmiddels begonnen. Daarbinnen zou ze veilig moeten zijn. Ralf kneep zo hard in het kartonnen koffiebekertje dat de onderkant loskwam. De warme vloeistof stroomde over het dienblad en de resten van zijn ontbijt. Hij stond op, liet alles liggen en haastte zich naar buiten.

5

'Ik kan het zelf wel dragen,' protesteerde ze.

Lex glimlachte. 'Daar twijfel ik niet aan, maar ik doe het graag voor je.' Hij gaf haar een vriendschappelijk duwtje.

Helen probeerde te glimlachen, maar kwam niet verder dan een geforceerde grijns. Gal kroop omhoog uit haar maag. Ze was slechts een paar stappen verwijderd van hyperventileren. Ze klemde haar handtas tegen zich aan en bleef naast hem lopen.

'Wat zit er eigenlijk in?' Zonder zijn pas in te houden keek Lex nieuwsgierig tussen de hengsels door. 'Het weegt zeker tien kilo.'

Ze voelde haar hartslag als paukenslagen door haar lichaam dreunen. Het leek wel of de grond van rubber was, op en neer golfde, als een cakewalk op de kermis.

'Ik heb eh... spullen uit de vrie –'

'Lex?'

Lex draaide zich om naar een fijngebouwde man die naast hen was komen lopen. Kalend, met een klein, montuurloos brilletje. Helen herkende hem als een van de cardiologen.

'Hé, Louis. Ik dacht dat jij vandaag op het IJsselmeer zat?'

'Volgende week pas. Goed dat ik je even tref. Heb jij nog iets gehoord van die patiënt van Eekmans?'

De mannen raakten in gesprek terwijl het gezelschap in hetzelfde tempo doorliep naar de hoofdingang. Normaal gesproken ergerde het Helen wanneer een specialist haar over het hoofd zag, nu kon ze de man wel op zijn glimmende schedel zoenen. Ze liepen door de schuifdeuren naar binnen.

'Wacht, heren, ik moet dit afgeven bij Nicole,' mompelde ze, alsof het voor iedereen volstrekt duidelijk moest zijn wie dat was.

Ze nam de tas van Lex over. Even was ze bang dat hij zou aanbieden mee te lopen, maar het gesprek met Louis had nu zijn aandacht.

6

De scholengemeenschap was de grootste in de regio. Vijf gebouwen van gele baksteen met eigen sportvelden en twee gymzalen.

Ralf reed er in een traag tempo langs en keek uit naar Mikeys BMW. Hij had geen idee welke ingang Naomi gebruikte. Er waren er verschillende, en er was ook meer dan één fietsenstalling. Na drie rondjes rond het complex zette hij zijn auto aan de kant. Geen BMW te bekennen.

Ralf veegde met zijn vinger over de binnenkant van zijn stuur. Dacht na.

Wat had die gast nou precies gezegd over Naomi?

Ik zou maar niet te gehecht raken aan die bitch van hem. Zij is als eerste aan de beurt.

Ralf vreesde dat het geen grootspraak was. Brian had hem genoeg verhalen verteld over Mikey. Die kerel was echt gevaarlijk. En knettergek.

Hij pakte zijn telefoon en verzond een berichtje naar Naomi:

HOE LAAT BEN JE UIT? IK KOM JE HALEN. WACHT BINNEN TOT IK ER BEN.

7

Er stond al een gesloten vat op een van de rolcontainers. Helen tilde het op. De inhoud was vloeibaar en vast tegelijkertijd. Het klotste een beetje. En het was zwaar; meer dan vijf, misschien wel zes kilo.

Snel zette ze er een leeg vat naast en haalde de plaid uit haar shopper. Keek erin. Je zag duidelijk de contouren van het grootste pakket. Heel duidelijk. Zolang ze zichzelf voorhield dat het gewoon een bevroren pakket was, kon ze dit aan. Ze moest haar gevoel uitschakelen, meer was niet nodig. Toch bleven haar handen roerloos boven de tas hangen en haar adem stokte.

Zou het personeel van het afvalverwerkend bedrijf de vaatjes wel eens schudden zoals zij net had gedaan, en aan de hand van het gevoel, geluid en gewicht proberen te raden wat erin zat? En zou dit vat dan, omdat de inhoud niet alleen schoof, maar ook een beetje kon rollen, erg afwijken van de rest? Dusdanig dat er vraagtekens bij zouden worden geplaatst?

Ze ademde diep in en kwam in beweging, sloeg de plaid

om het pakket heen. Legde het daarna in het vat. Zo zou het minder snel schuiven. Ze drukte het deksel erop tot ze een harde klik hoorde en pakte een nieuw vat. De overige pakketten verdwenen daarin. Helen vouwde haar shopper plat, klemde hem onder haar arm en liep zonder om te kijken de afvalruimte uit.

Er was niemand op de gang.

8

Klasgenoten zwaaiden naar Naomi en reden op hun fiets of scooter van het schoolplein af. Ze groette hem kort, maar keek daarna schichtig om zich heen. Ralf opende de achterklep en nam haar fiets van haar over.

'Hij is er niet,' zei hij.

De fiets had een onhandig groot stuur dat langs de binnenbekleding schuurde. Ralf voelde het bijna fysiek, alsof iemand met een nagel over zijn huid kraste. Nu de fiets erin lag, kon de klep niet meer dicht. Hij bond hem vast met een stuk touw.

'Wie is het?' vroeg ze.

Hij schudde zijn hoofd. Zei niets.

'Iemand die je kent?'

Nu pas merkte hij de trilling in haar stem op. Hij keek haar zijdelings aan. Haar donkere ogen flitsten van links naar rechts.

'Hij is weg,' zei hij. 'Kom, ik breng je thuis.'

Ze nam naast hem plaats en deed het portier op slot. Vouwde haar handen in elkaar op haar schoot. Peuterde aan haar nagels. Ze deed haar best om rustig over te komen, merkte Ralf, maar de schrik zat er goed in.

'Iemand die je kent dus?' vroeg ze.

'Niet echt goed.'

'Waarom...' – ze haalde diep adem – '...volgt hij mij?'

'Omdat hij kwaad is op Brian.'

Ze was even stil, dacht na. 'Het is geen toeval, hè, Brian die vermist is, die auto...'

'Dit staat daar los van,' zei hij snel.

'Hoe weet je dat zo zeker?'

Hij keek nietsziend voor zich uit. Hij zou haar nooit het hele verhaal kunnen vertellen, maar een klein beetje moest hij nu toch wel prijsgeven. 'Toen we maandag bij Brian thuis gingen kijken, stond die paarse BMW naast de ingang. Is je dat niet opgevallen?'

Ze schudde haar hoofd.

'Die is van Brians dealer, Mikey. Hij woont daar ook, in hetzelfde gebouw.'

Naomi zette grote ogen op. 'Dealer?'

Hij knikte. 'Blijkbaar heeft Brian schulden bij hem gemaakt. Hij gelooft niet dat Brian vermist is en wil nu dat ík hem betaal.'

'Waarom?'

Ralf trok zijn schouders op. 'Omdat dat nu eenmaal zo werkt bij zulke gasten.'

'Heb jij ook schulden bij hem?'

'Nee.' Hij keek haar niet aan toen hij vervolgde: 'Hij zegt dat hij jou iets zal aandoen als ik niet over de brug kom. Het gaat om drie mille, zo veel geld heb ik niet.'

'We moeten hiermee naar de politie.'

Hij draaide zijn hoofd met een ruk naar haar toe. 'Nee, geen politie!'

'Jezus, je lijkt Brian wel met zijn politiefobie. Je hebt toch niets verkeerds gedaan?'

Ralf wreef over de binnenkant van zijn stuur. Er zou een loden last van hem af vallen als hij iemand in vertrouwen kon nemen. Dit werd te groot voor hem alleen. Maar uiteindelijk was hij medeplichtig aan een roofoverval en Naomi zou niet het eerste meisje zijn dat haar mond voorbijpraatte.

Het ging gewoon niet.

Aan de andere kant... Woog zijn angst voor een strafblad wel op tegen de verdwijning van Brian, tegen die drie mille die hij op moest hoesten en het risico dat Naomi iets zou worden aangedaan? Was hij niet ongelooflijk egoïstisch bezig?

'Dealer,' fluisterde Naomi naast hem.

Hij reageerde er niet op.

Hij probeerde zich voor te stellen wat er zou kunnen gebeuren als hij dit alsnog aan de politie zou vertellen. Ze kenden hem daar, op het bureau. Ze wisten wie hij was en waar hij woonde. En belangrijker: ze moesten hem niet. Toen hij nog geen auto reed, hadden die wijkagenten hem voor elk zeikdingetje staande gehouden. Soms een paar keer per week. Hij had bekeuringen gekregen voor een kapot achterlicht, door rood licht lopen, het niet bij zich dragen van een ID en scooter rijden op de stoep. Een van die gasten had een keer een boete van over de honderd euro uitgeschreven voor 'het zich in groepsverband in de openbare ruimte ophouden zonder redelijk doel' en kort erna had hij ergens honderddertig euro vandaan moeten zien te halen omdat hij overlast zou hebben veroorzaakt in de wijk. Hij verdiende in die tijd nog geen dertig euro per week met zijn bijbaantje als vakkenvuller. Ze hadden gewoon de pik op hem en zijn vrienden. En aan deze mannen zou hij zijn probleem moeten voorleggen?

Weinig kans.

'Dealer,' hoorde hij Naomi naast zich herhalen. Ze kneep haar ogen tot spleetjes. 'Is dat echt waar, Ralf? Heeft

Brian een *dealer*? Een cocaïnedealer?'

Hij trok verontschuldigend zijn schouders op.

'Stomme klootzak!' riep Naomi ineens. 'Ik haat hem! Hij heeft me wel honderd keer gezegd dat hij ermee gestopt was, met alles. Met die handeltjes van hem en dat stomme geblow en... dat liegen steeds, en nu... Nou is die lul ervandoor ook nog. Hij heeft zijn dealer geript en wij zitten ermee te kijken.'

Ralf keek haar peilend aan. Dus dat dacht ze nu: dat Brian ervandoor was met de buit.

'Hij kan doodvallen,' ging ze door. 'Echt, ik meen het. Doodvallen!'

9

De ochtend verliep rustig. Twee van Helens patiënten waren nu in de ok: een man van wie de blindedarm moest worden verwijderd, en een jongen van Thoms leeftijd met een knieblessure.

Helen rolde een slangetje op en gooide het weg. Haar gedachten dwaalden af naar het weekend. Morgen en zaterdag moest ze nog werken, daarna had ze drie dagen vrij. Ze had zich er al weken op verheugd: lekker lui in pyjama op de bank met een gênant grote zak Maltesers en een stapel dvd's.

Ongemerkt was haar hart sneller gaan slaan. Ze kon het niet. Ze kon niet alleen thuis zijn terwijl er een in stukken gezaagd lijk in de kelder lag. De stilte zou haar naar de keel grijpen, ze zou er knettergek van worden.

Werner schatte dat het om zeventig kilo ging. Ongeveer vijftien daarvan was nu weg. Als ze morgen nou eens twéé shoppers meenam, dan kon ze misschien wel zeventien, achttien kilo tegelijk meenemen. En dat zaterdag nog eens. Maar zelfs dan bleef er nog ongeveer twintig kilo over, die ze op z'n vroegst pas woensdag kon wegbrengen. Twintig kilo was te veel. Elke kilo was te veel. Elk ons, elke gram. Het moest weg. Alles. De 'pakketjes', de pistolen. De vrieskist. Liefst ook het huis. En haar auto, waarin ze de spullen had vervoerd. Alles wat haar aan afgelopen vrijdag herinnerde.

Er klonk zacht gejammer vanuit een bed aan de andere kant. Een hoogzwangere vrouw wachtte op een epiduraal. Ze zat voorovergebogen met een ziekenhuisschort aan op de rand van het bed. Anouk hield haar vast en stelde haar gerust. 'Het komt helemaal goed, echt,' hoorde ze Anouk zeggen. 'Straks zijn jullie met z'n drietjes. Dan heb je een gezin.'

Er brak een onzekere glimlach door op het gezwollen, zweterige gezicht van de vrouw. 'Een gezin... wat klinkt dat mooi.'

Anouk zocht over de gebogen rug van de patiënte heen oogcontact met Helen. Ze knipoogde.

Helen deed haar best om een lachje te produceren, maar wendde zich haastig af toen ze voelde dat haar mondhoeken nerveus begonnen te trekken.

10

Ralf haalde haar fiets uit zijn auto en sloot de achterklep.

'Heb je morgenavond wat te doen?' vroeg ze, terwijl ze haar jas onder de snelbinders propte.

'Niet echt. Hoezo?'

'Sara's broer wordt zestien.' Ze blies een pluk haar uit haar gezicht. 'Hij is een beetje een eikel en zijn vrienden zijn ook sukkels, maar Sara heeft een paar vrienden uitgenodigd die zaterdag ook op het filmavondje komen. Dus ik dacht... misschien is het wel leuk als je hen vast leert kennen?'

'Waar is dat feest?'

'Gewoon, bij hen thuis in de garage. Afgesproken dan?' Ze drukte een afscheidskus op zijn wang.

Hij vocht tegen de aandrang om haar naar zich toe te trekken en haar op de mond te zoenen. Dit was niet het moment. Morgenavond was geschikter, en dan zaterdag een herhaling – of herkansing. Zo onopvallend mogelijk snoof hij haar geur op. 'Prima,' zei hij schor. 'Pas je op voor Mikey?'

Ze keek hem een beetje onzeker aan.

'Als je hem ziet, bel me dan meteen. Goed?'

'Goed.'

Hij keek haar na terwijl ze wegliep, de fiets aan haar hand en haar schooltas aan een hengsel over haar schouder. Toen ze om de hoek was verdwenen legde hij zijn vingers op de plek waar ze hem zojuist had gezoend.

11

'Het zou mij ook beter uitkomen als het zondag achter de rug is.'

'Maar hoe?' vroeg Helen. 'Ik kan echt niet méér dragen dan acht of negen kilo per tas. Ik loop nu al te zeulen.' Ze trok haar knieën op en ging verzitten. De roodleren bank was prachtig, maar niet ontworpen op zitcomfort. 'En ik durf ook niet vaker op en neer te lopen naar de auto. Ze zijn allemaal stiknieuwsgierig in het ziekenhuis.' *En behulpzaam*, voegde ze er in stilte aan toe.

Werner zat voorovergebogen in de fauteuil, hij drukte zijn vingertoppen tegen elkaar aan. 'Dat afvalhok is in het personeelsgedeelte, zei je.'

'Ja, daar kun je niet komen zonder toegangspas.'

'Is het ver van het openbare deel vandaan?'

'Juist niet, een paar meter maar.'

'Oké,' zei hij. 'Is het dan een idee dat ik morgen met een paar tassen naar het ziekenhuis kom? Dat scheelt een dag.'

Helen maakte een snelle berekening. Haar ogen lichtten op. 'Dan is het zondag weg. Alles.'

'Precies.' Hij pakte een blocnote en pen van tafel. 'Leg uit, waar is dat hok?'

Ze voelde zich ineens een stuk energieker, veerde op en ging achter hem staan. Keek over zijn schouder mee hoe hij aan de hand van haar aanwijzingen een plattegrond tekende. Hij schetste die met een paar snelle halen en zette uiteindelijk een kruisje. 'Hier dus?'

Ze boog naar voren. Zijn haar rook heerlijk, naar shampoo en naar hemzelf. 'Ja, perfect.'

'Hoe laat?'

'Mijn pauze begint rond twaalf uur.'

'Dan zorg ik dat ik iets voor twaalven in de parkeergarage ben.'

Ze sloeg haar armen om hem heen en drukte haar wang tegen zijn slaap. 'Dank je,' fluisterde ze.

Hij pakte haar hand vast en drukte er een kus op. 'Vraag je me niet waarom ik wil dat het zondag weg is?'

'Eh? Hoezo?'

'Ik heb een verrassing voor je,' fluisterde hij. Zijn ademhaling kriebelde tegen de binnenkant van haar pols.

'Verrassing?'

Hij legde zijn hoofd in zijn nek. 'Ik had het je vrijdagavond willen vertellen, maar er kwam iets tussen.' Hij zweeg even. 'Zondag rijden jij en ik naar Engeland. Naar Sussex.'

'Hè? Echt?' Helen liep om de fauteuil heen. 'Wat gaaf! Daar zijn we niet meer geweest sinds...'

'Honderd jaar geleden?'

'Het was in elk geval nog in de vorige eeuw.'

Glimlachend dacht ze terug aan hun eerste gezamenlijke vakantie. Al hun vrienden gingen met de bus naar Salou of Malgrat de Mar, maar zij waren met de auto van Werners moeder naar het zuiden van Groot-Brittannië gereden. Daar, in het groene heuvellandschap, hadden ze de vakantie van hun leven gehad.

'Het was een sprookje,' fluisterde ze.

'Regent het wel eens in sprookjes?' Hij streek een pluk haar van haar slaap weg. 'Het wordt nog veel mooier dan toen. Wacht maar tot je het hotel ziet.'

12

Ralf liet zich van de schutting naar beneden zakken. Hij haalde de poort van het schuifslot en liep de tuin in. De bewoners hielden zo te zien niet van tuinieren; er lagen alleen maar bemoste stoeptegels waar onkruid tussen groeide. Geen schuur. Zachtjes liep hij naar het achterraam en keek naar binnen. Witte tegelvloer, skai bankstel, een eettafel met een stapel tijdschriften erop en een klein aquarium. Er brandde licht in de gang, maar er leek niemand thuis te zijn – precies zoals die vrouw hem door de telefoon al had verteld.

De scooter stond bij de achterdeur tegen de schutting van de buren. Ralf trok de donkere hoes er voorzichtig af. In zijn rugzak zat gereedschap, maar daarvan had hij nu alleen zijn stoter nodig: het U-slot bungelde werkeloos aan het rekje bij het achterlicht, het sleuteltje er nog in. Ralf verbaasde zich er niet over. De meeste mensen dachten dat hun dure spullen veilig waren in hun eigen achtertuin, zelfs achter een poort met een suf schuifslotje.

13

Helen liep achter Werner aan de trap op. Ze voelde zich een beetje rozig van het glas bordeaux dat ze samen hadden gedronken.

Werner had aan alles gedacht, zelfs aan oppas: zijn ouders kwamen een paar dagen in huis, zodat de routine voor de kinderen gewoon kon doorgaan. Ernst zou samen met hen opstaan en Ria had beloofd een flinke schaal lasagne te maken, het lievelingsgerecht van de meiden, en zuurkoolschotel met beenham, waar Thom zo dol op was. Het klonk te mooi om waar te zijn en dat was het ook, wist Helen. Haar schoonouders zouden taken afstrepen op hun lijstje. Bij thuiskomst zouden de boeken nog net niet op kleur staan, maar de theedoeken lagen vrijwel zeker gestreken in de kast. *Ordnung muss sein.* Er zat geen greintje humor, warmte of plezier in de stijl van opvoeden van die mensen – een gezin was als een bedrijf. Voor drie dagen was dat nog net te doen. Langer wilde ze haar kinderen daar niet aan blootstellen.

Op momenten als deze had ze er moeite mee dat de kinderen haar moeder nauwelijks hadden gekend. Sara en Thom hadden alleen nog vage herinneringen aan die lieve oma Ans, die hun had voorgelezen uit *Pluk van de Petteflet*, maar Emma was pas zes geweest toen ze stierf. Zij kende oma Ans alleen van verhalen en foto's.

'Welterusten.' Werner drukte een kus op haar wang.

Ze keek hem verbouwereerd aan. 'Ga je niet mee naar bed?'

Hij ontweek oogcontact, mompelde iets bevestigends.

'Hoezo?'

'Die kamer... Ik kan het even niet hebben.'

Ze legde haar armen om zijn middel. 'Dan slaap ik vanavond ook in de logeerkamer.'

Voorzichtig maakte hij zich van haar los. 'Dat bedje is te klein voor twee mensen.'

'Dan kruipen we toch lekker dicht tegen elkaar aan?'

Hij nam haar gezicht in zijn handen. 'Vanavond niet. Ik heb mijn nachtrust keihard nodig.' Hij raakte met zijn lippen haar voorhoofd aan. 'We hebben straks in Engeland alle tijd om het in te halen.'

'Oké,' zei ze alleen maar. Het klonk als een piep.

Hij liet zijn ogen over het plafond dwalen, alsof hij daar naar woorden zocht. 'Sorry, maar... dat sfeertje hier grijpt me soms naar de keel. Heb jij dat dan niet?'

'Een beetje wel.' *Maar niet zo erg dat ik niet bij jou wil zijn,* voegde ze er in gedachten aan toe. Werner wilde alles weer alleen oplossen. Zo was hij altijd al geweest; hij wilde haar niet lastigvallen met zijn zwakheden en twijfels. Nu stak het meer dan ooit.

'Truste,' zei hij, en hij maakte zich van haar los.

Ze volgde hem met haar ogen, zag hoe hij de lange gang door liep en zijn overhemd alvast losknoopte. Hij opende de deur en verdween de logeerkamer in. Keek niet om.

Helen voelde de tranen achter haar ogen prikken.

14

Rick had aangeboden om hem naar huis te brengen, maar daar had hij voor bedankt. Het was maar een uurtje lopen en het regende niet. Bovendien had hij geen haast om thuis te komen. Met zijn handen diep in de zakken van zijn jack liep Ralf door de nachtelijke stad. In de voering van zijn jas schoven zes briefjes van vijftig langs elkaar. Hij zou zich goed moeten voelen, maar de grijns die normaal gesproken op zijn gezicht verscheen na een geslaagde roof, bleef uit.

Hij hield zijn blik stug op het trottoir gericht en beet zo hard op de binnenkant van zijn wang dat hij het bloed op zijn tong proefde.

Lieve mama,

Vandaag was er een vrouw op de afdeling voor een keizersnee. Ze was zwanger van haar eerste kind. Toen ik later in de koffiekamer hoorde dat ze een gezond jongetje op de wereld had gezet, schoot ik vol. Ik schrok van mijn eigen reactie. Wat me het meest had getroffen, was de verwachtingsvolle blik in de ogen van die vrouw. Die is onder mijn huid gekropen. Ze kon niet wachten om haar kind te ontmoeten, om dat wonder eindelijk in haar armen te mogen houden. Het zou ongetwijfeld het mooiste jongetje van de wereld zijn en hij zou opgroeien tot een geweldige man die alle aantrekkelijke eigenschappen van beide ouders in zich verenigde. Hij zou niet dezelfde fouten hoeven maken als zijn ouders, want zij zouden er alles aan doen om dat te voorkomen.

Hebben we niet allemaal torenhoge verwachtingen waar onze

kinderen niet aan kunnen voldoen? Geen vrouw zet een kind op de wereld in de verwachting dat het later roofovervallen gaat plegen.

Het lukt me redelijk om rustig te blijven zolang ik aan de overvaller denk in termen als 'het probleem', 'pakketje' en 'resten'. Afstandelijke woorden, die niets met menselijkheid te maken hebben. Maar het zijn wel resten van iemand. Een jongen nog, die verkeerde keuzes heeft gemaakt. Keuzes die hij nooit meer recht heeft kunnen zetten, en waarvoor zijn ouders hem niet hebben kunnen behoeden.

Hoe zou de verstandhouding met zijn moeder zijn geweest? Leeft ze überhaupt nog? Is ze naar hem op zoek, ligt ze nu wakker, net als ik?

Ik vraag me ook af wat voor iemand hij was en of hij vaker dit soort overvallen deed. Was hij zo'n jongen die je in Opsporing Verzocht met een pistool ziet staan zwaaien bij een pompstation, een jongen die 's nachts op straat mensen voor de lol in elkaar slaat? Of was hij zo wanhopig, zo getroebleerd om wat voor reden dan ook, dat een gewelddadige overval voor hem nog de enige mogelijkheid leek om uit de problemen te komen? Ik weet vrijwel zeker dat hij

drugs gebruikt had. Cocaïne waarschijnlijk.
Zou zijn moeder hebben geweten waar haar zoon mee bezig was?

Je ziet je kind altijd rooskleuriger dan de buitenwereld, neemt het altijd voor hem op. Je houdt van je kind, zielsveel, die onbaatzuchtige liefde zit in je bloed, je genen, in heel je wezen, óók als het foute keuzes maakt en daarmee andere mensen benadeelt. En zelfs als je eigen kind je bedriegt, beliegt en besteelt.
Dat weet ik nu, sinds Sara.
Houden van blijft. De navelstreng wordt meteen na de geboorte doorgeknipt, maar er loopt er altijd eentje naast. Een die niet zichtbaar is, maar wel voelbaar. En die blijft altijd aan je trekken, mama. Altijd.
Door mijn daad zal een moeder nooit weten wat er met haar zoon is gebeurd. Ze kan hem niet eens begraven. Dat heb ik haar ontnomen.
Werner zegt dat het geen zin heeft om erover na te denken en erover te praten, omdat het toch niets verandert. Daarin heeft hij gelijk. Het is onomkeerbaar. Net als jouw dood onomkeerbaar is, en die van papa. Daarna moest ik door, en ook nu zal ik door moeten.

Mama, ik moet nu proberen te gaan slapen.

Ik hou van je.

Ik mis je verschrikkelijk.

Liefs,

Helen

VRIJDAG

1

Ralf nam een hap van zijn tosti ham-kaas. Meestal zei zijn moeder er iets van als hij in haar ogen niet 'normaal' ontbeet, maar nu zat ze met een theemok in haar handen door het glas van de keukendeur de tuin in te staren. Er was daar niet veel te zien. Het schuurtje, grindtegels, een paar plantenbakken. De achtertuin grensde aan die van de buren links, rechts en achter. Om privacy te creëren had zijn vader leilinden langs de schutting geplant. Dat had gewerkt: niemand zag je nu nog zitten. Maar zon kwam er ook niet meer. Ralf moest denken aan de tuin bij Sara thuis. Zij konden altijd wel ergens een plek opzoeken waar de zon scheen. En dan hadden ze ook nog dat zwembad, een buitenkeuken en een grasveld dat groot genoeg was voor een potje voetbal.

Vanavond kon hij dat huis eindelijk eens vanbinnen gaan bekijken. Hij hoopte dat die vader er ook was.

'Er was hier gisteravond iemand voor je aan de deur. Een wat oudere jongen,' zei zijn moeder.

'Wie?'

'Hij heeft zijn naam wel gezegd, maar die heb ik niet onthouden.'

'Hoe zag hij eruit?'

'Netjes.' Ze bewoog haar handen op en neer langs haar

bovenlichaam. 'Overhemd, nette broek. Hij had een rood petje op.'

Ralf keek zijn moeder strak aan. Hij had ineens geen honger meer. 'Zijn gezicht, mam.'

'Bleek, op het ongezonde af. Donkerblond haar. Hij keek een beetje vreemd uit zijn ogen, maar hij deed wel heel aardig. Heel beleefd.'

'Wat zei hij dan?' Hij legde zijn tosti terug op het bord.

'Hij was je telefoonnummer kwijtgeraakt en wilde je herinneren aan een afspraak die jullie hadden staan.' Ze fronste. 'Zondag, zei hij.'

'Wat heb je gedaan?'

'Gewoon. Je nummer gegeven. Heeft hij je niet gebeld?'

Hij klemde zijn kiezen op elkaar en wendde zijn gezicht af.

Ze zweeg even en vroeg toen, met zachte stem: 'Ralf? Die jongen is geen vriend van je, hè?'

Hij reageerde niet.

'Zit je in de problemen?'

Ralf ontweek oogcontact. Hij voelde tranen opwellen en zijn lijf begon te trillen. Hij zoog extra lucht naar binnen, snoof hard, alsof hij verkouden was.

'Ralf, als je me vertelt wat er aan de hand is, kan ik je helpen.' Nog zachter vervolgde ze: 'Je hoeft dit niet alleen uit te zoeken. Je weet dat je altijd bij mij en bij je vader terechtkunt.'

'Niet voor alles.'

'Juist hiervoor, jongen. Juist voor dit soort dingen.' Ze stond op, kwam op haar hurken bij hem zitten en keek hem onderzoekend aan.

Voor het eerst in lange tijd zag hij niet die afschuwelijke argwaan en teleurstelling op haar gezicht, maar oprechte interesse. Met die blik zei ze dat ze bereid was naar hem te luisteren en dat ze aan zijn kant stond. Zo had ze vroeger naar hem gekeken, ooit, voordat het allemaal misging. Die klotetranen lieten zich niet stoppen, de ene na de andere gleed over zijn jukbeenderen. Hij veegde ze met een nijdig gebaar weg.

'Ralf? Laat me je helpen. Alsjeblieft.' Ze wilde haar hand op zijn arm leggen, maar stuurde halverwege bij en zocht steun bij de tafel.

'Die vent wil geld van me,' zei hij zacht.

'Waarom? Heb je van hem geleend?'

'Ik niet. Brian.'

Haar gezicht betrok. 'Ik heb je toch gezegd dat –'

'Brian was mijn vriend, ja!' Het klonk scherper dan hij van plan was.

Ze was even stil. Staarde naar de vloer, zwijgend, zwaar ademend. Uiteindelijk keek ze hem weer aan. 'Maar waarom wil die jongen dan geld van jou?'

'Omdat Brian weg is.' Hij haalde zijn neus op.

Ineens voelde hij dat hij begon te kleuren. Hij had over Brian gesproken in de verleden tijd – *Brian was mijn vriend.* Zijn moeder scheen het niet opgemerkt te hebben.

'Weg?'

'Ja. Spoorloos. Al een week.' Zijn hart klopte in zijn keel.

'En je hebt geen idee waar hij kan zijn?'

Ralf maakte een schamper geluid. In zijn hoofd klonk een smalend stemmetje: *Nadat hij is doodgeschoten door Werner Möhring? Wie weet ligt hij ergens bij die mensen in de tuin begraven. Plaats genoeg voor een heel kerkhof.*

Ze keek hem met een zachte blik aan en legde haar hand nu wel op zijn arm. Het voelde goed. Hij legde als vanzelf zijn hand op de hare. Zijn moeders handen waren klein en mager, de huid dun. Hij bleef ernaar kijken. Vroeger, toen hij nog op de basisschool had gezeten, was het een leuke gewoonte geweest: dan drukte hij zijn hand tegen die van zijn moeder, de palmen tegen elkaar. Elke keer had hij vurig gehoopt dat zijn vingers even lang zouden zijn. Nu verdween haar hand bijna onder de zijne.

'Om hoeveel geld gaat het?' vroeg ze.

'Drie mille.'

Haar ogen werden groter. 'En waarom moet jij dat betalen?'

'Omdat het gewoon zo'n soort gast is.'

'En hij wil het zondag hebben,' concludeerde ze.

Hij knikte.

'Is hij gevaarlijk, Ralf?'

Hij veegde zijn neus af met de rug van zijn hand. 'Denk het.'

'Dan moeten we hiermee naar de politie.'

2

Op de bodem van Helens kluisje lagen twee plat gevouwen boodschappentassen. De voormalige inhoud, ongeveer zeventien kilo aan ingevroren resten, had ze verspreid over drie vaatjes, waarvan ze de deksels zorgvuldig had dichtgedrukt. Niemand had het haar zien doen. De gang bij het afvalhok was leeg geweest.

'Assisteer jij zo bij Lex?' hoorde ze Anouk vragen.

'Kom er zo aan.' Ze werkte de gegevens van haar patiënt bij en controleerde zijn infuus. De man sliep nu, maar hij was wakker geweest en had een plas gedaan. Hij kon terug naar de afdeling.

'Whoop, whoop.' Een collega liep haastig langs haar heen om een infuuszak uit de kast te pakken. 'En weer eentje. Waar komen ze toch allemaal vandaan?'

Helen glimlachte flauwtjes. Er kwamen altijd wel een of meer onvoorziene operaties tussen de geplande door, maar vanochtend was het opvallend druk. Alle operatiekamers waren in gebruik. Helen had een keizersnee voorbij zien komen, een acute hernia en zojuist waren twee slachtoffers van een verkeersongeval binnengebracht. Ze hoopte dat het daarbij zou blijven, maar de ervaring leerde dat dit soort dagen de neiging hadden er nog een schepje bovenop te doen.

Waarom juist nu? Ze voelde de spanning in haar nekspieren toenemen en duwde met haar vingertoppen aan weerszijden van de wervels. Als het zo druk bleef, kon ze de lunchpauze wel op haar buik schrijven.

3

'Dan wachten we wel even,' zei Ralfs moeder. Haar stem galmde door de hoge, bijna lege hal. Ze bleef voor de balie staan.

Erachter zaten twee geüniformeerde agenten. Ze zagen er allebei niet heel fit uit. De man had wallen als theezakjes en de vrouw rood dooraderde wangen. Ze werden in beslag genomen door hun computers.

Ralf wipte van de ene voet op de andere. Het voelde niet oké om hier uit vrije wil te zijn; als er nu een vriend van hem naar binnen zou lopen, zou hij zich kapot schamen. Maar toch. Mikey wilde overmorgen geld zien en hij kon hem niet meer bieden dan tien procent aanbetaling. Stel dat Mikey dat zag als een belediging? Dan zou hij dat niet ongestraft laten. Ralf trok zijn petje dieper over zijn ogen en keek naar de vloertegels. Hoe klote het ook voelde, zijn moeder had gelijk. Dit was te heftig, hij kon dit niet alleen.

Natuurlijk ging hij hun niet vertellen dat hij Brian voor

het laatst bij Werner Möhring thuis had gezien. Hij had zijn verhaal al klaar en daar zou hij bij blijven: vrijdagmiddag hadden ze samen in het schuurtje in de achtertuin zitten chillen. Brian had wat gebruikt, misschien iets te veel, en was daarna vertrokken zonder te zeggen waar hij naartoe ging. Toen Ralf hem de volgende dag opzocht, bleek hij niet in zijn kamer te zijn. Vervolgens was hij daar belaagd door Mikey.

Zijn moeder schraapte haar keel en legde een hand op de balie. 'Eh, meneer?'

De man-met-de-theezakjes sprak zonder van zijn scherm op te kijken. 'Wilt u even daar plaatsnemen, mevrouw? Er komt zo iemand bij u.'

'Maar... ik moet zo meteen naar mijn werk.'

Hij maakte heel even oogcontact. 'Wij doen ons best.'

Ralf wierp hem een donkere blik toe en volgde daarna zijn moeder naar een rijtje kunststof stoelen. Ze trok haar spijkerjack uit. I WILL SURVIVE stond er op de witte stof van haar shirt gedrukt. Heel geschikt om in het politiebureau te dragen, vond Ralf.

Na enkele minuten verbrak hij de stilte. 'Anders moet je zo maar gaan, mam. Ik regel het hier wel.'

Ze schudde gedecideerd haar hoofd. 'Dan kom ik maar wat later op mijn werk. Dit gaat voor.'

Hij plukte aan de stof van zijn grijze hoody. 'Ze hebben gewoon schijt aan ons.'

'Ze hebben het druk,' zei ze zacht.

Er klonken voetstappen in de gang achter de balie. Een geüniformeerde agent kwam naar voren gelopen. Ralf herkende hem: Remko van Amersfoort, de wijkagent die hem een bekeuring had gegeven voor 'lopen door rood licht'. Pure pesterij. Hij beet op de binnenkant van zijn wang en wendde zijn blik af.

Zijn moeder raakte zijn knie aan. 'Zit eens stil, jongen, ik wiebel helemaal met je mee.'

De agente stond op en Van Amersfoort nam haar plaats in. Ze wisselden nog een paar woorden, waarbij de man kort hun kant op keek en daarna naar de agente knikte.

Ralf volgde hun bewegingen nauwgezet vanonder zijn wimpers. Wat was er nou zo fokking belangrijk dat ze hen hier maar lieten zitten? Geërgerd begon hij aan zijn nagelriemen te peuteren.

Door de hoofdingang liepen twee agenten naar binnen – een getinte kerel met gemillimeterd haar en een kleinere collega, die nogal luid sprak met een Rotterdams accent. Hun sleutelbossen rinkelden.

Ralf wendde zijn hoofd af en mompelde een verwensing. Nog meer bekenden: Achmed Loukili, alias 'de snitch', en Rudi Zwart. Die twee hadden zijn oude vriendengroepje zo vaak lastiggevallen dat je het gerust stalken kon noemen. Hij was toen veertien, vijftien geweest. In die tijd troffen ze elkaar op de parkeerplaats bij het winkelcentrum of op het plein voor de kerk. Soms waren er ook meisjes bij, maar meestal stonden ze er alleen met een groepje jongens te roken en elkaar sterke verhalen te vertellen. In een bepaalde periode reed de politie wel drie, vier keer per dag voorbij, stapvoets, en werden ze vrijwel dagelijks ondervraagd en gecontroleerd – alsof ze in bezet gebied woonden. Wie zijn ID niet bij zich had, kreeg gelijk een boete. Verder werd er bekeurd voor elk onzinnig mankement aan je fiets of scooter. Die agenten luisterden nooit naar je uitleg; dat je je ID een dag ervoor had verloren, dat de batterij van je achterlicht op weg hierheen leeg was gegaan – ze geloofden je gewoon niet, wat je ook zei. Je werd alleen maar smalend aangekeken. Zelfingenomen blikken, die zeiden: *Denk je nou echt dat jij zo slim bent, en wij zo stom?*

In die tijd had Ralf nog nooit iets gestolen, vrijwel niets verkeerd gedaan. Dat was pas later gekomen. *Als je toch steeds de schuld krijgt, kun je het maar beter gedaan hebben ook.*

Ralfs moeder stond ineens op en liep op de twee agenten af.

'Mam, wacht.'

Ze hoorde het niet.

4

IK BEN ER AL EVEN.

Het bericht kwam binnen met een nijdige zoem. Helen las het en reageerde:

VIJF MINUTEN.

Ze griste een witte jas van de stapel, trok hem over haar uniform aan en stopte haar telefoon in haar zak. Toen ze de gang op wilde lopen, werd de doorgang versperd door twee collega's die hun werkkleding in de wasbak gooiden – hun uren zaten erop. Tegelijkertijd kwam Lex de kleedkamer in, gevolgd door Anouk en een nieuwe anesthesioloog.

'Ga je naar het restaurant?' Lex pakte een witte jas van de plank.

'Eh, ja,' mompelde ze.

Hij knipoogde terwijl hij de jas aantrok. 'Zo'n nieuwtje gaat snel rond, hè?'

'Nieuwtje?'

'Snert,' zei hij, met een gezicht alsof hij daar persoonlijk voor had gezorgd. 'Geen tijd te verliezen dus.'

'Ah. Dat.' Het personeelsrestaurant serveerde dagsoep van wisselende kwaliteit. Helen vermoedde dat veel smaken recht uit blik kwamen, maar de erwtensoep was altijd lekker. Bovendien kreeg je daar roggebrood bij.

Ze liep de kleedkamer uit en probeerde niet te gehaast over te komen. 'Ik moet nog even iets doen. Ik kom er zo aan.'

Lex kwam naast haar lopen. 'Kan ik helpen?'

'Nee.'

Vraag nu niets meer.

Alsjeblieft.

Ze wist niet hoeveel tijd er precies was verstreken sinds haar berichtje naar Werner, maar wel dat ze op moest schieten.

Bij de T-splitsing raakte ze Lex' arm even aan. 'Ik zie je zo. Pak maar vast een kom voor mij.'

Haastig liep ze de gang door. Pas aan het einde durfde ze om te kijken, net op tijd om te zien dat Lex samen met een groepje collega's pratend in de richting van het restaurant liep.

5

'Mijn zoon en ik zitten al een poos te wachten op iemand die ons kan helpen. Wij willen graag aangifte doen.'

'Dat doet u het beste via internet, mevrouw,' zei Loukili, die er met zijn gemillimeterde schedel en fanatieke voorkomen eerder uitzag als een commando dan als een politieagent. 'Dan heeft u geen last van wachttijden.'

Ralf kwam naast zijn moeder staan. 'Dit kan niet via internet.'

'O, is dat zo?' Hij plooide zijn mond tot een minzaam glimlachje.

'Het zou fijn zijn als u dit serieus nam,' hoorde Ralf zijn moeder zeggen. Haar stem trilde een beetje.

'Ik neem alles serieus, mevrouw. U moest eens weten wat wij op een dag meemaken.' Hij keek Ralf aan.

Diezelfde uitdagende blik, diezelfde houding als toen. Ralf voelde zich kleiner worden. De jaren brokkelden af en vanonder het puin kroop een jongetje tevoorschijn dat zich staande probeerde te houden tussen zijn oudere vrienden. Klamme handen met afgebeten nagels omklemden het stuur van zijn fiets, waarvan het achterlicht kapot was.

'Jij bent toch Ralf Venema?' vroeg de kleinere collega. Zijn ogen vernauwden zich.

Ralf liet zijn kauwgum door zijn mond gaan. Hij keek van de een naar de ander, maar hij kon geen woord uitbrengen. Zijn ademhaling ging te snel.

'Klopt. En ik ben zijn moeder. Katja Venema, aangenaam.'

De agenten wisselden lauwtjes beleefdheden uit. Ze gaven haar net voldoende aandacht om niet voor botte hond te kunnen worden uitgemaakt, maar beslist te weinig om haar het gevoel te geven dat ze gerespecteerd werd en hier welkom was. Daar waren ze meester in, dacht Ralf: mensen kleineren. Subtiel, zoals nu, of minder subtiel – als er geen andere volwassenen in de buurt waren. Zelfs zijn moeder wilden ze even laten zien hoe stoer ze wel niet waren. De fucking macho's. Er ontstond een gesprek, maar hij kreeg het niet meer mee, het werd overstemd door het bonken van zijn hart en zijn gejaagde ademhaling.

Misschien, dacht hij ineens, deed het meer kwaad dan goed om Mikey aan te geven. Mikey kletste zich binnen een dag of wat wel weer uit de politiecel of hij kwam er niet eens in terecht, en dan zou hij pas echt diep in de shit zitten – want dan zou Mikey weten dat hij met de politie had gesproken.

'Maar eh... mijn dienst zit erop.' Zwart keek Loukili aan. 'Heb jij even tijd om dit te regelen?'

'Het kan wel even, ja.'

Terwijl zijn collega wegliep, richtte Loukili zich tot Ralf. Zijn donkere ogen glinsterden en er speelde een geamuseerd lachje om zijn mond. 'Poosje niet meer gezien bij de supermarkt, Venema.'

Ralf voelde dat zijn kaakspieren zich spanden.

Die gast genoot hiervan. Hij vond het heerlijk om hem hier met zijn moeder op het bureau te ontvangen. Twee argeloze konijntjes in zijn ranzige wolvenhol. Geen greintje mededogen op dat gezicht te bespeuren. Geen menselijkheid. Niets. Nooit gehad, ook.

'Ben je misschien verhuisd?' Weer dat vernederende lachje.

Ralfs handen balden zich tot vuisten. Gebeurde dit echt? Moest hij nu werkelijk aangifte doen bij Loukili, een wijkagent die op straat bekeuringen uitdeelde aan onzekere jongetjes van veertien met een kapot achterlicht?

No way.

Hij vrat nog liever zijn sneakers op.

'Bekijk het maar,' zei hij scherp. Hij draaide zich om en beende weg.

Zijn moeder riep hem, maar hij hoorde het niet meer. Hij duwde de glazen sluisdeuren en daarna de buitendeuren open en keek niet meer op of om. Liep zonder zijn pas in te houden door naar zijn auto. Mensen gingen voor hem opzij en keken hem na. Nijdig wreef hij de tranen van zijn gezicht.

6

Dit deel van het gebouw was alleen toegankelijk voor het ziekenhuispersoneel. Het was er opvallend stil; bijna iedereen was onderweg naar de erwtensoep. Helen liep door een hal met plantenbakken en sloeg daarna links af, de felverlichte gang in.

Werner was er al. Ze zag hem in de verte staan door het glas van de klapdeuren. Hij had zijn armen over elkaar geslagen en veinsde interesse in een kunstwerk dat aan zijn kant van de deuren aan de muur hing. Naast hem stonden twee gele shoppers op de grond.

Nog ongeveer dertien meter.

Twaalf.

Werner keek op toen hij haar in de gaten kreeg. Zijn huid was bleek, zijn ogen stonden hol. De hele situatie greep hem meer aan dan hij aan haar wilde laten blijken – misschien ook wel aan zichzelf. Hij bukte om de tassen te pakken en liep naar de klapdeuren.

Helen haalde haar personeelspasje uit haar zak.

Nog zeven meter.

Ze hoorde iemand praten – een vrouw. De stem kwam uit een kantoor aan de rechterkant van de gang. De deur stond open.

Recht voor haar keek Werner gespannen om zich heen, in elke hand een tas. Rechtsomkeert maken ging niet meer, er kwam vandaag geen tweede kans.

Terwijl ze langs het kantoor liep, zag ze Marjan bij een bureau staan bellen. Haar hoogblonde haar opgestoken.

Helens mond voelde op slag droog. Ze ervoer een vreemde sensatie – het was alsof ze steeds langer werd, lichter, boven haar eigen voetstappen zweefde.

Vijf meter.

Marjan moest haar voetstappen hebben gehoord, dat kon bijna niet anders, maar ze keek niet op of om.

Vanachter het glas trok Werner een bezorgd gezicht. Hij kon niet weten wat er precies aan de hand was, maar hij merkte wel dat het niet volgens plan verliep.

Vier.

Helen keek snel om – Marjan was nog steeds aan het telefoneren. Ze zocht oogcontact met Werner en legde haar wijsvinger tegen haar mond. Hij knikte om aan te geven dat hij haar begreep. Daarna hield ze haar toegangspas tegen het elektronische kastje. De deuren zwaaiden bijna geluidloos open. Helen liet het pasje in de zak van haar witte jas vallen en nam zwijgend de tassen van Werner over. Na een korte blik van verstandhouding draaide ze zich om en haastte zich het afvalhok in.

Ze trok twee vaatjes los uit een nest en liet een volle tas in elk vat zakken. Drukte de deksels aan tot ze een klik hoorde en plaatste de vaten op de trolley naast drie andere.

Ze richtte zich op en bleef staan, haar handen over haar neus en mond gevouwen. Haar hart leek heen en weer te springen in haar ribbenkast.

Het was gelukt. Morgenvroeg zou ze de allerlaatste pakketten wegwerken, en dan zat het erop. Geleidelijk normaliseerde haar ademhaling. Ze legde haar hand op de klink en opende de deur.

Twee paar ogen staarden haar geschrokken aan.

7

'Ik ga niet terug, mam.' Ralf zette zijn knipperlicht uit en reed de doorgaande weg op. 'Ze gaan me toch niet helpen.'

'Natuurlijk wel. Dat is hun werk.'

Hij keek somber voor zich uit. Zijn moeder bedoelde het goed, maar ze had geen idee. Loukili had het achter zijn ellebogen, en met de rest was het niet veel beter gesteld. Die wijkagenten waren soms al net zo gefrustreerd en bevooroordeeld als sommige leraren. Ooit waren ze vol idealen begonnen, maar gaandeweg was er iets ongenadig misgegaan. Als ze een kans zagen om dat op jou af te reageren, zouden ze het niet laten. 'Die gasten zitten daar alleen maar voor hun eigen hachje. Ze hebben schijt aan jongens zoals ik.'

'Maar ík was er toch bij?'

'Van jou denken ze dat je zo'n naïef moedertje bent. Ze lachen je gewoon achter je rug uit.'

Secondelang zei ze niets. Daarna riep ze: 'Hoe kan ik nou gaan werken terwijl jij zo diep in de problemen zit?'

'Da's precies de reden waarom ik je nooit iets vertel. Je strest te veel.' Hij keek haar zijdelings aan. 'Mam, ik regel het wel.'

'Waar ben jij toch allemaal mee bezig?' vroeg ze zacht. 'Je gaat echt met de verkeerde mensen om.'

Tot een paar dagen geleden zou ze hem met zo'n opmerking op de kast hebben gekregen. Dat commentaar van haar steeds. Nu zag hij in dat ze gelijk had. Zelfs zijn vrienden hadden hem gewaarschuwd voor Brian, ze waren hem gaan mijden toen zijn vriendschap met Brian hechter werd.

'Die jongen is gevaarlijk, zei je toch?'

Hij knikte, keek strak voor zich op de weg.

'Hoe gevaarlijk?'

'Dat weet ik niet.'

8

Ze keken haar geschrokken aan: Marjan en een verpleegkundige die Helen oppervlakkig kende – magertjes, kort bruin haar dat alle kanten op piekte.

Helen glimlachte, maar haar lippen trilden zo hevig dat het niet onopgemerkt bleef. Ze probeerde uit alle macht om een gevatte opmerking te bedenken, iets waardoor de beladenheid van het moment zou verdwijnen, maar haar hoofd was gevuld met stroop.

Marjan verbrak de stilte. 'Jij was toch geen operatieassistente meer?'

Helen begreep waar ze op doelde: als operatieassistente kon het wegbrengen van afval uit de operatiekamer een van je taken zijn. Maar verkoeververpleegkundigen hadden hier niets te zoeken. 'Al even niet meer, nee.' Ze kuchte een paar keer, alsof er iets vastzat in haar keel. 'Nou, ik moet er –'

'Wat doe je dan tegenwoordig?'

Het had geen zin daarover te liegen. 'Verkoever.'

Marjan wisselde een korte blik van verstandhouding met de vrouw naast haar.

'Sorry, ik moet ervandoor, de erwtensoep wacht.' Met een flauw glimlachje liep ze langs de vrouwen heen de gang op.

9

Ralfs moeder had al één voet buiten de auto gezet. 'Misschien ga ik na mijn werk even alleen naar het bureau.'

'Niet doen, mam.'

'Praten kan toch geen kwaad?'

'Je brengt me er alleen maar meer mee in de problemen.' Hij keek haar indringend aan. 'Ik kan dit beter zelf oplossen. Echt.'

Ze weifelde, stak toen haar hand uit en legde hem tegen de zijkant van zijn gezicht. 'Ik hou zo verschrikkelijk veel van je, jongen. Ik zou niet weten wat ik –'

'Ik ook van jou, mam,' zei hij zacht. 'Ga nu maar, je bent al te laat. Het komt goed.'

Aarzelend stapte ze uit. Ze duwde het portier dicht en liep naar het winkelcentrum. Bij de ingang keek ze over haar schouder. Hij glimlachte naar haar, stak zijn duim omhoog. Daarna ging ze naar binnen.

Ralf maakte geen aanstalten om weg te rijden. Hij bleef achter het stuur zitten en keek met een sombere blik naar het winkelend publiek. Brommers en fietsers passeerden zijn auto. Er zat een groep jongens bij de snackbar. Sommigen kende hij uit de periode dat hij hier nog hele dagen met een los-vast clubje vrienden rondhing, omdat hij geen idee had wat hij verder met zijn leven aan moest. Eigenlijk was hij sindsdien nog niet veel opgeschoten.

Misschien kon hij maar beter een tijdje weggaan, samen met Naomi. Familie van zijn vader had een stacaravan in de buurt van Barcelona. In de winter werd die niet gebruikt. Het ding was niet luxe, maar groot genoeg om in te wonen. Ralf zou in de horeca kunnen gaan werken of als gids voor Nederlandse toeristen. Hij stond zichzelf toe erover te dagdromen. Daarna haalde hij de contactsleutel uit het slot, pakte zijn rugzak uit de kofferbak en liep ermee van het parkeerterrein af.

Verderop nam hij een bus naar de andere kant van de stad. Het adres kende hij uit zijn hoofd. Er was daar niemand thuis, maar met een beetje mazzel stond er een rode Vespa voor het grijpen.

Zondag zou hij met Mikey gaan praten.

Hij kon alleen maar hopen dat die genoegen zou nemen met een voorschot.

10

Thom en zijn vrienden hadden de garage leeggehaald en de vloer schoongeveegd. Op de plaats van Werners zitmaaier waren nu witte statafels neergezet. Tegen de muur stonden twee behangtafels met daarop horecaglazen uit het magazijn van De Zoete Inval en tassen vol chips en M&M's. De jongens hurkten bij een laptop. Uit de geluidsboxen klonk hiphop en rap, af en toe dance.

Helen bevestigde een lichtslang aan het plafond. Arianne hield de huishoudtrap vast en gaf haar de krammen aan. 'Mijn kinderen hebben nooit zulke grote cadeaus gehad.'

'Wij maken er ook geen gewoonte van,' zei Helen. 'Dat scooterrijbewijs betalen wij, maar Thom zal net als zijn grote zus zelf nog geld moeten bijleggen voor de scooter.'

'Me dunkt dat je voor zevenhonderd euro wel iets leuks kunt kopen.'

'Niet de scooter die hij wil.' Helen stapte van het trapje af en duwde de stekker in het stopcontact. De lichtslang begon te knipperen: blauwe, gele en rode lampjes.

'Whooo...' hoorde ze Thom schertsend roepen.

'Toch is het voor jullie makkelijker geworden,' zei Arianne.

Helen begreep waar ze op doelde. Niet heel chic, het stoorde haar een beetje. 'Ik had liever mijn moeder nog gehad.'

'Ja, natuurlijk. Sorry.'

'Maakt niet uit.' Ze keek op haar telefoon. 'Zeven uur. Ik ben wel toe aan een borrel. Jij?'

'Daar was ik vanochtend om tien uur al aan toe.'

11

De Vespa was van een meisje geweest. Leren zadel, windscherm, rode lak. Met zorg onderhouden. Ze zou er nu onderhand wel achter zijn dat haar scooter niet meer onder de carport stond. Het beeld van een verdrietig meisje drong zich aan hem op. Lege blik, helm in haar hand. Als iemand hém dit zou flikken, zou hij helemaal gek worden. Maar uiteindelijk, dacht hij, bestal hij die mensen niet echt. Scooters zoals deze waren allemaal verzekerd. Hij haalde dus indirect geld weg van verzekeringsmaatschappijen, en volgens zijn vader waren dat de échte gangsters van deze wereld, net als de multinationals en de banken. Daar mocht je van stelen. Maar toch.

Er kwam een bericht binnen op zijn telefoon.

KOM JE ME HALEN? WE ETEN BIJ DE INLOOP X

De Inloop was een snackbar aan de rand van een klein winkelcentrum, gerund door een Chinese familie. Veel mensen die hij kende aten daar wat voor ze gingen stappen. Ralf had vanavond liever thuis gegeten. Dat voelde beter, zo vlak na het gedoe op het politiebureau. Bovendien was thuis eten gratis, en je hoefde niemand vrij te houden. Hij had elke euro nodig.

Ralf pakte een stapeltje papiergeld van het bed en telde het voor de derde keer. Briefjes van tien, twintig en vijftig. Zijn auto was weer volgetankt en in zijn portemonnee zaten een paar tientjes. Voor Mikey was er vijfhonderdveertig euro overgebleven. Dat waren er geen drieduizend, maar het was een begin. Hij stopte het geld in een tijdschrift, rolde het op en klemde het tussen andere spullen in een laatje van zijn bureau.

Hij pakte zijn telefoon en toetste met zijn duimen:

IK DOUCHE EVEN EN BEN OVER HALFUUR BIJ JE.

12

'Jij ook een Cuarenta Y Tres?'

'Nee, dank je.'

Helen grinnikte. 'Meteen maar een Grand Marnier dan?'

'Sorry. Ik moet het bij een wijntje houden. Ik ga zo meteen nog naar de sportschool.' Arianne legde haar jas over een van de eetkamerstoelen en ging zitten.

Terwijl Helen een glas voor hen beiden inschonk, vertelde Arianne over de *sweet sixteen* van haar oudste dochter. Helen luisterde nauwelijks. Het drong nu pas tot haar door dat het vanavond haar vaste sportavond was en de overval dus precies een week geleden had plaatsgevonden. Het leek veel langer dan een week, eerder een jaar. Een eeuwigheid. Tegelijkertijd vermoedde ze dat ze nog steeds in een soort shocktoestand verkeerde. Het leek soms alsof iemand anders de controle over haar lichaam had overgenomen. De handelingen die ze verrichtte, de dingen die ze zei; zelfs haar gedachten klonken als het gefluister van een vreemde – een vrouw die uiterlijk sprekend op haar leek, maar die ze pas de afgelopen week had leren kennen. Alleen de constant aanwezige wroeging voelde authentiek.

Sinds de overval was alles veranderd. Zijzelf, de kersverse moordenares die voorheen nog geen zieke goudvis had kunnen doorspoelen omdat ze dat zielig en moreel verwerpelijk vond, maar zeker ook Werner. Hij had zichzelf daarbeneden in de kelder tot handelingen gedwongen die hem tot diep in zijn wezen hadden geraakt. Die beelden, geluiden en geuren zouden hem voor altijd bijblijven. *What has been seen, cannot be unseen.* En ze zouden er nooit met iemand anders over kunnen praten, alleen maar met elkaar. Zoiets had romantisch kunnen zijn als hun geheim niet zo gruwelijk was geweest, hun daden niet zo afkeurenswaardig.

'Mam? Waar heb je de kipnuggets gelaten?' Thom kwam de keuken in met een van zijn vrienden in zijn kielzog. Hij liep meteen door naar de hal. 'In de vriezer in de kelder zeker?'

'Néé!' De wijnglazen vielen uit haar handen en spatten kapot op de harde keukenvloer.

Thom bleef als aan de grond genageld staan. Arianne keek verbaasd op. Even zei niemand iets.

Helen keek naar de puinhoop op de vloer. 'O, sorry, ik ben geloof ik een beetje gestrest de laatste tijd.'

'Zeg dat wel,' merkte Thom op. 'Je flipt 'm helemaal.'

Zo rustig mogelijk zei ze: 'De kipnuggets liggen gewoon hier, in de kleine vriezer.'

Thom draaide een kwartslag en wilde de lade van de inbouwdiepvries opentrekken.

'Maar, Thom...'

Hij keek haar vragend aan.

'Je gaat de frituurpan nu niet aanzetten, dat doe je maar vanavond, tijdens het feest. We gaan zo meteen eten.'

'Mam, ik ben járig.'

'Je hebt me gehoord.'

'Belachelijk!' Luid protesterend liep Thom de keuken uit, op de voet gevolgd door zijn vriend. Helen hoorde de achterdeur dichtslaan.

'Wat was dat nou ineens?' vroeg Arianne.

'Puberstuipen.'

'Nee, ik heb het over jou.'

Helen ontweek haar nieuwsgierige blik en trok een paar vellen keukenpapier van de rol. 'Stress.'

'Waar heb jij zo veel stress van?'

Ze schudde haar hoofd. 'Laat me maar even.'

13

Hoe dichter ze bij het huis van de Möhrings kwamen, hoe onrustiger hij zich voelde. Ralf keek schichtig in de achteruitkijkspiegel. Geen Mikey. Nog steeds niet. Blijkbaar vond hij dat zijn punt was gemaakt en ging hij ervan uit dat hij zondag netjes zijn geld zou krijgen. Gelukkig realiseerde Naomi zich nog niet half hoeveel gevaar ze liep.

Ze zat naast hem. Haar sluike haar was opgestoken en ze werkte haar lippenstift bij in het spiegeltje van de zonneklep. Op de achterbank zaten Sara, met haar beste vriendin Jackie, en Floris, een of ander papa's kindje dat niet alleen serieus werk maakte van Sara, maar naar Ralfs smaak ook iets te veel naar Naomi zat te gluren. Hij had die gast graag dat hele stuk naar de Möhrings laten lopen, maar de meiden waren hem voor geweest en hadden Floris al de auto in getrokken.

'Daar linksaf en dan gelijk weer links,' zei Sara.

Hij volgde braaf haar instructies op en deed of hij de buurt niet kende.

'Weet je wat ik jullie helemaal vergeten ben te vertellen?’ Naomi keek over haar schouder naar de achterbank. ‘Brians moeder heeft vandaag aangifte gedaan van vermissing.’

‘Jee, wat heftig,’ zei Sara.

‘Ja, hè?’

‘Wat gaat de politie doen?’ vroeg Ralf. Zijn stem klonk geknepen.

‘Geen idee, dat heeft ze niet gezegd.’

‘Er zal vandaag dan vast wel een AMBER Alert uitgaan,’ zei Floris.

‘Nee, da’s voor kinderen. Brian is eenentwintig.’

Floris leek oprecht verbaasd. ‘En daar gaan jullie mee om? Met een gast van in de twintig?’

‘Waarom niet?’ snauwde Sara. ‘Vier jaar verschil is niet zoveel, hoor.’

Floris zei niets terug, maar was het duidelijk niet met haar eens. Hij keek somber naar buiten.

Ergens deed dat Ralf plezier.

‘Hier is het, het laatste huis,’ zei Sara. ‘Parkeer maar aan de overkant.’

Ralf zette zijn auto vlak bij de struiken en het elektriciteitshuisje. Hij stapte uit en keek naar het huis. Er trok een rilling door hem heen. Hij wilde hier al naar binnen sinds hij de schoten had gehoord. Nu het zover was, moest hij de neiging onderdrukken om weg te rennen.

Het groepje liep voor hem uit de oprit op. Hij volgde hen tussen de fietsen door, die kriskras op de bestrating waren gezet, en sloot de hoge poort achter zich. Vanuit de garage klonken stemmen, gelach, muziek die eerst hard en daarna zachter werd gezet. Hij stak zijn handen diep in de zakken van zijn jack en liet zijn blik door de tuin gaan. Helemaal achterin, achter het zwembad en het grasveld, liep de muur waarachter hij zich afgelopen zaterdag een paar uur had schuilgehouden. Een stuk dichterbij, tussen het zwembad en het terras, stond een rijtje struiken. Van daaruit had hij met Brian samen Werner Möhring bespied.

'Ralf?' Naomi stond in de deuropening. 'Schiet op, man. Iedereen is al binnen.'

14

'Mam, ik wil je even voorstellen aan een paar vrienden.'

Helen schoof het kussen opzij en kwam overeind. Hoe ze het voor elkaar had gekregen wist ze niet, maar kort nadat Arianne was weggegaan, was ze op de bank in slaap gevallen. Ze duwde haar haar een beetje platter en keek naar het gezelschap dat zich om haar heen had verzameld. 'Vrienden' was Sara's term voor jongens. Er stonden er twee op het koeienvel bij de haard. De een was opvallend goed gekleed, de ander droeg een blauw petje met een glanzende sticker op de klep en leek wat nerveus.

'Mam, dit is Floris.'

De goedgeklede jongen drukte haar de hand. 'Aangenaam, mevrouw.'

'Floris doet hbo economie,' zei Sara.

Nu wist ze zeker dat ze Floris vaker zou zien: dit soort informatie werd nooit vermeld bij een doorsneevriend. Helen bekeek de jongen nog eens goed. Hij was knap, een tikje glad misschien, met een verzorgd kapsel.

'En dit is Ralf,' ging Sara verder.

'Ralf,' herhaalde ze.

De jongen met het petje gaf haar een hand, die prettig stevig aanvoelde. Ralf was een heel ander type dan Floris. Bijna het tegenovergestelde. Ze keek naar zijn handen –

handen vertelden je vaak meer over iemand dan zijn kleding of houding – en zag dat hij wondjes op zijn vingers had, korte, afgebroken nagels en schaafplekken op de rug van zijn hand. Zijn glimlach leek geforceerd. Ralf ontbeerde de charme van zijn vriend en voelde zich duidelijk minder op zijn gemak, maar zijn uitstraling was krachtiger. Mannelijker.

Het maakte haar nieuwsgierig. 'Waar kennen jullie elkaar van?'

'Via Naomi,' zei Sara.

Een meisje met opgestoken goudbruin haar stapte schuchter naar voren. 'Ralf hoort bij mij.' Ze had een vriendelijke, open uitdrukking en sprak met een licht accent.

'Naomi en ik kennen elkaar van tennis,' zei Sara.

'O ja?' Helen wist niet zeker of ze dit meisje al eens gezien had, maar schudde haar voor de zekerheid de hand.

15

Sara's moeder zag er niet uit als de vrouw van een moordenaar, zelfs niet als iemand die haar leven zou delen met een crimineel. Ze had een zachte oogopslag en kwam heel hartelijk over, warm en geïnteresseerd. Een basisschoollerares, of verkoopster in een bloemenzaak, zoals zijn moeder. Hij zou zo zijn hand voor haar in het vuur steken. Toch had ze er misschien wel bij gestaan toen haar man Brian doodschoot. In elk geval was ze thuis geweest toen dat gebeurde, dus wist ze ervan.

'En wat voor studie volg jij?' vroeg ze.

'Ik ben na school gaan werken, mevrouw.'

'Zeg maar Helen. Mevrouw klinkt zo oud.' Ze sloeg

haar ogen even neer, glimlachte verontschuldigend. 'Wat voor werk doe je?'

'Eh... momenteel ben ik aan het solliciteren.'

'Ik begrijp het. Het is tegenwoordig niet zo makkelijk om een baan te krijgen.'

'Maar je baan houden is nog lastiger,' zei Floris, waarna hij een anekdote begon te vertellen over een vriend die in de horeca werkte. Floris probeerde nogal opzichtig een wit voetje bij Sara's moeder te halen, en als Ralf zich niet vergiste zat er ook een open sollicitatie in zijn verhaal verpakt. Blijkbaar zocht Floris nog een bijbaantje in de bediening bij De Zoete Inval.

Ralf verloor zijn interesse in het verhaal. Nu Helen Möhring in gesprek was met Floris kon hij haar in alle rust bekijken. Hij lette op haar expressie, bestudeerde haar houding en maniertjes. Hij zag haar praten en gebaren, de manier waarop ze met haar elegante handen steeds de mouwen van haar trui omhoogschoof. Ongemerkt was hij sneller gaan ademen. Dit is ze dan, dacht hij, de vrouw die weet hoe het zit. Ze stond iets meer dan een armlengte bij hem vandaan. Hij hoefde alleen maar een stap naar voren te doen, haar bij de keel te grijpen en hard, heel hard tegen haar te schreeuwen. Dreigen haar vreselijke dingen aan te doen, zodat ze in paniek zou raken. En het hem zou vertellen. Over minder dan een minuut kon hij weten wat er met Brian was gebeurd.

'Nou, mensen, zullen we wat gaan drinken?' Sara ging de groep voor en verdween de hal in.

Ralf aarzelde. Hij keek Helen aan, die hem met een beleefd glimlachje toeknikte. Daarna sloot hij zich aan bij de rest.

Hij gaf zijn ogen goed de kost. Dit huis was belachelijk groot en alles wat erin stond, zag er duur uit. Er hingen joekels van moderne schilderijen waar spotjes op schenen. Sowieso brandde er in het hele huis licht. Zijn ouders vonden zoiets geldverspilling. Natuurlijk, Sara's vader had vier goedlopende restaurants, die zou echt wel flink verdienen. Grote kans dat hij daarnaast nog andere inkomsten had. Handeltjes waarmee contant geld gemoeid was, bijvoorbeeld. Brian had hem niet voor niets uitgezocht.

Of was hij alleen maar getipt?

Ralf keek naar Sara, met haar dure kleding, haar manieren, haar perfecte make-up. 'Rijk, knap & stijlvol' stond op elke centimeter van haar smetteloze huid geschreven. Als het klopte wat Naomi had gezegd, dat ze op 'mannen' viel, wat zag ze nu dan in die Floris, met zijn babyface en zijn smalle schoudertjes?

Hij ging in een van de leren eetstoelen zitten en legde zijn onderarmen wat onwennig op het tafelblad.

'Cola?' zei Naomi, en ze gaf hem een glas.

Hij nam het van haar aan, maar bleef naar Sara kijken.

Ze leunde tegen het kookeiland. Floris fluisterde iets in haar oor en ze lachte haar tanden bloot. Sara Möhring was een meisje met twee gezichten: het ongenaakbare fotomodel en de slet die zich ergens in de keuken van haar vaders restaurant door een jongen als Brian had laten ontmaagden. Was ze daar eigenlijk wel ontmaagd, vroeg hij zich nu af. Misschien had ze Brian dat alleen maar wijsgemaakt. Sara en Brian leken uit hetzelfde harde hout te zijn gesneden. Zouden die twee hebben afgesproken de buit van de overval te verdelen of had Brian haar tipgeld beloofd, net zoals hijzelf een percentage zou krijgen voor zijn rol als chauffeur?

Eén ding was zeker: de hele familie hier was compleet *fucked up*.

Hij goot de cola in zijn keelgat en stond op van tafel.

Liep naar het raam, keek de tuin in. Zo veel ruimte. Zo veel mogelijkheden. Hij was benieuwd of er daarbuiten ergens omgewoelde grond te zien was.

'Mag ik jullie tuin eens bekijken?' vroeg hij aan Sara.

Ze keek hem lichtelijk verbaasd aan. 'Eh, ja, hoor. Ga je gang.'

16

'Sorry dat ik zo laat ben.' Werner trok zijn jas uit en deed zijn sjaal af. Hij wees met zijn kin in de richting van de garage. De zware bas drong door de muren heen. 'Lekker druk, hè, daarbinnen? De oprit lijkt wel een fietsenstalling. Ik heb mijn auto aan de overkant gezet. Van wie is die oude Polo?'

'Van Ralf.'

'Moet ik die kennen?'

Ze schudde haar hoofd. 'Een kennis van Sara.'

Werner schonk een glas whisky in en hief de fles. 'Jij ook?'

'Beter van niet. Ik heb al wat wijn op en ik heb morgenvroeg dienst.' Ze keek op de klok. Het was pas halfelf, maar zoals ze zich nu voelde zou ze zweren dat het midden in de nacht was. 'Ik had me voorgenomen om op te blijven tot iedereen naar huis is, maar dat ga ik niet redden.'

'Ga maar vast slapen. Ik hou het hier wel in de gaten.' Hij keek haar aan over de rand van zijn glas. 'Hou vol. Zondag zitten we in Engeland. Heb je al gepakt?'

Ze glimlachte vermoeid. 'Wanneer had ik dat moeten doen?'

'Nou ja, zoveel heb je ook niet nodig. Als je in elk geval maar een leuk jurkje meeneemt en een paar goede wandelschoenen.'

‘Bedankt voor het stylingadvies,’ grapte ze.

Hij trok een mondhoek op. ‘En een regenpak, een warme trui en een paar hoge hakken.’

‘Werner, je maakt me stiknieuwsgierig. Wat gaan we doen?’

‘Van alles.’ Hij keek haar plagerig aan.

Vanuit de garage bleef het zware basgeluid onverminderd doordreunen. Een laag, dreinend *whoem whoem whoem* dat in intensiteit en ritme varieerde. Zo nu en dan klonken de muziek en de stemmen luider en scherper, als de garagedeur werd opengedaan. Gelach, gilletjes.

Werner keek door het keukenraam naar buiten. ‘Als ik merk dat er in het zwembad wordt gepist, is het de laatste keer dat we thuis een feest hebben gegeven.’

‘Werner?’

Hij draaide zijn gezicht naar haar toe.

‘Ik zie nogal op tegen morgenvroeg.’

‘De laatste loodjes,’ zei hij.

‘Dat niet alleen. Iemand van de administratie heeft me een paar keer in het afvalhok betrapt. Ze heeft niets gezien, maar ze vertrouwt het niet.’

‘Maak je je zorgen?’

‘Ja en nee. Misschien zoek ik er te veel achter, maar... stel dat ze is gaan bijhouden wat er door wie wordt weggegooid? Dat is voor haar een kleine moeite, die ruimte ligt schuin tegenover haar kantoor. In de afgelopen dagen heb ik zeven vaatjes gebruikt. Vandaag alleen al vier. Ik heb geen idee wat een normale dagelijkse hoeveelheid is en of dat wordt bijgehouden.’

Werner keek haar ernstig aan. ‘Die extra vaten zouden iemand kunnen opvallen, denk je?’

‘Misschien moeten we de laatste pakketten ergens anders weggooien.’ Ze keek op. ‘Meenemen naar Engeland?’

Hij schudde resoluut zijn hoofd. 'Het plan is goed. Nog één keer en we zijn er vanaf.'

'Denk je?'

'Natuurlijk.'

Helen keek naar haar man. Er was geen spoor van twijfel op zijn gezicht te bekennen. Werner leek absoluut zeker van zijn zaak en op een of andere manier gaf dat vertrouwen.

17

Ralf stond in de deuropening van de garage, zijn vuisten gebald in zijn broekzakken. Achter hem werd luid en vals met de muziek meegezongen en werden rare danspasjes uitgeprobeerd. In de tuin was het rustig en stil. Er hing een mistig schijnsel boven het zwembad. Ralf ademde de frisse nachtlucht in en liep verder de tuin in.

Er was hem niets opgevallen toen hij eerder vanavond de tuin had doorzocht, maar dat zei niet zoveel. Over bijna de hele lengte langs de afscheiding en achterin waren de borders bedekt met een flinke laag boomschors; ideaal spul om verse graafwerkzaamheden te maskeren. Er konden hier wel tien lijken liggen. Of dertig.

Naomi was met hem mee gelopen. Ze had het wel een beetje raar gevonden dat hij zich had afgezonderd van de rest, maar uiteindelijk had ze zijn hand vastgepakt en was daarna gezellig tegen hem aan gaan kletsen. Bij het zwembad was ze stiller geworden. Daar had hij haar naar zich toe getrokken en haar gezoend. Haar lippen waren warm en zacht en haar kleine, gladde handen waren onder zijn hoody verdwenen om zijn rug te strelen. In elk ander scenario zou hij meteen met haar naar een rustige plek in de polder zijn gereden. Dat had hij niet gedaan en nu het feest ten einde liep, had hij daar spijt van.

De garage stond vol opgeschoten kleuters die dachten dat ze heel wat waren en stoer stonden te doen op raps van *posers* als Drake. Het was amper te harden. Van de weinige meisjes die er waren zagen alleen Naomi, Sara en Jackie er goed uit. Daar cirkelde dat kansloze volkje dan ook steeds omheen.

Ralf probeerde zich niet te laten opfokken. Hij had zich een beetje afzijdig gehouden, twee wodka-Red Bull gedronken en een halve schaal kipnuggets leeg gegraasd.

Iets voor elven had Werner Möhring zijn hoofd om de hoek van de garage gestoken, Sara's kleine zusje naar binnen gestuurd en een paar woorden gewisseld met zijn zoon. Dat was nu bijna twee uur geleden. Ralf was graag het huis in gelopen om een praatje met de man te maken, maar dan zou hij de enige zijn die dat deed. De wc was in de garage en de friteuse stond buiten onder het afdak, net als de koelkast met hapjes en drank. Niemand hoefde in het huis te zijn.

18

'Waarom mag ik er niet bij zijn?'

'Omdat het hartstikke laat is.'

'En Thom dan?'

'Thom is bijna zestien.' Helen legde het dekbed over Emma heen en stopte haar in. 'Jouw tijd komt nog wel.' Ze geeuwde. Het was één uur en Emma was al twee keer uit bed gekomen.

'Ik kan niet slapen door die muziek.'

'Vind je het niet gezellig om ernaar te luisteren?'

Ze schudde haar hoofd. Haar huid glansde in het zachte licht van het bedlampje.

'Ik ook niet, maar het moet nu eenmaal. Het is al hartstikke laat, lieverd. Ik was net in slaap gevallen toen jij me wakker maakte.'

'Waar is papa?'

'Beneden. Hij wacht tot iedereen weg is en dan komt hij ook naar boven. Net als Thom.'

'Gaat hij dan weer in de logeerkamer slapen?'

Helen klemde haar kaken op elkaar. 'Hoe kom je daar nou bij?'

Emma keek langs haar heen naar het plafond. 'De vader van Kim slaapt ook wel eens op de bank. Dan heeft hij ruzie met Kims moeder.' Ze zocht haar blik. 'Ik hoor jullie nooit ruziemaken.'

'Dat is omdat we geen ruzie hebben.'

'Echt niet?'

'Nee, schat, papa en ik houden heel veel van elkaar.'

Emma knikte bijna onzichtbaar. Helen sloop de kamer uit. 'Deur dicht of op een kiertje?'

'Op een kiertje,' antwoordde Emma slaapdronken.

Helen liep naar de slaapkamer en ging in bed liggen, de lichten uit. Harde muziek bonkte dwars door de muren heen, begeleid door gelach en gejoel.

Morgen is het voorbij, dacht ze. Ze zou de laatste pakketjes over twee vaten verdelen, de deksels dichtdrukken en dan was het afgelopen. Dan konden Werner en zij deze hele afschuwelijke geschiedenis achter zich laten.

19

Werner Möhring kwam de garage in gelopen. Hij sprak met zijn zoon, die stond te wankelen op zijn benen, boog zich over de laptop en zette de muziek uit.

Ralf voelde een adrenalinestoot door zijn aderen gaan: hij had Sara's vader nog niet eerder van zo dichtbij gezien. Groot of gespierd was hij niet. Hij zag er eerder uit als een kakker dan een crimineel, met zijn groene vest van Gant en een geruit overhemd eronder. En deze man had Brian doodgeschoten? *En zijn lijk laten verdwijnen?*

Werner was het gewend om te delegeren, viel Ralf op. Hij straalde een natuurlijk overwicht uit en zijn stem was zwaar voor zijn postuur. Hij hoefde die nauwelijks te verheffen om gehoord te worden.

'Mensen, als jullie allemaal even meehelpen, is het zo gebeurd.'

Meende hij dat nou? Ralf was nog nooit op een feest geweest waar de gasten na afloop hun eigen zooi moesten opruimen. De nerds maakten er geen punt van. Lallend en onvast op hun benen zetten ze de flessen en glazen op de behangtafels. Om niet uit de toon te vallen, begon Ralf ook maar wat glazen te stapelen. Vanuit zijn ooghoeken volgde hij Möhrings bewegingen nauwlettend.

Nee, hij kon in de verste verte geen moordenaar of crimineel in die man ontdekken. Werner leek gewoon op wat hij was: een rijke ondernemer. Maar wel eentje die contant geld in huis verstopte. Vijfduizend euro. Of meer. Genoeg om Mikey van zich af te schudden, zodat er niets met Naomi zou gebeuren. Er ging een lichte trilling door zijn buik en hij voelde zich een beetje licht in het hoofd worden. Het was niet de eerste keer dat hij met dit idee speelde. In de afgelopen week was het een paar keer eerder in hem opgekomen.

Het volgende moment zag hij Werner Möhring naar hem kijken. Schuw sloeg hij zijn blik neer en stapelde een paar lege chipsbakken op elkaar.

Werner kwam op hem af gelopen. 'Ik heb jou hier niet eerder gezien?'

'Klopt,' zei Ralf, zonder hem aan te kijken.

'Je lijkt een stuk ouder dan Thom.'

'Ik ben een vriend van Naomi.' Ralf wees met zijn kin naar Naomi, die op haar hurken met veger en blik de scherven van een kapot glas opveegde. Sara stond erbij en hield een vuilniszak open.

'En jouw naam is...'

Het had geen zin om daarover te liegen. Iedereen wist hoe hij heette. 'Ralf Venema.'

'Ralf... van de Polo daarbuiten?'

'Ja. Dat is mijn auto.'

Werner knikte bedachtzaam. Hij verbrak het oogcontact pas na vele lange seconden, wendde zich van hem af en verhief zijn stem. 'Mensen, zo is het wel goed. Dank voor jullie hulp. De rest regelen we morgen wel.' Daarna liep hij de garage uit.

Sara en Naomi kwamen op Ralf af. Floris zette een vuilniszak tegen de muur en voegde zich bij hen.

'Erg is hij, hè?' Sara keek met een nijdige blik naar de garagedeur, die Werner zojuist achter zich had dichtgetrokken.

Ralf haalde zijn schouders op. 'Valt wel mee.'

Ze keek hem laatdunkend aan. '*Come on.* Hij is nooit thuis, altijd bezig met zijn werk...' Die laatste twee woorden sprak ze spottend uit. 'En als hij er is, loopt hij commando's uit te delen. Ik bedoel, neem dit nou. Thom geeft een feest en mijn pa behandelt zijn vrienden alsof ze voor hem werken. Zoiets doe je toch niet?'

Even zei niemand iets.

Jackie verbrak de stilte. 'Hij geeft je wel alles wat je wilt. Die dure scooter, je kleren. Weet je nog dat je laatst die jas niet kreeg van je moeder? Toen kreeg je die wel van hem.'

'Ons kopen, ja. Dat kan-ie. Lekker makkelijk. Maar hij doet niets voor ons, omdat hij gewoon niets om ons geeft.'

'Tuurlijk wel.'

Sara's uitdrukking verhardde. 'Hij vraagt nooit hoe het op school was, of hoe je je voelt. Het interesseert hem niet. Hij geeft meer om die restaurants dan om zijn eigen kinderen. Soms hè... soms zou ik willen dat iemand hem eens een lesje leerde. Gewoon eens een keer flink op zijn bek zou slaan.'

Naomi keek haar geschokt aan. 'Doe even normaal, man, je hebt het wel over je vader.'

Ze haalde haar schouders op. 'Je mag hem hebben.'

ZATERDAG

I

‘Wat ben jij vroeg op.’

‘Slecht geslapen,’ mompelde Werner. Hij stond in een joggingbroek en een shirt met v-hals brood te smeren aan het kookeiland. ‘Ik heb de tassen al in je auto gezet en de vriezer schoongemaakt.’

‘Héb je eigenlijk wel geslapen?’

‘Nauwelijks. Ik denk dat ik zo meteen nog even terug mijn bed in duik.’

Helen pakte een bekertje yoghurt met muesli uit de ijskast en ging aan tafel zitten. Op doordeweekse ochtenden was het chaotisch en rumoerig in de keuken. Dan stond de tv op MTV of Comedy Central en lagen er tablets en telefoons tussen de ontbijtborden, schoolboeken, bekers en opengeritste schooltassen.

Nu was het stil.

Helen nam kleine hapjes van haar yoghurt. De afgelopen dagen had ze geprobeerd om de situatie zo zakelijk mogelijk te benaderen. De herinneringen zoveel mogelijk weg te drukken, aan dat pistool in haar hand, de geur van het kruit, de zaag, de jongen in de vriezer, de lugubere pakketjes. Helen had genoeg patiënten gekend die na een hevige gebeurtenis een bewonderenswaardige veerkracht vertoonden en zich redelijk normaal, nuchter en zelfs vrolijk leken op te stellen. Léken, want doorgaans hoorde je dat zulke mensen later, op een rustiger moment in hun leven, alsnog een zenuwinzinking kregen. Daarvoor was geen plaats, besefte ze. Nu niet en later ook niet. Ze cultiveerde dat dunne schildje dat over haar emoties lag en haar in staat stelde de dagelijkse routine op te pakken. Het moest. Die jongen was er niet meer, voor hem kon ze niets meer doen. Maar haar kinderen leefden wel, en ze hadden haar nodig.

'Wat gaan we vanavond eigenlijk doen?' vroeg ze.

Werner keek verward op. 'Vanavond? Wat bedoel je?'

'Sara houdt haar filmavondje.'

'Ja, en?'

'Daar kan ze ons niet bij gebruiken.'

'Prima,' zei hij met volle mond. 'Ik ben vanavond sowieso laat thuis.' Hij draaide zich om naar het koffieapparaat en zette zijn beker eronder. Drukte op een knop. Er gebeurde niets.

'Hoezo dat?'

Werner boog zich voorover en bekeek het apparaat. 'Rondje langs de restaurants. Even mijn neus laten zien.'

'Dat hoeft toch niet de hele avond te duren?'

'Ik vrees van wel. Ik moet een paar mensen instrueren.' Hij keek haar even aan. 'Of je moet het niet erg vinden als ze me constant bellen als we in Engeland zijn.' Hij richtte zich weer op het apparaat, sloeg met zijn vlakke hand tegen de zijkant en probeerde het nog eens. Er klonk een zacht geborrel, gevolgd door gesis. 'En ik moet ook nog langs de bank om de dagopbrengsten te storten.'

'En ik dan?'

Hij keek verstoord op. 'Wat bedoel je?'

'Heb je wel gehoord wat ik zei?'

'Jezus, Helen, wat dacht je ervan om na je werk gewoon

naar huis te gaan? Je hoeft je toch niet aan Sara en haar vrienden aan te passen?'

'Zelfs Emma en Thom gaan logeren. Die kinderen willen privacy.'

Hij trok een wenkbrauw op. 'Noemen ze dat zo tegenwoordig? Als ze zo nodig aan elkaar willen zitten, gaan ze maar naar de bioscoop. Ons huis, onze regels. Wie betaalt, bepaalt.'

'Daar gaat het niet om.'

'Waarom ga je vanavond niet naar Arianne? Of iets drinken met je collega's?'

'Op záterdagavond? Daar kom ik dan wel een beetje laat mee.' Ze wilde nog veel meer zeggen, maar slikte haar boze woorden in. Dit was niet Werners fout. Ze was ervan uitgegaan dat ze samen wat zouden gaan eten of naar de bioscoop zouden gaan, maar Werner zag daar waarschijnlijk geen noodzaak meer toe, nu ze morgenvroeg naar Engeland vertrokken.

Teleurstellingen komen voort uit te hoge verwachtingen.

Misschien moest ze dat ook maar ergens laten tatoeëren. Op haar voorhoofd, bijvoorbeeld. In spiegelbeeld.

2

'Ralf... Rálf? Word wakker.'

Ralf deed zijn ogen open. Zijn moeder stond over zijn bed gebogen. Ze had blosjes op haar wangen en ze ademde snel.

Op slag was hij helder, schoot rechtop in bed. Hij wilde het dekbed van zich afwerpen en opstaan, maar herinnerde zich toen de droom waaruit hij zo ruw gewekt was. Naomi. Haar tong cirkelde om de zijne. Ze had haar naakte lichaam tegen hem aan gevlijd, haar benen om zijn heupen geslagen, en ze... Hij hield het dekbed vast en drukte het tegen zich aan.

'Er is bezoek,' zei zijn moeder gehaast.

'Wie?'

'Twee mensen van de politie.'

'Wát? Wat komen die doen?'

'Het gaat over Brian. Zijn moeder heeft gisteren aangifte gedaan van vermissing en ze denken dat jij de laatste bent die hem heeft gezien.'

'Shit,' mompelde hij.

'Ralf?' fluisterde ze, en ze keek hem onderzoekend aan. 'Ik ben er voor je. Wat er ook aan de hand is. Maar je moet wel eerlijk tegen me zijn.'

Hij klemde zijn kaken op elkaar. *Geweldige timing, ma.*

'Wil je mijn kamer uit gaan?'

'Maar die agenten zitten bene –'

'Ik kom eraan, oké? Laat me even.'

Het ontging hem niet dat ze naar zijn raam keek. Daarna zocht ze zijn blik. 'Geen rare dingen doen,' zei ze zacht. 'Ik heb maar één kind.'

'Hou op. Er is niets aan de hand. Ik weet nergens van.'

'En die dealer dan? Die man die –'

Hij priemde met zijn wijsvinger naar haar. 'Zeg daar niets over, mam. Níets! Ik ben dat aan het regelen.' Hij keek haar strak aan, ademde snel, zijn mond halfopen. 'Beloofd? Ma?'

Ralf zag allerlei emoties over haar gezicht gaan. Haar stem klonk schor toen ze zei: 'Soms vraag ik me af wie je bent, Ralf Venema. Of moet ik zeggen: wie je bent geworden?'

3

Elke stap leek een eeuwigheid te duren. Het gewicht in de boodschappentassen trok harder aan de hengsels dan de voorgaande dagen. Alsof ze twee molenstenen met zich meesjouwde. De laatste loodjes, ook in letterlijke zin: Werner had de twee wapens erbij verpakt.

Helen hijgde zachtjes. Ze was zich er constant van bewust dat collega's haar konden zien lopen en dat de beveiligingscamera's alles registreerden. Ze probeerde kalm en zo normaal mogelijk over te komen, maar het kon niet anders of ze moest een nerveuze indruk maken. Vanuit haar ooghoeken keek ze naar de dichtstbijzijnde camera en stelde zich de grofkorrelige zwart-witbeelden voor: de enorme centrale hal, de plantenbakken, de kunststof designbanken – en een figuurtje dat daar een beetje zorgelijk tussendoor liep, zeulend met twee Jumbo-tassen.

Niet aan denken.

Ze had verwacht dat het makkelijker zou worden, dat er enige vorm van gewenning zou optreden. Als je iets maar vaak genoeg deed, werd het vanzelf routine. Operatieassistentes vielen niet meer flauw na hun tweede operatie en ervaren politiemensen aten rustig een broodje bij een bloederige plaats delict. Dat mechanisme leek voor haar niet op te gaan. Haar handen voelden klam en haar mond was droog. Helen bad dat ze niet zou worden aangesproken. Ze zou waarschijnlijk niet eens uit haar woorden kunnen komen.

Ze haastte zich de gangen door, sloeg rechts af en gebruikte haar pasje om de deuren te openen. Ze wilde geen tijd verspillen om na te gaan of Marjan op kantoor was – waarschijnlijk niet, op zaterdag – maar trok meteen de

deur van het afvalhok open en stapte naar binnen.
Bleef als aan de grond genageld staan.

4

Het was nog niet zo'n gekke tip die zijn moeder hem onbewust had gegeven: uit het raam klimmen en wegrennen. Hij had de mogelijkheid even overwogen, maar besloten om toch maar naar beneden te gaan. Vluchten had geen zin. Hij moest hier doorheen.

'Wat hebben Brian en jij vrijdag gedaan?'

De ondervraging was al begonnen voor hij goed en wel zat. Twee politiemannen, dertigers. De ene had een glimmende schedel, de andere had kortgeknipte zwarte krullen in een zijscheiding, in bedwang gehouden door glanzende stylinggel. John de Haas, een vriendje van Loukili.

Ralf keek over zijn schouder en wees naar de tuin. 'We hebben in het schuurtje zitten chillen.'

'Definieer chillen?' vroeg de kale.

'Beetje hangen. Praten. Filmpjes gekeken op internet.'

De Haas boog zich naar voren. 'Hmm... Beetje drinken, beetje blowen, snuifje?'

Ralf keek hem nijdig aan. Zei niets.

'Alleen jullie tweeën?'

Hij knikte.

'En daarna?'

'Is hij weggegaan,' zei Ralf.

'Alleen?'

'Ja. Ik had huisarrest.'

'Zei hij waar hij naartoe ging?'

Een stemmetje fluisterde hem in dat dit het perfecte moment was om Mikey in het gesprek te betrekken. Met een paar welgekozen zinnetjes kon hij de politie op het spoor van Brians dealer zetten: *Mikey kreeg nog geld van hem, hij zou hem die middag gaan betalen...* Maar hij hield zijn mond. Zodra Mikey erachter kwam wie hem dit geflikt had, zouden de gevolgen niet te overzien zijn.

Snitches get stitches.

'Nee, dat zei hij niet.'

'Hoe laat was dat?' vroeg de ander.

'Rond één uur, schat ik.'

De Haas noteerde iets op een kleine blocnote. 'Is je toen iets aan hem opgevallen?' vroeg hij, zonder van het papier op te kijken. 'Was hij ergens mee bezig of had hij bepaalde plannen?'

'Nee, niet dat ik weet.'

'Denk eens heel goed na.'

Ralf keek van de een naar de ander. 'Ik weet het echt niet, zeg ik toch. Zo vaak zagen we elkaar niet.'

De Haas boog zich naar voren. 'Volgens Brians moeder was je zijn beste vriend.'

'Brian had weinig vrienden.'

De agent hield zijn hoofd schuin. '...hád?'

Ralfs handen begonnen te beven. Hij sloeg zijn armen over elkaar. 'Heeft, had. Wat maakt het uit?'

'Ik vind het anders opmerkelijk dat je over je vermiste beste vriend spreekt in de verleden tijd,' zei De Haas.

Zijn collega vulde hem aan: 'Maak je je geen zorgen over hem?'

Ralf keek naar zijn moeder. Ze stond in de deuropening en zag bleek.

'Niet echt,' zei hij.

'Toch ben je met zijn vriendin naar zijn moeder gegaan om navraag te doen. Omdat je je géén zorgen maakte?'

Ralf krabde in zijn nek. 'Dat kwam door haar, door

Naomi. Ik ben meegegaan om haar een plezier te doen.'

'Maar jij maakt je dus niet druk?'

Hij schudde zijn hoofd. 'Het is niet de eerste keer dat Brian een poos uit de lucht is.'

De Haas keek hem strak aan. 'Ik hoorde van een collega dat je bij ons op het bureau bent geweest om aangifte te doen. Het lag blijkbaar gevoelig, het ging over iets wat niet via internet kon.'

Dit ging mis. Ralf voelde dat er ergens bij zijn oog een spiertje begon te trekken.

'Dat had niet toevallig met Brian te maken?'

'Nee, inderdaad,' zei hij zo verveeld mogelijk. 'Toevallig niet.'

De agent richtte zich tot Ralfs moeder. 'Kunt u dat bevestigen?'

Ralf zocht oogcontact met zijn moeder, maar ze had haar blik op de grond gericht. Peuterde aan de zoom van haar shirt. Ze leek jonger, zoals ze daar stond. Het meisje dat ze ooit moest zijn geweest.

'Het had niets met Brian te maken,' antwoordde ze.

'Dat weet u zeker?'

'Ja.'

Ralf blies onhoorbaar lucht uit.

'Wilt u die aangifte nu alsnog doen?'

Ze hief haar kin. 'Datgene waarvoor we kwamen... dat is inmiddels opgelost.'

De agenten keken elkaar aan. De kale stond op, gevolgd door De Haas. 'Goed. We gaan maar weer eens verder. Bedankt voor de koffie.'

Bij de deur draaide De Haas zich om. Hij drukte zijn kin naar zijn borst en hield Ralfs blik enkele seconden vast. 'Maar we houden je in de gaten, Venema.'

'Ga liever echte boeven vangen,' hoorde Ralf zijn moeder zeggen. Haar stem trilde. 'Jullie hebben mijn zoon nu al lang genoeg gekoeioneerd.'

De Haas reageerde meteen: 'Misschien heeft u een iets te rooskleurig beeld van uw zoon.'

'Het lijkt me dat ik hem beter ken dan wie dan ook. Een prettige dag nog.'

5

Helen voelde alle bloed uit haar gezicht wegtrekken. Op de trolleys stonden dozen, ernaast zakken met wasgoed. Stapels handdoeken in de open kast.

Maar geen afvalvaten.

Niet één.

Ze keek geschrokken om zich heen. Wie of wat had daarvoor gezorgd? Was het toeval?

Of betekende dit iets?

Marjan?

Was dit een valstrik?

Ze kreeg het gevoel dat ze stikte. Ze opende haar mond en zoog lucht naar binnen. En nog eens. Het was niet genoeg. Haar handen bleven de hengsels van de tassen omklemmen terwijl ze gretig zuurstof naar binnen zoog, steeds sneller achter elkaar. En nog was het niet genoeg. Het leek of ze door een rietje moest ademen. Daar kwam de plotselinge druk op haar borst bij: alsof iets of iemand er heel hard tegenaan duwde. De druk verergerde, ging over in pijn. Ze haalde wanhopig adem, hijgend, raspend en wankelde naar voren, naar achteren, alsof ze stomdronken was. De ruimte draaide om haar heen, en plotseling leek het of de muren en het plafond van haar af bewogen, of zij ineenkromp. Koud. Ze had het ineens zo koud. De tassen vielen uit haar handen, ze zakte in elkaar op de grond.

6

Ralf zat zwijgend in de woonkamer. Had hij dat nou goed gehoord? Zijn moeder was voor hem opgekomen. Ze had die smerissen met een sneer de deur uit gezet. Sterker nog: ze had glashard tegen die twee gelogen.

Tijdens het gesprek met zijn oude conrector had zijn moeder niet in zijn onschuld geloofd, terwijl hij niets verkeerd had gedaan. Nu was het andersom. De agenten hadden natuurlijk gelijk: ze had een te rooskleurig beeld van hem – nú wel. Dat hij Brian had geholpen bij een gewapende overval zou ze waarschijnlijk nog niet in haar ergste nachtmerries kunnen bedenken. De waarheid zou haar hart breken. En er was geen enkele garantie dat die voor haar verborgen zou blijven, want Brian was niet vermist, Brian was vermoord. Dus kwam hij niet meer terug. Het was een kwestie van tijd tot de politie serieus werk zou gaan maken van zijn verdwijning. En dan kwamen ze als vanzelf weer bij hem terecht.

Ralf stond op van de stoel en rekte zich uit. Als het tegenzat, kreeg hij straks ook nog de schuld van Brians verdwijning. In de ogen van justitie had hij natuurlijk het ultieme motief: Naomi. Zijn uitleg – de waarheid – zouden ze nu net zomin geloven als toen hij nog bij het winkelcentrum rondhing. Wat zei zijn vader ook alweer? *Gelijk hebben en gelijk krijgen zijn twee verschillende dingen.*

Maar wat moest hij dan? Hun alsnog vertellen wat er was gebeurd en een strafblad riskeren wegens medeplichtigheid aan een roofoverval? Geen enkel bedrijf nam iemand in dienst met een strafblad. Hij zou gedoemd zijn om de rest van zijn leven scooters te stelen, wietplantjes te kweken en vage handeltjes te drijven om in zijn levensonderhoud te voorzien. Dagelijks moeten zien te dealen met types als Mikey. Of het hulpje zijn van jongens als Brian. Want achteraf had iedereen natuurlijk gelijk gehad: Brian was geen vriend, hij had hem gewoon gebruikt. En nu zat Ralf met zijn erfenis: duizenden euro's schuld bij een levensgevaarlijke idioot en een reële kans dat de politie hem binnenkort als moordverdachte zou beschouwen.

Hij moest hieruit zien te komen, zo snel mogelijk. Hij moest zijn leven op orde zien te krijgen. Maar eerst had hij met Mikey te dealen. Hun afspraak was morgen al, en hij kwam nog vijfentwintighonderd euro te kort.

'Ben je hier nog?'

Hij keek op. 'Mam?'

Ze stond zwijgend in de deuropening. Plotseling voelde hij die verwijdering weer.

Hij slikte. 'Mam, ik wil even zeggen dat... Dank je wel dat je –'

Ze stak een hand op. 'Ik weet niet waar je mee bezig bent, Ralf. En misschien wil ik het ook niet weten. Ik hoop alleen dat je op een dag zult begrijpen dat de wegen die je nu volgt nergens toe zullen leiden.' Zachter voegde ze eraan toe: 'En ik hoop dat die dag aanbreekt vóórdat er iets vreselijks met je gebeurt.'

Toen pas zag hij dat ze had gehuild.

7

'Helen?'

Ze kende die stem.

Helen opende haar ogen en sloot ze meteen weer. Een fel licht, recht boven haar. Ze knipperde, wendde haar gezicht af. Ze lag plat op haar rug. De ondergrond was vlak en hard en om haar heen stonden trolleys met handdoeken en plastic zakken. Dicht bij haar hoofd een gele boodschappentas. Ze rook de geur van plastic vuilniszakken en voelde de kou van de tassen af stralen.

'Helen? Gaat het?' Marjan keek haar bezorgd aan.

'Ja, nu wel.' Ze krabbelde op en ging zitten. Droomde ze dit? Ze voelde zich zo raar; rillerig en licht.

Marjan zat op haar hurken bij haar. Er glinsterde een kettinkje om haar hals. 'Ik stond op het punt om er iemand bij te halen. Je bent flauwgevallen.'

Helen herinnerde zich ineens wat er was gebeurd en besefte dat ze had gehyperventileerd. De druk op haar borst, de pijn, het zuurstofgebrek, duizeligheid: alles duidde op een paniekaanval. Die had ze niet meer gehad sinds haar opleiding, vlak voordat ze een presentatie moest houden voor een volle zaal.

'Je ziet nog steeds bleek.'

'Het gaat alweer.'

Ze zocht steun bij de muur om te gaan staan. Marjan wilde haar helpen, maar ze weerde haar beleefd af. 'Nee, het lukt wel.'

Marjan keek peinzend naar de tassen. 'Wat sjouw je daar toch allemaal in mee?' Ze boog voorover en keek erin. 'Vuilniszakken?'

'Dat zijn mijn zaken, niet de jouwe,' snauwde ze. 'Misschien moet jij eens ophouden met je neus in andermans zaken te steken.' Ze griste de tassen voor Marjans voeten weg en liep de gang op.

In de hal hing een klok. Ze was hooguit een kwartier buiten westen geweest, maar zelfs als ze nu meteen door zou lopen naar de afdeling, zou ze te laat komen. Alleen ging ze niet naar de afdeling. Ze herinnerde zich dat er verderop in het gebouw nog een afvalhok moest zijn.

8

Het was een opmerkelijk warme dag voor oktober. De terrassen zaten vol. Sara en Floris liepen hand in hand voor Ralf en Naomi uit. Twee mensen die geen idee hadden hoe het was om zonder geld te zitten. Ze stopten bij etalages van winkels waar Ralf niet eens naar binnen durfde en discussieerden over jacks van Moncler en Stone Island alsof ze er van elke kleur eentje in de kast hadden hangen. Ralf had de prijzen gezien: één zo'n jack stond gelijk aan twee maanden minimumjeugdloon. En die Floris zemelde maar door over 'echt ganzendons' en hoe lekker licht dat droeg. Sara vertelde dat ze afknapte op namaak. 'Zó kansloos, weet je.'

Naomi pakte Ralfs arm vast. Ze was opmerkelijk stil. Ralf wist niet wat haar ouders voor werk deden, daar hadden ze het nooit over gehad, maar zij woonde met haar broers en haar kleine zusje net als hij in een rijtjeshuis.

'Ik word soms helemaal gek van mijn ouders,' zei Sara.

'Hoezo?' vroeg Floris.

'Ze hadden ruzie vanochtend. Ik hoorde ze in de keuken tekeergaan.'

'Waarover?'

'Over vanavond. Mijn vader gaat werken terwijl mijn

moeder erop had gerekend dat ze samen ergens naartoe zouden gaan.'

Ralf spitste zijn oren. 'Werken?' vroeg hij.

Sara draaide zich om. De zon weerkaatste op haar zonnebril. 'Dat wist je toch al, dat wij restaurants hebben?'

'De Zoete Inval,' verduidelijkte Floris.

Ze wist het wel interessant te brengen: nu waren die restaurants ineens van het hele gezin. 'Jouw vader hoeft op zaterdagavond toch niet zelf af te wassen?'

Ze haalde haar schouders op. 'Op drukke avonden wil hij er nu eenmaal graag zijn. Een praatje maken met de gasten, kijken of iedereen zijn werk goed doet. En hij wil ook altijd zelf de dagopbrengst naar de bank brengen. Ik zei het je gisteren toch? Hij is getrouwd met zijn werk.' Haar ogen kregen een zachtere uitdrukking. 'Toen we klein waren, gingen we in het weekend altijd naar een pretpark of naar zee.'

Floris stootte haar aan. 'Kom op. Alsof je dat nou nog zou willen, met je pa en ma naar de Efteling.'

Ralf voelde de spanning in zijn lijf toenemen. Hij vroeg zo achteloos mogelijk: 'Tot hoe laat werkt je vader dan op zaterdag?'

'Gewoon, laat.'

'Middernacht? Of tot één of twee uur?' probeerde Ralf.

'Rond één uur is hij meestal wel thuis.' Ze keek Ralf even fronsend aan, alsof ze zich met vertraging realiseerde dat zijn interesse in haar vaders gangen wat vreemd was, maar richtte zich toen op Floris, die een pakje Marlboro openklapte en iedereen een sigaret aanbood. Naomi bedankte, Ralf ook.

'Hebben ze vaak ruzie, je ouders?' vroeg Naomi.

'Valt wel mee.' Sara stak de sigaret tussen haar lippen en hield hem in de vlam van Floris' aansteker. 'Meestal praten ze niet eens samen. Mijn vader slaapt best vaak in de logeerkamer.'

'De mijne ook, of hij gaat naar de boot,' zei Floris.

Ralf diepte zijn mobiele telefoon op uit zijn jaszak. Snel typte hij een berichtje in op zijn mobiel.

BEN JE THUIS? HEB IETS NODIG.

Hij hield het toestel in zijn hand en keek quasigeïnteresseerd in de etalage. *Heb je dat nou echt gedaan, Venema? Ben je wel goed bij je hoofd?*

'Maar ja,' zei Sara. 'Nu kan het dus zijn dat mijn moeder vanavond thuis is.'

Naomi zette grote ogen op. 'Dat meen je niet.'

'Ik kan er weinig aan veranderen, hè?'

'Het is nog geen avond, misschien valt het wel mee.' Floris legde zijn hoofd in zijn nek en stootte de ene na de andere cirkel van rook uit. Hij droeg een zonnebril van Porsche, zag Ralf. Hij had er zelf ook eentje op zijn neus staan, alleen was die van Ray-Ban. En nep.

Ralf bedacht dat zijn eigen ouders waarschijnlijk nog nooit hadden gehoord van Moncler, en Porsche kenden ze alleen maar als een automerk. Maar ze sliepen tegen elkaar aan onder hun dekbed van de Wehkamp en ruzie hadden ze nooit. Sterker nog: hij zag hen vaker zoenen dan hem lief was. Was dit het dan, schoot het door hem heen, werkte het zo? *Dan heb je een zwembad en een Mercedes, maar geen huwelijk.*

Ralfs mobiel zoemde. Hij keek op het schermpje.

NOG WEL. MOET ZO METEEN WEG. ZONDAG TERUG.

Sara werkte haar lippenstift bij in de spiegeling van de etalage. 'Ik baal er echt van.'

'Bij ons thuis kan het vanavond ook niet,' zei Naomi. Ze zocht oogcontact met Ralf. 'Bij jou?'

Hij schudde afwezig zijn hoofd en typte een antwoord:

BEN ONDERWEG. WACHT OP ME. BELANGRIJK.

'Zullen we wat gaan drinken?' Sara stopte haar lippenstift in haar tas en wees naar een grand café aan de overkant van de promenade.

'Sorry, mensen, zonder mij,' zei Ralf gehaast. 'Ik moet ervandoor.'

Naomi keek hem verbaasd aan. 'Hè? Nu al? We zouden toch gaan winkelen?'

Hij trok een spijtig gezicht en hield zijn telefoon omhoog. 'Sorry, ik leg het vanavond wel uit. Ik haal je om kwart voor zeven op.' Snel gaf hij haar een kus en maakte zich uit de voeten.

Pas toen hij bijna bij zijn auto was, realiseerde hij zich dat hij drie mensen zonder vervoer in de stad had achtergelaten. Hij kon alleen maar hopen dat Floris en Sara zo sociaal zouden zijn om een taxi te delen met Naomi.

9

'Ben je al een beetje bijgekomen van vanochtend?' Anouk stond bij een slapende patiënt. Ze rolde behendig een infuusslangetje op.

'Ja. Het was zo raar, joh. Nooit eerder gehad.'

'Misschien toch maar even bloed laten prikken? Flauwvallen doe je niet zomaar.'

'Ik heb veel stress de laatste tijd.' Ze wreef met haar pols langs haar neus.

'Tja, wie niet?' Anouk aarzelde even. 'Eet je zo meteen met ons mee?'

'Eh, nee, dank je. Ik heb andere plannen.' Die had ze niet, maar ze had geen zin om Marjan vandaag al onder ogen te komen. Ze sloot zich nog liever op in de wc.

Helen nam een bed over van een collega en begon de gegevens van de patiënt te verifiëren.

De man had kleine, lichtblauwe ogen en keek haar indringend aan. 'Ik vind dit heel eng. Ik ben nooit eerder in een ziekenhuis geweest, niet eens op bezoek, en nu meteen een operatie.'

'Heeft de arts u uitgelegd wat hij gaat doen?'

Hij knikte.

'Een kijkoperatie aan de knie is echt maar een kleine ingreep. Eén sneetje, misschien twee, en binnen een kwartier staat u weer buiten.'

'Staan zal niet lukken,' zei hij.

Ze grinnikte. 'Bij wijze van spreken dan. Ik zal u even een infuus geven.'

Terwijl ze daarmee bezig was, voelde ze haar eigen nervositeit geleidelijk afnemen. Het zat erop: de laatste pakketten waren in twee splinternieuwe vaten verdwenen die ze in een afvalruimte op een andere afdeling had gevonden.

Eigenlijk kon Marjan nu roepen wat ze wilde, het was haar woord tegen dat van Helen. *Het is gewoon gebeurd, klaar.*

Weg.

'Wat kijk jij gelukzalig?'

'O, is dat zo?'

'Je kijkt alsof je een leuke date hebt gehad.' Sanne hield

even haar pas in, een klembord in haar hand. Ze was een van de jongere operatieassistentes.

'Misschien heb ik daar dan over gedroomd, want een date heb ik de laatste achttien jaar niet meer gehad.'

'Elke avond thuis op de bank naast Mr. Right? Klinkt niet heel spannend.'

'Ik heb een oersaai leven,' grapte ze.

Sanne liep gniffelend door.

10

Ralf liep een portiek in, rende het betonnen trapje met twee treden tegelijk op en drukte kort op de bel. Gespannen keek hij om zich heen, dook diep in zijn jack.

Jeffrey deed open. 'Wat was dat nou, man? Waarom moet ik op je wachten?'

'Ik heb iets nodig,' zei Ralf zacht. Hij krabde in zijn nek.

Jeffrey zette een stap over de drempel en keek naar links en naar rechts om zich ervan te verzekeren dat Ralf alleen was. 'Kom binnen.'

Ralf volgde hem de woonkamer in. Het was er rokerig en het stonk. De salontafel was bedolven onder lege bierblikken en volle asbakken. De gordijnen waren dicht – een reepje daglicht bescheen de vuile vloer. Dinsdag had er nog een kinderbox in de hoek gestaan waar de tweeling in had gelegen. Nu stond op die plek een oude racefiets tegen de muur.

'Waar is Denise?' Hij vroeg het alleen maar voor de vorm.

'Weg. Bij haar moeder.' Jeffrey plofte neer op de skai bank en begon een joint te draaien.

'Shit, man.'

'Ze komt wel terug. Wat heb je nodig?'

Ralf sloeg zijn ogen neer.

'Werk heb ik niet voor je, dat weet je,' zei Jeffrey. 'Sorry. Er zijn best wel veel –'

'Het gaat niet om werk.'

'Waar dan wel om?' Hij pakte zijn joint vast alsof het een pen was en stak hem omhoog. 'Jij rookt toch niet?'

Ralf schudde zijn hoofd. Keek naar zijn sneakers en wreef met de rug van zijn hand over zijn neus. 'Ik heb een pistool nodig.'

11

'Waarom was jij zo laat vanochtend?' Lex liep naast Helen het ziekenhuis uit.

'Flauwgevallen op de wc.'

'Dat hoorde ik. Enig idee waarom?'

'Nee.'

'Tuurlijk wel, kom op.' Hij pakte haar bij haar schouder en hield haar staande.

'Ik kreeg een paniekaanval. Het wordt me een beetje te veel, denk ik, alles bij elkaar. De kinderen, het huishouden, het werk.'

Zijn handen zakten af naar haar bovenarmen. Bleven daar even liggen. Toen, alsof hij zich opeens realiseerde dat zijn aanraking te intiem was, liet hij haar los. Hij bleef haar aankijken. 'Waarom neem je niet een poos rust?'

'Doe ik al. Morgen gaan Werner en ik een paar dagen naar Engeland.'

'Een paar dagen,' schamperde hij. 'Da's geen rust. Rust is net zo lang nietsdoen tot je je gaat vervelen.'

'Zeg je nou dat ik me ziek moet melden? Ik mankeer niets.'

'Als je op je werk flauwvalt van de stress is er iets niet in orde, dat snap jij net zo goed als ik.'

Ze wendde haar gezicht af. 'Het gaat wel weer over.'

'Wanneer?'

'Ooit.' Het klonk als een piep.

'Wat kijk je triest ineens.'

'De kinderen hebben straks een filmavondje en Werner moet werken.' *Waarom zei ze dat nou?*

'Je bent verbannen.'

'Daar lijkt het op.'

Lex' gezichtsuitdrukking veranderde. Hij keek peinzend om zich heen. Wreef over zijn voorhoofd. 'Helen, ik heb je vaker gevraagd of je zin had om een keertje samen wat te gaan eten of drinken.' Hij hief zijn hand in een verontschuldigend gebaar. 'Jij wilt dat niet, dat begrijp ik goed. Jij bent getrouwd, ik single, de mensen praten... Maar ik zie er geen kwaad in. Echt niet.'

Ze zweeg even, liet zijn woorden tot zich doordringen. 'Misschien heb je wel gelijk,' zei ze zacht.

Zijn gezicht klaarde op. 'Dus je gaat mee?'

'Alleen eten, hè.'

'Natuurlijk. Wat dacht je dan?'

Ondanks alles moest ze glimlachen.

12

RALF, WAAR SLOEG DAT NOU OP?

ECHT BELACHELIJK.

Ralf scrolde somber door de berichtjes die Naomi hem het afgelopen uur had gestuurd. Floris en Sara hadden geen taxi met haar gedeeld. Na zijn plotselinge vertrek waren ze in elkaar opgegaan en hadden blijkbaar nauwelijks in de gaten gehad dat Naomi er ook nog was. Ze had de bus naar huis genomen. Alleen.

Ralf mocht Sara steeds minder. Maar hij was degene die er zomaar ineens vandoor was gegaan.

SORRY. ECHT. IK MAAK HET GOED MET JE.

Ralf legde zijn telefoon naast zich op de bijrijdersstoel en keek naar buiten. Zijn auto stond in een smalle parkeerhaven. Schuin tegenover hem, vlak langs de weg en deels aan het zicht onttrokken door hoge bomen en perfect bijgehouden beukenhagen, lag een nogal groot uitgevallen langgevelboerderij. DE ZOETE INVAL stond er in verlichte letters op het dak. Dit was het grootste filiaal van de vier – Brian had hier gewerkt. Aan de voorkant grensde het pand zo'n beetje aan de straat, links ervan was een brede oprit en pal erachter lag een grote parkeerplaats, omzoomd met struiken en een hoog hek. Aan de achterkant was ook het kantoor, wist Ralf. Dat had een eigen ingang.

Het was een gok, maar de kans was groot dat Werner Möhring vannacht in dit filiaal zijn ronde zou afsluiten. En dan had hij de dagopbrengsten van alle vier de restaurants bij zich.

Ralfs mobiel zoemde weer.

IK BEN NIET ZO'N MEISJE.

Hij typte meteen een antwoord.

WEET IK.

Ralf bleef zitten, keek naar het scherm. Geen reactie. Zijn duimen hingen als bevroren boven het schermpje. Ze had zijn bericht gelezen, maar ze reageerde niet.

Hij perste zijn lippen op elkaar en typte:

IK GEEF OM JE.

Dat had hij nog nooit tegen een meisje gezegd, laat staan zwart op wit toegegeven. Maar dat wist zij natuurlijk niet.

Ralf startte de auto en reed weg. Terwijl hij het restaurant in zijn achteruitkijkspiegel steeds kleiner zag worden, klonk Tupacs stem uit de speakers: '*All I need in this life of sin is me and my girlfriend. Down to ride to the bloody end, just me and my girlfriend.*' Girlfriend was een metafoor, wist Ralf. Het nummer was een eerbetoon aan een vuurwapen. Ralf had veel liever een vriendin van vlees en bloed dan dat gehavende kloteding dat daar in zijn handschoenenkastje lag. Hij rook vaag de geur van wapenolie en metaal. Na gebruik zou hij het ergens dumpen. Vanavond zou de eerste, en meteen ook de laatste keer in zijn leven zijn dat hij een pistool op iemand richtte.

13

Helen bestudeerde zichzelf in de badkamerspiegel. Foundation, mascara, lipgloss. Het zou meer dan genoeg moeten zijn: ze ging gewoon een hapje eten met een goede vriend. Een vriend die haar nota bene dagelijks zag zonder een spoor make-up, in een vormeloos blauw uniform en met een stom mutsje op haar hoofd. Dus waarom voelde ze nu de noodzaak om toch nog een lijntje bij haar wimpers te trekken?

Ze liep terug naar de slaapkamer. Op het bed lagen vier sets kleding. Ze was er nog steeds niet uit. Jurkje of jeans? Hoge hakken of suède laarsjes?

Vrienden, Helen. We gaan eten als vrienden.

Uiteindelijk trok ze een jurkje aan. Groen, niet te nauwsluitend, kleine hak eronder. Een paar armbanden. Ze draaide rond voor de spiegel. Het was goed zo. Vrouwelijk, maar niet té.

'Mam, ik ben ervandoor.' Thom stak zijn hoofd om de slaapkamerdeur.

Ze liep op hem af en gaf hem een knuffel. Hij werd groot, al groter dan zijzelf. Ze voelde zijn harde schouders, de ontluikende kracht in het jonge lichaam. Nog even en Thom was een man geworden. Het ging opeens zo snel. 'Veel plezier vanavond. We zien elkaar niet meer voor ik naar Engeland ga. Luister je goed naar opi en oma?'

Hij zuchtte een keer diep. 'Wanneer mogen we nou eens alleen thuisblijven? Dat kunnen we makkelijk.'

'Daar zullen jullie toch iets ouder voor moeten zijn.'

'Mam... we doen niets raars of zo.'

Ze streek door zijn haar. 'Het gaat er niet om of ik jullie vertrouw. Ik ben gewoon bang dat er iets gebeurt als wij er niet zijn.'

'Ma-ham.' Hij rolde met zijn ogen. 'Natuurlijk gebeurt er niets.'

'Er kan altijd –'

'Mam, luister.' Hij keek haar bloedserieus aan. 'Je overdrijft steeds zo. Je bent echt overbezorgd. Er is hier nog nooit wat gebeurd en er gaat ook niets gebeuren.'

'Thom...' Ze slikte. 'Er is afgelopen week ingebroken bij de buren.'

'Ja, toen waren ze niet thuis. En wij hebben alarm.'

Dat jullie altijd vergeten aan te zetten. 'Nog een paar jaartjes geduld,' zei ze.

Helen keek haar zoon na terwijl hij door de lange gang naar de trap liep. Van beneden klonken opgetogen stemmen. Jackie en Floris waren er al, ze hadden een stapel horrorfilms meegenomen. De oven stond aan, de geur van pizza vulde het huis.

Het klonk zo gemakkelijk, zo vanzelfsprekend. Het was ook allemaal vanzelfsprekend geweest toen ze zelf nog die leeftijd had. De wereld lag voor je open, alles was nog mogelijk.

En nu?

Het werd alleen maar ingewikkelder.

Ze ademde diep in en hing de kleding die op het bed lag terug in de kast. Voor de kinderen *leek* het leven niet alleen maar makkelijk, dat *was* het natuurlijk ook. Juist omdat Werner en zij ervoor hadden gekozen om dit samen op te lossen, ging alles voor hen gewoon door, als vanouds. Door Werners beslissing waren ze nu niet blootgesteld aan de media, justitie, de publieke opinie en de mening van klasgenootjes, leraren, mensen in de buurt en in de supermarkt. En, nog veel belangrijker: ook niet aan wraakzuchtige vaders, ooms, broers, neven en vrienden met een levensgevaarlijk kort lontje.

Het was een goed besluit geweest, dat moest ze Werner nageven.

14

Op de grote flatscreen liep een meisje in een donker bos. Het camerastandpunt verplaatste zich naar een lager perspectief en bewoog zich sluipend in haar richting. De muziek werd luider, zwol aan, het tempo nam toe. Het meisje keek angstig om zich heen.

'Ik durf niet meer te kijken,' zei Naomi gesmoord. Ze klampte zich aan hem vast.

Boos was ze niet meer; Ralf had haar wijsgemaakt dat hij een afspraak bij het opleidingscentrum was vergeten. Dat had ze geloofd.

Hij voelde haar adem tegen zijn buik. Haar gladde, lange haar gleed over zijn schoot. Hij keek naar beneden. Zijn adem stokte, hij wendde meteen zijn hoofd af.

Niet aan denken.

Volgens de klok naast de houtkachel was het halfelf. Sara en Floris waren aan het begin van de avond al boven geweest. Jackie en haar vriend kwamen net terug uit Sara's slaapkamer. En nu werd er wat van hem verwacht.

Hij boog zich voorover. Fluisterde: 'Zullen we even...?'

Ze keek naar hem op, haar ogen glinsterden, haar mondhoeken krulden omhoog.

Hij pakte haar hand vast en nam haar mee de trap op. Bij elke stap voelde hij de spanning toenemen. Acht dagen geleden had Brian hier gelopen. Doorgesnoven en wel was hij Werner Möhring naar boven gevolgd. Ralf keek nieuwsgierig om zich heen, op zijn hoede. Ze kwamen terecht in een grote vierkante hal met een hoog plafond. Er hing een kroonluchter. Rechts was een lange, smalle gang met aan weerszijden deuren. Ook een aan het eind.

Naomi's slanke handen vonden hun weg onder zijn shirt. Haar vingertoppen bevoelden zijn buik, verkenden zijn rug. Hij kon het niet helpen dat zijn lichaam op haar reageerde, maar zijn hoofd was er niet bij. Hij staarde de lange gang in, die hier en daar werd verlicht met een wandlamp. De tweede deur aan de linkerkant stond open.

'Daar is Sara's slaapkamer,' fluisterde Naomi.

'Ik wil ze allemaal even zien,' hoorde hij zichzelf zeggen. Zijn stem klonk gespannen. Hij bleef om zich heen kijken. Op zoek naar een aanwijzing, tegen beter weten in.

'Joh, dat doe je toch niet?'

'Kijken kan toch geen kwaad?'

Ze volgde hem op de voet terwijl hij deur na deur opendeed. Thoms kamer was strak ingericht en er stond een gameconsole. In die van Emma was een bom ontploft: make-up, kleding en schoolschriften – alles lag door elkaar. Een logeerkamer met een klein tweepersoonsbed. Een zwart-witte badkamer, zo groot dat die bij hem thuis er vier keer in paste. Er stond geen wasmachine, die trof hij aan in een aparte ruimte, achter een deur met een bordje LAUNDRY ROOM. Sara's ouders sliepen blijkbaar helemaal aan het einde van de gang. Hij knipte het licht aan.

'Vet,' fluisterde Naomi.

De kamer was groot en indrukwekkend, met een hoog wit balkenplafond dat in een punt toeliep – je kon de nok zien. Rechts stond een ruim bed met een chique sprei, op de vloer lag een patchwork kleed en aan de linkerkant stonden een paar kleinere meubels onder een schuine wand. Hij liep door de kamer, speurde rond. Hij wist niet goed waarnaar hij op zoek was. Was Werner hierheen gerend, naar deze ruimte? Zouden de schoten hier zijn gevallen? Er had veel tijd gezeten tussen de schoten en het moment dat de mannen naar boven waren gerend. Ze konden toen overal in huis zijn geweest. De keuken, de woonkamer, de garage...

'Zullen we naar Sara's kamer gaan?' drong Naomi aan.

Hij deed of hij niets hoorde en schoof de kledingkast open.

'Wat doe je nou?'

Mannenkleding. Colberts, overhemden, keurig op kleur. Hij zakte op zijn hurken. Lades met sokken en ondergoed. Links van het ladenblok stond een kluis met een toetsenpaneel. Het paneel was zwart en zo groot als een flinke schoenendoos. Koortsachtig drukte Ralf een paar voor de hand liggende codes in – 0000, de postcode, 1234 – maar er gebeurde niets.

'Ralf? Ralf, dit slaat nergens op. Wat heb je daar te zoeken?' Ze klonk paniekerig, maar hij had het amper door.

Zou die kerel dat geld van hem hier bewaren? En het wapen waarmee geschoten was?

'Doe even normaal!'

Hij pakte de kluis vast en probeerde hem op te tillen. Het metalen ding gaf geen millimeter mee. Het zat in de vloer verankerd.

'Wil je die mensen bestelen of zo? Gék!' Naomi rukte aan zijn schouder, pakte daarna zijn bovenarm met twee handen beet en trok hem weg van de kast.

Hij krabbelde op. 'Rustig even, ja. Ik doe toch niets?'

'Noem jij dat niets? Dat is privé, man. Da's van die mensen.' Ze keek hem ademloos aan, haar wangen gloeiden van inspanning. 'Wat zoek je?'

'Niks. Ik ben gewoon nieuwsgierig.'

15

Ze was zo gewend aan collega's in hun ruimzittende uniformen, dat het aanvankelijk een beetje vreemd had gevoeld dat Lex in zijn normale kleding tegenover haar zat. Hij droeg een donkere jeans en een blauw vest, dat hem erg goed stond. Zijn korte bruine haar begon wat te grijzen bij de slapen. Die haarkleur was, samen met zijn bruine ogen en zijn achternaam, een erfenis van zijn opa, Carlito Melo, een Braziliaanse zeevaarder die in Nederland een gezin had gesticht, maar zich daar niet door had laten weerhouden om ook in andere landen innige relaties aan te gaan. Lex' vader had er halfbroers en -zussen aan overgehouden in alle uithoeken van de wereld.

Helen brak met haar lepeltje de gekaramelliseerde suikerlaag van haar crème brûlée. 'Klinkt heel exotisch, je jeugd.'

'Die was verder toch vrij gewoontjes. We hielden vooral contact via brieven en foto's.' Hij legde zijn dessertlepel op zijn bord. 'Mijn vader was stukken minder ondernemend dan mijn opa. Hij vond België al ver. We zijn alleen een keer bij een halfoom in Italië geweest.'

'Ik was vroeger altijd jaloers op kinderen uit grote gezinnen.'

'Waarschijnlijk waren zij jaloers op jou, omdat jij van je moeder alle aandacht kreeg en je kamer niet hoefde te delen. En niet de afgedragen kleren van je zussen aan hoefde.'

'Zo had ik het nog niet bekeken.' Helen moest haar stem verheffen om zich verstaanbaar te maken. Het Laatste Verzet was een van de populairste bistrootjes in het centrum. Het eten was lekker en ondanks de drukte en de chaotische bediening was het er altijd gezellig. Bij binnenkomst was er nog maar één tafeltje vrij geweest, vlak bij de jassen en weggestopt in een slecht verlichte hoek, maar dat hinderde niet. Lex was fijn gezelschap. Er viel geen stilte; het ene gespreksonderwerp vloeide naadloos over in het andere. Helen luisterde graag naar hem, maar merkte dat ze misschien nog liever naar hem keek. Als hij over zijn familie vertelde, gebaarde hij veel en kreeg zijn gezicht een zachte uitdrukking waardoor ze nauwelijks de neiging kon onderdrukken om hem aan te raken. Haar verstand waarschuwde haar om hem niet te vergelijken met Werner. Onwillekeurig deed ze dat toch.

'Ik begrijp er niets van dat jij na drie jaar nog single bent,' hoorde ze zichzelf opeens zeggen.

De meeste mannen zouden dat als een compliment hebben opgevat, maar Lex ging er serieus op in. 'Na Andrea lag de lat hoog. Ik vind de meeste vrouwen nou eenmaal niet leuk, interessant of mooi genoeg.' Hij keek haar zo intens aan dat ze er verlegen van werd.

'Nou, je zult al die leuke beschikbare vrouwen ook niet tegenkomen als je je zaterdagavonden blijft doorbrengen met getrouwde vrouwen,' grapte ze.

'Jij bent de enige getrouwde vrouw met wie ik omga, Helen.'

Ze drukte haar kin naar haar borst. 'Als vrienden, toch?' Ze verwachtte dat hij in de lach zou schieten, zodat ze de ongemakkelijke spanning die plotseling tussen hen was ontstaan samen weg konden lachen. Maar hij lachte niet. Hij keek haar zwijgend aan.

Toen hij uiteindelijk iets wilde zeggen, schoof Helen haar stoel naar achteren en stond op. 'Ik moet geloof ik even naar de wc.'

16

Sara's slaapkamer leek regelrecht uit een Amerikaanse tienerfilm te komen. Hij was groter dan die van haar broer en zusje, met hoogpolig tapijt en veel wit, roze en rood. Haar bed voelde zacht en rook lekker.

Naomi lag half onder Ralf, met haar kleren nog aan. Ze had haar bh losgehaakt, maar daar was hij nog niet in de buurt geweest. Zodra hij zijn handen om haar borsten zou leggen, zou hij alle besef van tijd verliezen. Het was nu al moeilijk genoeg om zijn hoofd erbij te houden.

'Je bent een rare,' fluisterde ze.

Ralf glimlachte loom. Hij streek door haar haren. Zware, gladde strengen gleden tussen zijn vingers door.

Haar hand, die zojuist nog op zijn ontblote buik had gelegen, zocht zich nu een weg naar beneden, vingers die vliegensvlug verdwenen onder de strakke band van zijn boxershort.

Hij huiverde, zijn adem stokte. Snel greep hij haar pols vast.

'Wat is er?' fluisterde ze tegen zijn lippen. Ze legde haar been over hem heen, haar voet gleed over zijn kuit. 'Wil je niet?'

'Natuurlijk wel.' Hij barstte bijna uit elkaar.

'Waarom hou je me dan tegen?'

Hij schoof onder haar vandaan. 'Ik geef om je. Ik wil dat niet hier doen... Op Sara's kamer, op deze manier.' Hij keek om zich heen alsof hij wat zocht. 'Het is gewoon niet oké.'

'Zullen we naar je auto gaan dan? We kunnen eerder weggaan.'

Hij sloot even zijn ogen. *Wat dacht je? Ja. Natuurlijk. Meteen.* 'Nee.'

'Hè?' Haar ogen glinsterden in de schemering.

'Niet vanavond,' fluisterde hij. 'Niet nu.'

'Waarom niet?'

'Omdat...' Ralf keek Naomi spijtig aan. 'Ik kan niet blijven.'

'Hé, daarboven! Naomi? Rálf? Willen jullie ook bitterballen?' Het geschreeuw kwam uit de keuken beneden. Ralf hoorde Jackie giechelen.

'Ik moet zo weg,' zei hij zacht tegen Naomi.

'Wég? Ik begrijp niets van jou.' Ze ging rechtop zitten, maakte met houterige bewegingen haar bh vast en liet haar shirt er weer overheen vallen.

Toen Ralf merkte dat ze wilde opstaan, hield hij haar tegen.

'Hé, hallo-o?' klonk het vanuit de keuken. Floris lalde alsof hij te veel had gedronken.

'Doe even sociaal, Naoom!' riep Sara. Ze slaakte een gilletje. 'Niet daar knijpen!'

In het halfduister keken ze elkaar aan. 'Weet je nog dat ik je vertelde van die dealer?' vroeg Ralf.

'Tuurlijk weet ik dat. Ik ben niet seniel.'

'Ik zie hem morgen.'

Ze schrok. 'Waarom?'

Hij haalde een hand door zijn haar en liet hem in zijn nek rusten. 'Ik moet zorgen dat ik morgen dat geld voor hem heb. Daarom moet ik even weg. Ik ben met iets bezig.'

'Waarom ga je niet naar de politie?'

'Hé, lekker gezellig zijn jullie!' klonk het van beneden, begeleid door gegiechel.

Ze dwong hem haar aan te kijken. 'Ralf, je moet een schuld betalen die je niet eens zelf hebt gemaakt. Dat slaat nergens op.'

Ralf zweeg. Haar verontwaardiging was al even oprecht als haar boosheid van zojuist, in de slaapkamer van Sara's ouders. Hij vroeg zich af hoe innig zij en Brian waren geweest. Was ze zich er eigenlijk wel van bewust met wie ze een relatie had gehad?

Ralf stond op en hielp Naomi overeind.

‘Nou, dus waarom ga je niet naar de politie?’ drong ze aan.

‘Omdat ik ook niet altijd even lekker bezig ben geweest,’ mompelde hij.

17

Lex liep naast Helen door de nauwe straten van het centrum, zijn handen in de zakken van zijn leren jack. Hoe dichter ze bij de felverlichte parkeergarage kwamen, hoe minder ze allebei spraken.

In de garage wachtte hij terwijl ze betaalde en liep met haar mee de trap op. Halverwege het trappenhuis en haar auto hield hij zijn pas in. ‘Nou. Ik ga maar weer eens.’

Helen draaide zich naar hem om. ‘Het was heel gezellig,’ zei ze, maar ‘gezellig’ dekte nauwelijks de lading. Ze had zojuist de fijnste avond in jaren beleefd. Ze had zich geliefd gevoeld, interessant, gewild – vrouwelijk.

‘Dus jullie gaan morgenvroeg naar Engeland?’ Hij wendde zijn blik af en veinsde nonchalance, maar zijn ogen logen niet.

Ze knikte.

‘Zin in?’

Nu minder dan vanmiddag. ‘Heel veel.’

‘Goed.’ Hij richtte zijn blik op een punt verderop in de garage. Het was alsof hij nog iets wilde zeggen of doen, iets belangrijks, en diep nadacht over de manier waarop.

Een paar seconden lang zei geen van beiden iets.

‘Goed,’ herhaalde hij. ‘Dan zie ik je dus...?’

‘Woensdag op het werk,’ vulde ze aan.

‘Tot dan.’ Hij boog zich voorover en drukte snel een kus op haar wang, vlak bij haar oor. ‘Truste, meisje. Veel plezier de komende dagen. Geniet ervan.'

Ze haastte zich naar haar auto en reed naar de uitgang. Toen ze een blik in de achteruitkijkspiegel wierp, zag ze dat hij er nog steeds stond, midden op de rijbaan. Een grote gestalte, brede schouders, zijn blik op haar auto gericht.

Ze vocht tegen de impuls om op de rem te trappen en terug te rijden. Terwijl ze de Fiat het donkere centrum in stuurde, werd haar zicht wazig. Ze depte met haar ringvinger de tranen uit haar ooghoeken. Zinloos. Ze bleven komen.

18

Zijn bivakmuts kriebelde en het pistool lag zwaar in zijn hand. Als deze shit achter de rug was, ging hij die formulieren tekenen en de opleiding volgen waarover zijn moeder het had gehad. Wat voor opleiding dan ook.

In elk geval wilde hij dit niet meer. De crimineel uithangen was leuk zolang het goed ging, maar zodra het fout liep was de ellende meteen niet meer te overzien.

Jeffreys appartement was een puinhoop, net als Jeffreys leven. Zijn vriendin was ervandoor met hun kinderen en hij dacht alleen maar aan blowen. Brian had verwacht de jackpot te vinden bij Werner Möhring, en nu was hij dood. Zelfs een absolute held als Tupac was maar vijfentwintig geworden.

Ralf wilde nog niet dood.

En hij wilde ook geen strafblad.

Het was behoorlijk donker aan deze kant van de parkeerplaats. Om hem heen ritselden de herfstbladeren. Hij keek schuin op de achterkant van het restaurant. In het eetgedeelte waren de lampen een uur geleden al gedoofd, maar in de keuken brandde nog volop licht. Ralf hoorde gerinkel van glazen, het geluid van metaal op metaal. Bij de achterdeur stonden een paar fietsen en scooters en twee oudere, kleine auto's.

De Mercedes van Werner Möhring stond vreemd genoeg helemaal hier, een flink stuk bij de rest vandaan. Ralf had geen idee waarom.

Hij tuurde naar het gebouw. Aan de linkerkant was een deur van draadglas met ernaast een verlichte kunststof plaat: DE ZOETE INVAL B.V. KANTOOR. Achter dat gelige glas brandde ook nog licht. Hij gokte erop dat Werner daar ergens zijn geld zat te tellen, het misschien wel in handige pakketjes aan het bundelen was. Ralf ging er niet naar binnen, want bij alle deuren hingen camera's. Hij moest wachten tot Werner zelf naar zijn auto zou komen.

Ralf wist ongeveer hoe hij dit ging aanpakken, maar er was heel veel wat verkeerd kon gaan. Op een of andere manier moest hij hem van achteren benaderen, want ondanks zijn bivakmuts, capuchon en dikke jas was hij een beetje bang dat Werner hem zou herkennen.

Achter het draadglas ging het licht uit. De deur zwaaide open en er kwam een donkere gestalte tevoorschijn. Meteen daarna nog een, als een smallere schaduw.

Ralf omklemde de greep van het pistool. Hij vergat te ademen, elke vezel in zijn lijf was tot het uiterste gespannen. Hij hoorde het zachte rinkelen van een sleutelbos, hun voetstappen, verder niets.

De gestaltes spraken niet met elkaar, ze bewogen snel in zijn richting. Schichtig bijna. De kleinste hield het hoofd gebogen en draafde achter de ander aan. Het zag er merkwaardig uit, alsof er iets stiekems gebeurde. Nu ze dichterbij kwamen, zag hij dat de kleine gestalte hakken droeg.

Een strakke rok. Goedgevormde benen eronder. Buiten het zicht van de beveiligingscamera's sloeg de man zijn arm om haar heen en trok haar tegen zich aan. Ze waren nu vlakbij, werden verlicht door een kleine lantaarn. De man was Werner Möhring. Hij ontgrendelde zijn auto op afstand. De lichten knipperden en beschenen het stel van voren.

Ralf schrok. De vrouw die naast Werner liep en zich kirrend door hem liet zoenen, was Brians moeder.

ZONDAG

1

Zwart King Louie-jurkje met panty's en bijpassende sieraden. Een paar wandelschoenen, een kabeltrui en sportsokken. Make-uptasje, telefoonoplader. Een sjaal. Helen ging door de inhoud van haar koffer en streepte de spullen af van haar lijstje. Controleerde daarna of de doppen van de shampoo en crèmespoeling goed dichtzaten en verpakte de flessen voor de zekerheid nog eens in aparte zakjes. Verzorgingsproducten in hotels waren lief bedoeld, maar als ze niet haar eigen shampoo gebruikte, zag ze eruit alsof ze onder stroom stond, of een feestpruik droeg. In een lade vond ze een kanten lingeriesetje met de prijskaartjes er nog aan. Ze knipte ze eraf en pakte het setje in. Bovenop legde ze een extra vest en een wollen muts. Overbodig waarschijnlijk, maar het was herfst en aan de Engelse kust kon het flink waaien.

Werner kwam de slaapkamer binnenlopen. Hij had zijn jas al aan. 'Het is maar voor twee nachtjes, hè?'

Ze glimlachte verontschuldigend. 'Ik weet het.'

'Wat denk je, zullen we dan maar gaan?'

'Goed idee.' Ze ritste de koffer dicht.

Werner tilde hem op en liep terug de gang in. Ze keek hem na, op haar knieën gezeten, haar handen op haar dijbenen. Gisteravond was ze naar binnen geslopen en meteen doorgelopen naar de slaapkamer. Sara en haar vrienden hadden nog in de woonkamer gezeten. Hun gelach en gepraat had door de verdiepingsvloer heen geklonken. Vanuit bed had ze haar dochter een berichtje gestuurd dat ze thuis was en ze hen niet wilde storen. Gelukkig was ze in slaap gevallen voordat Werner was thuisgekomen. Hij had niets gezien van haar betraande ogen, niets meegekregen van alle emoties.

Wat ze gisteravond had gedaan, was fout. En ongelooflijk stom. Feitelijk was het gewoon een date geweest, en het had zomaar fout kunnen gaan. Lex' moeder had gelijk met haar stelling dat platonische vriendschappen tussen mannen en vrouwen niet bestonden, omdat een van de twee altijd meer wilde. In dit geval was het nog erger: ze wilden allebei meer. Het maakte alles duizendmaal gecompliceerder. Ze nam zich voor om Lex voortaan wat meer op afstand te houden.

Helen ging Sara's kamer in. Jackie en Naomi lagen languit op een luchtbed te slapen. Ze liep eromheen en hurkte neer bij Sara. 'Lieverd, papa en ik gaan zo meteen weg.'

Sara draaide zich om, slaapdronken. 'En opi en oma?'

'Die komen vanmiddag. Emma wordt straks thuisgebracht door de vader van Sophie, en Thom komt naar huis zodra hij wakker is.'

Sara stak haar armen naar haar uit. 'Ik ga je missen.'

Helen gaf haar dochter een knuffel. 'Ik jou ook,' fluisterde ze. 'Maar we zijn dinsdagavond weer thuis.'

Toen Werner haar naar beneden zag komen, zette hij de tv uit en pakte zijn sjaal van het kookeiland. *'Let's go!'*

Ze trok haar jas aan en liep de koude, donkere ochtend in. Werner deed de achterdeur op slot.

De zon was nog niet op. In de tuin was weinig meer te

zien dan de zwarte silhouetten van struiken en coniferen en het sinistere schijnsel van het zwembad. Bladeren ritselden zacht. 'Heb jij dat niet, Werner?'

Hij hield zijn pas in. 'Wat?'

'Het geeft me zo'n rotgevoel om die meiden alleen in huis achter te laten, je weet nooit of –'

'Het is voorbij,' onderbrak hij haar.

'Maar het kan nog eens gebeuren, toch? Je was er niet voor niets al langer bang voor. Daarom heb je een pistool gekocht. Waar had je dat eigenlijk vandaan?'

'Ik werk in de horeca, schat. Er komen allerlei soorten klanten in de zaak. Ook mensen die je aan dit soort dingen kunnen helpen.'

Ze staarde langs hem heen de tuin in. 'Misschien ben ik naïef geweest, maar ik heb er nooit bij stilgestaan dat ons zoiets zou kunnen overkomen. Ik bedoel, wij hebben toch nooit contant geld in huis?' Ze keek hem aan. 'Nee toch?'

Hij schudde zijn hoofd. 'Nee, natuurlijk niet. Niet veel, in elk geval.'

2

Ralf lag te woelen in bed. Hij probeerde te begrijpen wat hij vannacht precies had gezien, en vooral wat het kon betekenen. Sara's vader deed het met Brians moeder. Dat verklaarde waarom hij hem afgelopen week bij die vrouw thuis had gespot. Wist zij dat haar zoon was doodgeschoten door haar minnaar? Het leek hem van niet: ze leken het erg naar hun zin te hebben.

Ralf draaide zich om en staarde naar de muur. Zou het kunnen dat niet Sara, maar Emily Brian had aangezet om Werner te bestelen? Zij werkte op kantoor bij De Zoete

Inval en kon dus weten hoeveel geld Werner mee naar huis nam, en wanneer. Of was Brian bij toeval via zijn moeder te weten gekomen dat Werner Möhring thuis zwart geld bewaarde, waarna hij bij Sara had weten te achterhalen waar en wanneer hij het beste kon toeslaan? Dat klonk niet onlogisch. Als Brian dat slim had aangepakt, en daartoe was hij in staat, dan had alleen hij ervan geweten en waren Sara en Emily zich van geen kwaad bewust.

Ralf rekte zich uit en wreef over zijn gezicht. Eigenlijk moest hij zich niet bezighouden met andermans problemen. Hij had meer dan genoeg aan die van zichzelf.

Over precies vijf uur verwachtte Mikey zijn geld. Van de aanbetaling die Ralf apart had gelegd, was na de aankoop van het pistool nog maar driehonderd euro over. Er was geen sprake van dat hij vandaag het resterende bedrag bij elkaar kon krijgen zonder heel rare dingen te doen.

Maar misschien kon hij het bij elkaar lenen? Ralf pakte zijn telefoon en ging rechtop in bed zitten. Het was zondag, vroeg in de ochtend. Met een beetje geluk waren zijn vrienden nog wakker.

3

'Nog geen vier uur van huis, en een totaal andere wereld.' Helen klemde zich vast aan de reling en ademde diep de zeelucht in. Om de boot cirkelden meeuwen. Het metalen dek vibreerde mee met de stampende motoren; ze voelde de trillingen onder haar voeten. Geleidelijk verdween de kade uit zicht, de dieseldampen trokken op.

Werner stond naast haar en keek peinzend uit over het Nauw van Calais. De zee kleurde grijsgroen, met witte schuimkoppen. 'We hadden ook de tunnel kunnen nemen. Veel sneller, maar dit leek me leuker. En je ziet nog eens wat.'

'Goede keus. Hoewel ik me onze medereizigers wel anders had voorgesteld.'

Hij keek om zich heen. De vroege overtocht van Calais naar Dover bleek vooral in trek bij gedrongen mannen in leren jasjes. Norse koppen, rokend, de meesten alleen. In het ruim stonden veel busjes en vrachtwagens met Oost-Europese kentekens. 'Dit kan ik me niet herinneren van de vorige keer, inderdaad.'

'Maar ja, dat is zo onderhand twintig jaar geleden. Raar toch dat we in al die tijd nooit eens zijn teruggeweest? Het is zo dichtbij.'

Hij haalde zijn schouders op. 'Geen euro, wel regen. Gedoe met dure overtochten. Links rijden.'

'Gedoe? De kinderen vinden dit vast geweldig, die zijn nog nooit op zee geweest.'

'Ze hebben met ons genoeg plekken gezien, er moet nog wat te wensen overblijven.'

'Da's waar.' Ze trok haar jas dichter om zich heen. Vanuit haar ooghoeken zag ze de mannen naar haar staren. 'Ik ben geloof ik de enige vrouw aan boord.'

'Heb ik weer geluk.' Werner ging achter haar staan en sloeg zijn armen om haar heen.

Helen verwachtte dat hij haar elk moment weer zou loslaten. Intimiteiten met Werner duurden de laatste maanden – of waren het jaren? – altijd kort. Net zo lang als hij dacht dat nodig was om haar gerust te stellen.

Maar hij liet haar niet los. Hun vingers verstrengelden zich en ze voelde zijn wang lichtjes schuren tegen de hare.

'Lekker,' zuchtte hij. 'Even niets. Geen kinderen, geen werk.'

Dromerig keek Helen naar een containerschip in de verte. De najaarszon schitterde op de golven. 'Wil je alvast iets vertellen over wat we gaan doen?'

'Daar kom je vanzelf achter.'

Ze draaide haar hoofd een slag om hem aan te kunnen kijken. 'Toch niet dezelfde bed en breakfast als toen?'

Hij grinnikte. 'Voor geen goud. Weet je nog die eetkamer, met drie verschillende soorten vloerbedekking die met tape aan elkaar waren geplakt?'

Ze wist het nog. 'En dat ontbijt met zelfgemaakte bloedworst? Dat die vrouw met haar armen over elkaar in de deuropening naar ons bleef staan kijken en steeds vroeg wat we ervan vonden?'

'Ja,' zei Werner. 'En dat ze die hond de hele tijd de eetkamer uit stuurde en wij zeiden: nee hoor, daar hebben wij helemaal geen last van!'

Ze schoot in de lach en Werner lachte mee. Een warme gloed trok door haar lijf. Het was heerlijk, met Werner zo dichtbij, de zilte zeelucht en de wind.

Ineens, totaal onverwacht, bekroop haar het gevoel alsof ze iets fout deed, een diep gevoel van schaamte.

'Is er iets?' vroeg Werner. 'Je verstart helemaal.'

'Ik dacht aan die jongen. Wij zijn hier doodleuk vakantie aan het vieren, en hij...'

Hij omhelsde haar en trok haar hoofd tegen zijn borst. 'Hou daar nou eens over op,' fluisterde hij. 'Dat is voorbij. Oké?'

Ze knikte, maar het voelde niet zo.

4

Tweehonderdenvijf euro kon hij gaan ophalen, nog geen tien procent van wat hij nodig had. Dat was de oogst na een hele ochtend bellen en berichtjes rondsturen. Fijne vrienden had hij. *Laugh with many, but don't trust any...* Sommigen hadden niet gereageerd en de rest kon of wilde hem niet helpen. Rick was de enige die eerlijk was geweest en hem recht op de man af had gezegd: 'Ik leen niet aan vrienden, daar krijg je alleen maar gezeik mee.' Ralf had kwaad de verbinding weggedrukt.

Daarna had hij zich aangekleed, zich geschoren en ontbeten en nu liep hij te ijsberen door de keuken. Zijn ouders lagen nog op bed. Hij hoorde gedempt het geluid van hun tv en heel af en toe drong de stem van zijn vader door de muren heen.

Ralf keek op het digitale klokje van de magnetron. Kwart over elf. Over drie kwartier moest hij zich melden bij Mikey. Het glanzende deurtje ving zijn reflectie. Zijn kaakspieren stonden strak gespannen en zijn ogen leken dieper in hun kassen te liggen. Geslapen had hij amper, hij had de halve nacht liggen woelen en malen. En steeds weer waren zijn gedachten op hetzelfde punt uitgekomen, het was vreemd genoeg niet meer Mikey die hem de meeste angst aanjoeg, Ralf was banger geworden voor zichzelf. Voor waartoe hij in staat zou zijn als de dingen werkelijk uit de hand zouden lopen. Jeffreys wapen lag in zijn nachtkastje, verstopt achter een stapel autobladen. Het was geladen en wel. Hij hoefde niets meer te pikken van Mikey.

Zijn telefoon begon te zoemen. Hij pakte hem uit zijn zak en keek op het schermpje. Een bericht van Naomi. Ze was vannacht bij Sara blijven slapen. Hij verwachtte een ontbijtselfie, maar wie weet gunde ze hem wel een foto van haar in bed, met Jackie en Sara. De foto kwam niet meteen door. Nieuwsgierig tikte hij op het beeldschermpje om hem te laden. Het duurde even voor het tot hem doordrong wat er op de foto te zien was. Hij voelde het bloed uit zijn gezicht wegtrekken.

5

Ze reden door een lieflijk dorp met oude huisjes. De straten waren smal, de trottoirs nog veel smaller, en veel winkels hadden erkerachtige etalages met ruiten in vakverdeling en handgeschilderde uithangborden. De hele omgeving deed sprookjesachtig aan.

'Het lijkt wel een filmset van *Midsomer Murders*,' zei Helen. Ze kwam ogen te kort.

Werner had krap een uur geleden de snelweg verlaten en sindsdien was het uitzicht telkens veranderd. Eerst was het landschap nog vlak geweest, daarna steeds heuvelachtiger. Helen had witte krijtrotsen gezien, maar ook dichte bossen en heuvels met schapen.

'Dit is dan meer *Top Gear*,' grapte Werner terwijl hij het dorp uit reed. Hij gaf gas bij en genoot zichtbaar van de bochten in de weg, het stijgen en dalen.

Helen probeerde een glimp op te vangen van het landschap achter de rommelige, hoge heggen die zo'n beetje tegen het asfalt aan groeiden. Volgens het navigatiesysteem was het nog maar twee mijl naar de eindbestemming. 'Nou kun je me toch wel vertellen waar we heen gaan?'

Werner keek haar even aan. 'Een tip van de sluier: het was een aanbeveling van Serge.'

Serge was een goede kennis van Werner, een topkok bij wie de chef-koks van De Zoete Inval jaarlijks inspiratie opdeden.

Ze reden langs een groot, bruin gelakt bord dat passanten attent maakte op een verderop gelegen vijfsterrenhotel.

Het zicht op het landschap werd steeds verhinderd door de hoge heggen, maar af en toe ontbraken er struiken en dan ving Helen een glimp op van de heuvels, met heggen omzoomde weitjes en hier en daar een enorme boom.

Heel kort zag ze een gebouw staan, hoog op een heuvel. Het hield het midden tussen een kasteel en een landhuis en maakte een historische indruk. 'Is dat het, nee toch?'

Werner zei niets. Hij liet het gas los en draaide een oprit op die door een goed onderhouden bos slingerde. Aan weerszijden groeiden de grootste rododendrons die Helen ooit had gezien. Bij een bocht stond een rotsachtig muurtje met een verlicht bord: SOUTH DOWN HOTEL. Er stonden vijf sterren onder, en ook de naam van een restaurant, met het logo van de Michelingids.

'Meen je dat? Hier?' Helen voelde zich als een kind dat onverwacht naar een pretpark gaat. Werner en zij hadden hun vakanties steeds eenvoudig gehouden. Kamperen in Frankrijk – *creperen*, volgens Sara – of een lief hotelletje aan de Adriatische kust. In chique hotels kwamen ze nauwelijks.

De oprit doorkruiste een strak gemaaid gazon en maakte een lus voor de overdekte entree van het imponerende gebouw. Er kwam een oudere man in uniform naar buiten gelopen.

Werner stopte en zette de motor af. Er snelde een tweede man toe, ook hij droeg een uniform. Ze begroetten hen beleefd en terwijl de een de autosleutel van Werner aannam, plaatste de ander hun koffers op een trolley en vergezelde hen naar binnen.

De entree was overweldigend. Op de vloer lag glanzend marmer in een ingewikkeld patroon. De wanden waren bekleed met houten panelen en aan het hoge plafond hingen kroonluchters. Rijk gestoffeerde banken, immense Perzi-

sche tapijten. Staande klokken met gouden ornamenten.
'Werner, knijp me eens.'
Hij sloeg een arm om haar middel. 'Goede keus?'
'Prachtig,' zei ze, bijna ademloos.

6

Het was een selfie, iets van bovenaf genomen. Naomi keek angstig. De man naast haar was degene die de foto had gemaakt. Hij leek een beetje door zijn knieën te zijn gezakt om op dezelfde hoogte als Naomi te komen, en hij had zijn wang tegen de hare gedrukt. Het leek of ze heel intiem waren. Zijn scheefstaande ogen keken recht in de lens, zijn korte tandjes waren ontbloot in een pesterige grijns.

Ralf vergat te ademen.

Mikey.

Naomi was bij Mikey.

Onder de foto stond:

TOT ZO METEEN. ZIN IN!

Ralf voelde een ader kloppen bij zijn slaap. Een monotone zoem vulde zijn oren. Op de foto was weinig van de omgeving zichtbaar. Hij zag grijze vloerbedekking, een radiator en een stukje van de onderkant van een gordijn – oudroze. Hij herkende dat gordijn.

Ze waren op Brians kamer.

Ralf propte zijn mobiel in zijn zak en rende met twee, drie treden tegelijk de trap op. In zijn kamer rukte hij de stapel tijdschriften uit het nachtkastje, greep het pistool en stak het achter zijn broekband. Hij trok zijn jack erover aan en ritste het dicht.

Op de overloop stuitte hij op zijn vader, die geeuwend uit de slaapkamer kwam en de ceintuur van zijn badjas strikte. 'Wat ben jij vroeg wakker. Niet van je gewend.'

'Ik moet weg,' mompelde Ralf, en hij wrong zich langs zijn vader naar de trap.

'Ralf?'

Hun blikken kruisten elkaar, lang genoeg om te zien hoe de tevreden, open uitdrukking op het gezicht van zijn vader plaatsmaakte voor bezorgdheid.

'Gaat het wel goed, jongen?'

Ralf opende zijn mond om iets te zeggen, maar sloot hem weer. Hij keerde zijn vader de rug toe, haastte zich de trap af en rende de straat op. Verhit stak hij de sleutel in het contact. Op het moment dat hij de straat uit reed, was alle twijfel verdwenen en had zijn angst plaatsgemaakt voor een scherp en helder beeld van wat hem te doen stond.

7

Mr. Humphrey droeg een keurig pak met een gilet eronder. Hij had een groot, sympathiek gezicht en zijn korte beentjes torsten een veel te zware romp. Misschien bewoog hij zich daarom zo merkwaardig voort, enigszins waggelend, als een personage uit een fantasyfilm. Helen schatte hem een jaar of zeventig.

'Here we serve our breakfast,' zei Mr. Humphrey trots. Hij deed een stap terug om Werner en Helen naar binnen te laten kijken.

Er stond een twintigtal met wit linnen gedekte ronde tafels met gestoffeerde stoelen eromheen. Auberginekleurig tapijt, houten panelen tot aan de plafonds.

'How beautiful,' zei Helen.

Dat deed Mr. Humphrey zichtbaar goed. Hij behoorde tot de vierde generatie die aan dit landgoed was verbonden en er werkzaam was. Hij vertelde ook over de '*walled gardens*', de ommuurde moestuinen van het kasteel, waar de koks hun groenten en fruit teelden. Alles voor eigen gebruik. 'U zult nog vaak terugdenken aan onze jam.'

De rondleiding ging verder. Mr. Humphrey ging hun voor, een lange gang in. Er lag een Perzische loper op de parketvloer. Overal waar je keek hingen olieverfschilderijen en stonden sidetables met sculpturen, droogboeketten en schalen. Ze liepen trapjes op en af, kwamen door tussenhallen met antieke klokken en nog meer kunst. In een zacht verlichte ruimte zaten een paar gasten thee te drinken, keurig gekleed. Helen zag etagères met petitfours, iemand speelde op een vleugel. Via een groot trappenhuis kwamen ze uit in het oudste gedeelte van het gebouw.

'Dit deel stamt uit de vijftiende eeuw,' zei Mr. Humphrey.

De vloer in de gang kraakte en helde een beetje.

'*Your room.*' Mr. Humphrey opende de deur en liet Helen en Werner voorgaan.

De koffers stonden er al, aan het voeteneind van een immens hemelbed. Mr. Humphrey wees hen op de tv, de *coffee and tea making facilities*, de iPad en het docking station op het notenhouten bureau, spullen die uit de toon vielen bij de antieke inrichting. De badkamer lag in een naastgelegen kapelachtige ruimte, enkele treden lager, en was uitgevoerd in glanzend travertin met messing kranen. Het bad was ingebouwd in een nis en erboven zat een gotisch aandoend raampje. Volgens Mr. Humphrey was het stenen kozijn ervan bijna zeshonderd jaar oud. Het gebrande glas in lood was van latere datum. Na zijn uitleg verdween hij geruisloos.

'Het lijkt hier wel een sprookje,' zei Helen, nog overdonderd door alle indrukken. 'Die man!'

'Rechtstreeks uit *Alice in Wonderland*.'

Helens aandacht werd getrokken door een lijstje dat op de marmeren schouw stond. Ze pakte het op. Er zat een papiertje met tekst achter het glas. Ze las:

> OUR HOTEL IS SET IN 93 ACRES OF GARDEN AND PARKLAND WHICH WERE CREATED BY FREDERICK DUCANE GODMAN, AN EMINENT 19TH CENTURY BOTANIST. PLEASE FEEL WELCOME, WHEN TAKING A STROLL AROUND THE GARDENS, TO PICK FLOWERS FOR YOUR ROOM AND PLACE THEM IN THE VASE PROVIDED.

'Wat gaaf! Moet je horen.' Ze las het hardop voor aan Werner.

'Zeker een goed idee.' Werners ogen twinkelden. 'Je gasten hun eigen bloemen laten plukken en dat dan brengen alsof het een voorrecht is. Meesterlijk.'

Grinnikend liep ze naar het raam. Het uitzicht was al net zo adembenemend als het hotel zelf. Glooiende landerijen omzoomd door bossen. In de verte zag ze heuvelruggen die in kleur varieerden van diffuus violet tot grijsblauw. Ze hoorde iemand lachen, dichtbij.

'Jee, Werner, kijk nou!' Recht onder het raam, op een van de bordessen, stonden een vijftiental meisjes en vrouwen in cocktailjurk champagne te drinken. Op het gazon verderop was een groepje mannen cricket aan het spelen – in smoking.

'Bruiloftsgasten.' Werner kwam naast haar staan, met zijn handen in zijn zakken. 'Ik was er bij het boeken al voor gewaarschuwd, maar ze verzekerden me dat de overlast minimaal zou zijn.'

'Overlast? Dit is toch alleen maar leuk?' Helen sloeg

haar armen over elkaar en zoog het tafereel in zich op. 'Het is net een film. Een of andere adellijke bruiloft, denk ik.'

'In elk geval een familie met geld. Ze dineren vanavond met honderd man in het hotel-restaurant. Maar daar hebben wij niets mee te maken, want ik heb voor ons iets anders gereserveerd.'

'Laat me raden, ideetje van Serge?'

'Spijker op z'n kop.'

Ze sloeg haar armen om hem heen en drukte een zoen op zijn mond. 'Wat lief van je. Echt, je hebt mijn verwachtingen overtroffen. Ik voel me weer twintig.'

8

Ralf beefde over zijn hele lijf. Zijn hoody plakte aan zijn rug, maar hij merkte het niet. Hij had zijn auto op de parkeerplaats achtergelaten en was het gebouw in gerend.

Daarna was hij steeds langzamer gaan lopen en nu stond hij voor Brians deur. Hijgend, tot het uiterste gespannen. Hij streek over zijn jack en voelde het pistool onder zijn broekband zitten. De deur stond op een kier. Daarbinnen was het opvallend stil. Hij kreeg een licht gevoel in zijn hoofd. Even leek het of hij een stukje boven de grond zweefde. Ralf slikte en duwde met zijn voet tegen de deur, zodat die langzaam openzwaaide.

'Brians little helper.' Mikey trok hem met kracht aan zijn arm naar binnen toe.

Ralf werd de kamer in geslingerd, maar bleef overeind. Hij zag Naomi ineengedoken op het bed zitten. Ze was lijkbleek en haar mascara was uitgelopen.

'Ben je oké?' Zijn hart roffelde achter zijn ribben.

Ze knikte. Keek angstig naar Mikey, die de deur achter zich dichtduwde.

'Wat heeft hij gedaan?'

'Niks,' zei ze. Het klonk als een snik.

'Noem jij dat verdomme niks?' Kwaad draaide hij zich om naar Mikey. 'Nou moet jij eens –'

Mikey haalde uit, maar nu was hij erop bedacht. Ralf dook opzij, ramde zijn vuist omhoog en raakte hem vol op zijn kaak. Mikeys gezicht vertrok van pijn. Hij veerde vrijwel meteen weer op en kneep zijn reptielenogen tot spleetjes. 'Dat was stom.'

Ralf was buiten zichzelf van angst en woede. 'Je moet met je vuile poten van haar afblijven!'

'Dat maak ík wel uit.' Mikey wreef langzaam over zijn kaak. Zijn ogen gingen onderzoekend over Ralfs kleding. 'Waar is het geld?'

Achter Mikey dook Naomi verder in elkaar. Ze trok haar knieën tegen haar borst.

Ralf vroeg zich af hoe ze hier terecht was gekomen. Had Mikey haar van de fiets getrokken – haar de berm in gereden?

Wat heeft hij verdomme met haar gedaan?

'Ik vraag je wat,' zei Mikey.

'Ik hoorde je.' Ralfs stem klonk geknepen, het leek de stem van iemand anders. Hij voelde het pistool achter zijn broekband zitten, de huid die daar klam was, het gladde, zware metaal. 'Ik heb niets bij me.'

Mikeys gezichtsuitdrukking veranderde. Langzaam trok hij zijn wenkbrauwen op, kneep zijn ogen toe.

'Je moet bij Brian zijn. Niet bij mij,' ging Ralf door. Zijn blik flitste heen en weer tussen Mikeys ogen en zijn handen, alert op elke beweging. 'En laat Naomi met rust. Zij heeft er niets mee te maken.'

Mikey bewoog zich langzaam. Hij liep in een halve cirkel om Ralf heen, als een roofdier dat een concurrent tegenkwam aan de rand van zijn territorium. Hij bleef Ralf recht aankijken. Het volgende moment trok hij een vlindermes tevoorschijn. Het metaal rinkelde tussen zijn vingers. 'Denk je dat je stoer bent?'

Naomi gilde.

Ralf deinsde terug en trok tegelijkertijd het wapen onder zijn jack vandaan. Richtte het op Mikey. Zijn handen trilden onbedaarlijk, de greep was glad van het zweet. De kamer vervaagde. Ralf zag alleen nog maar Mikey, zijn scheefstaande oogjes. Het mes.

Ik kan niet meer terug.

9

'Jij ook eentje?' vroeg Helen. Ze hield een zakje instant-chocolademelk omhoog dat ze in het kistje naast de waterkoker had aangetroffen.

Werner stond bij het raam en keek naar de hemel. Die was strakblauw. 'We kunnen beter naar Brighton rijden en daar wat drinken. En dan een beetje uitwaaien langs het strand. Denk je niet?'

Ze legde het zakje meteen terug. Brighton had tijdens hun eerste bezoek veel indruk gemaakt. Er stond een gigantisch paleis met witte minaretten en koepels, de Royal Pavilion, en in de binnenstad wemelde het van de cafeetjes en kleine theaters. Er was een kiezelstrand en een boulevard met kermisattracties en gokautomaten. 'Zou de pier er nog zijn?' vroeg ze zich hardop af.

'Vast wel.'

Helen pakte haar jas en hing hem over haar arm. 'Oké, *let's go,*' zei ze lachend.

Werner bleef staan.

Bij de deur keek ze over haar schouder. 'We gingen toch nu meteen?'

'Jawel.' Zijn blik leek zich even naar binnen te keren. Daarna zei hij: 'Wil je niet eerst wat foto's maken voor het thuisfront? Dat ze weten waar we terechtgekomen zijn?'

'Och, ja, natuurlijk.' Ze schrok er een beetje van. Alle nieuwe indrukken hadden haar zo in beslag genomen dat ze niet meer aan de kinderen had gedacht. Ze pakte snel haar telefoon uit haar handtas, maar er waren geen gemiste oproepen en ook geen berichtjes. Meteen begon ze foto's te maken van het uitzicht en de bruiloftsgasten. Ze fotografeerde ook het hemelbed en ten slotte de badkamer. De beste foto's stuurde ze naar Sara, Thom en Emma. Schreef erbij:

WE ZITTEN IN HET SOUTH DOWN HOTEL EN HET IS HIER GEWELDIG, NET EEN MUSEUM! PAPA EN IK GAAN ZO METEEN NAAR BRIGHTON. ALLES IN ORDE DAAR? ZIJN OPI EN OMA ER AL? LIEFS, EN NATUURLIJK GROETJES AAN JACKIE EN NAOMI, MAMA

Nadat ze de berichten had verzonden, bleef ze op het bed zitten. De berichten waren aangekomen. Sara was al een antwoord aan het typen.

'Waar wacht je op?' vroeg Werner.

'Ik wil even zeker weten dat alles thuis in orde is.'

'Waarom zou het niet in orde zijn?'

Ze keek op. 'Ben jij zo kort van geheugen?'

'Jezus, Helen, blijf je daar nu steeds over bezig?'

Ze fronste. Meende hij dat nou? 'Hoezo stééds? Het is pas negen dagen geleden.'

Haar telefoon begon te zoemen. Sara stuurde een selfie waar ook Jackie en Emma op stonden. Hij was in de keuken gemaakt. Eronder had ze gezet:

OMG! VEEL PLEZIER DAAR! JALOERS OP JULLIE!

Emma's bericht was langer en informatiever:

MAM GAAN JULLIE DAAR ECHT SLAPEN? ZIET ERUIT ALS EEN SPOOKHUIS. WE HEBBEN PANNENKOEKEN GEMAAKT, KEIGOED GELUKT! NAOMI IS AL NAAR HUIS. XE

Thom reageerde meteen erna:

MOOI, MAM. OPI EN OMA ZIJN ONDERWEG (BELDEN NET).

'Ze hebben pannenkoeken gemaakt.' Helen keek glimlachend naar Werner op. 'En Emma vindt het hier op een spookhuis lijken.'

'Mooi. Kunnen we?' Hij stond bij de deur, zijn jas demonstratief in zijn hand. Een lachje kon er niet af; hij had een koele, nonchalante blik in zijn ogen.

Waarom deed hij dit nou, vroeg ze zich af. Of was hij zich er helemaal niet van bewust dat hij afstand tussen hen creëerde?

Ze stond op en liep achter hem aan de hotelkamer uit. Zwijgend. Ze wilde geen ruzie, zeker niet nu.

10

'Hou op!' Naomi sprong van het bed.

'Weg!' brulde Ralf. 'Rennen!'

Naomi keek van de een naar de ander, verward, haar ogen groot. 'Jullie zijn gek, allebei!' Ze rende naar de deur.

Mikey was sneller. Hij greep haar haren beet en trok

haar tegen zich aan. Zette in een vloeiende beweging het mes op haar keel.

'Laat haar gaan,' zei Ralf. 'Ik wil niet schieten.'

Mikey hield Naomi voor zich als schild. Zijn ogen twinkelden. 'Kom, Ralf, dit is niks voor jou. Leg dat ding op de grond en schop het naar me toe.'

Naomi stond stokstijf, had haar ogen dichtgeknepen. Ralf durfde niet te schieten. Het risico was te groot dat hij haar zou raken. Hij had nog nooit met een echt pistool geschoten en daarbij trilde hij onophoudelijk – het wapen trilde even hard mee.

Maar één ding wist hij zeker: wat er ook gebeurde, hij ging zijn pistool niet aan Mikey geven. *No fucking way.* Zodra hij dat afstond, was hij de regie kwijt. Dan waren ze allebei overgeleverd aan Mikeys nukken.

'Ik heb niet de hele dag, gast.' Mikey verstevigde de greep op Naomi's haar. Ze hijgde door opeengeklemde kaken, hield haar ogen stijf gesloten.

Ralf bleef Mikey strak aankijken, tot het uiterste geconcentreerd. Hij zag of hoorde niets anders meer.

'Ik vraag het niet nog eens.'

Verbeeldde hij zich het nou of klonk Mikeys stem minder vast? Er leek ook iets aan zijn houding te veranderen; hij bewoog zich van hem weg, heel onopvallend en geleidelijk, alsof hij hier achterwaarts vandaan wilde komen. Langzaam kwam Ralfs trillende hand tot rust.

'Je vraagt er zelf om,' snauwde Mikey. De punt van het vlijmscherpe mes drukte tegen de zachte, dunne huid van Naomi's keel. Duwde verder. Haar ogen schoten open.

'Niet doen,' stootte Ralf uit. 'Ik zweer het je, echt, ik –' Hij strekte zijn arm, keek gespannen over de loop van het pistool. Zijn vinger op de trekker.

Mikey trok Naomi dicht tegen zich aan en maakte zich

kleiner, verschuilde zich achter haar lichaam. Hij vloekte en haalde even het mes van haar hals, wees ermee naar Ralf terwijl hij hem de afschuwelijkste verwensingen toeriep. Op hetzelfde moment kwam Naomi in beweging. Ze stampte krachtig met haar hak op Mikeys voet en zwaaide haar arm naar achteren. Haar vuist trof Mikey vol in zijn kruis. Hij stootte een doffe kreet uit, had moeite te blijven staan. Naomi wist zich los te trekken.

Ralf sprong naar voren, greep Mikeys pols beet en haalde uit met het pistool. Het zware metaal raakte Mikeys slaap. Hij sloeg hem nog eens, en nog een keer, zo hard hij kon, terwijl hij Mikeys pols in een ijzeren greep hield. Het mes viel met een zacht rinkelgeluid op de vloerbedekking. Mikey wankelde en trok Ralf mee in zijn val.

Eerst hoorde hij een harde klap, het geluid van brekend glas. Daarna voelde hij een doffe pijn in zijn zij. De panelen van de salontafelvoet waren door het gewicht van de mannen van elkaar geweken en het zwart glazen blad was in ontelbare stukjes uit elkaar gespat. Tussen de stukken spaanplaat en glas lagen platte witte pakjes, omwikkeld met doorzichtig plastic.

Mikey zag ze als eerste en stootte een kreet uit.

Ralf begreep meteen waarom. 'Daar heb je je klote drieduizend euro,' zei hij hijgend. Hij kroop weg, bij de scherven vandaan in de richting van zijn pistool. Het was uit zijn hand geslagen en lag tegen de muur onder de radiator.

Naomi was daar al. Ze had het vlindermes tussen duim en wijsvinger vast alsof het iets smerigs was, duwde het raam open en wierp het naar buiten. Daarna pakte ze het pistool op.

'Geef hier.'

Ze schudde haar hoofd, hield het wapen onhandig vast in beide handen.

'Niet richten, gek, dat ding is geladen!'

Ze keek hem fel aan. 'Ik dacht dat jij normaal was, Ralf Venema, maar je bent al net zo'n leipo als de rest.'

Achter Ralf was Mikey druk bezig om de pakjes cocaïne te verzamelen. Af en toe keek hij naar Ralf en Naomi, maar hij leek zich niet echt zorgen te maken over hun aanwezigheid en het pistool. Hij telde binnensmonds, veegde af en toe bloed uit zijn gezicht en stopte de pakjes in zijn zakken.

11

'Het is hier echt geweldig!' Helen kreeg zin om met haar armen gespreid rondjes te rennen. Het was lang geleden dat ze zich zo licht had gevoeld, zo vrij.

Ze had haar schoenen uitgetrokken en liep naast Werner over het brede strand. Het fijne grind knarste onder hun voeten. Het waaide, maar de temperatuur was hoog voor de tijd van het jaar en de najaarszon gaf de hele kustlijn een gelige gloed. Helen legde haar onderarm tegen haar voorhoofd en keek naar het kleurrijke vertier langs de boulevard, het reuzenrad, de kermisattracties en de ijs- en snoepkramen op de pier, met op de achtergrond statige victoriaanse gebouwen, de meeste wit. Even leek het of ze niet in een ander land, maar in een andere dimensie waren beland.

Werner kwam bij haar staan. 'Kom, we maken een foto.' Hij diepte zijn iPhone op uit zijn binnenzak en sloeg een arm om haar heen.

Ze keek hem blij verrast aan. Werner was niet dol op foto's. Dat iedereen tegenwoordig selfies maakte, zag hij als een ziekte. Een teken dat de halve wereld leed aan een virale vorm van narcisme.

'Cheese!' riep hij.

Werners haar werd door de wind naar achteren getrokken en ontblootte een paar ondiepe inhammen. Dat van Helen zat verstopt onder een sjaal.

Ze lachten in de lens.

'En?'

Helen hield haar hand gekromd om het schermpje. Het apparaat had twee dolgelukkige mensen vastgelegd, Werner en zij zagen er jaren jonger uit. Zelfs de lucht leek blauwer op de foto. 'Net echt,' grapte ze.

Zijn gezicht betrok. 'Hoezo? Het is toch echt?'

'Doe niet zo serieus, joh.'

Hij hield de iPhone in zijn hand alsof hij hem woog. Daarna ging hij razendsnel met zijn duim over de toetsen. Hij verzond de foto naar zijn moeder.

Helen zag hem typen:

BRIGHTON IS PRACHTIG. WE HEBBEN DE TIJD VAN ONS LEVEN. HET WAAIT WEL HARD ☺ IS ALLES OK THUIS? GROETJES WERNER

Hij stopte zijn telefoon weg. 'Nog even de binnenstad in? Kijken of daar veel veranderd is?'

Ze liepen terug. De wind trok aan hun kleding. Werner had zijn arm om haar schouders gelegd.

Of het kwam door het weer, de sprookjesachtige omgeving of Werners vrolijke bui, ze wist het niet, maar het was lang geleden dat ze zo'n intense verbondenheid met hem had gevoeld. Wie weet ging dit lukken en zouden ze elkaar daadwerkelijk terugvinden.

12

Ralf voelde zich langzaam rustiger worden. Af en toe trokken er nog schokjes door zijn ledematen. Zijn keel was rauw en hij voelde een doffe pijn in zijn zij door de val op de tafel, maar in zijn hoofd was het helder en kalm. Het was voorbij; hij hoefde zich geen zorgen meer te maken over geld of Naomi.

Mikey had zijn coke.

Naomi zat naast hem in de auto, haar vingers in elkaar verstrengeld op haar schoot.

'Wat deed je nou eigenlijk?' vroeg Ralf.

'Ik sloeg hem in zijn ballen.'

'Jij bent echt...' Hij hief een hand en schudde zijn hoofd.

'Het was een reflex. Ik heb twee grote broers, weet je.'

Hij kauwde op de binnenkant van zijn wang. 'Ja, dat weet ik. En toch was het stom.'

Ze deed stoer, zag hij. En het was allemaal nep. Onder die bluf zat heel veel angst en onzekerheid. Hij las het in haar ogen, zag het aan de beweginkjes, het zenuwtrekje bij haar mond. Ze was doodsbang geweest en het zou nog wel even gaan duren voordat ze daarvan was hersteld.

En dat was zijn schuld.

'Nou...' Ze zuchtte en legde haar hand op de greep van het portier. 'Dan ga ik maar.'

'Naomi...'

Ze keek hem aan met haar prachtige ogen. Het waren de mooiste die hij ooit had gezien en ze werden nu ontsierd door gesprongen adertjes. Haar oogleden waren een beetje rood en dik van het huilen.

Hij bevochtigde zijn duim en poetste een veeg mascara onder haar oog weg. 'Wat ga je tegen je ouders vertellen?'

'Niets.'

Hij trok zijn wenkbrauwen op. 'Níets?'

'Ik zeg wel dat ik ruzie heb gehad met Sara of zo. Ze laten me nooit meer de deur uit gaan als ze weten wat er is gebeurd. Echt nooit meer. Ze zijn echt heel erg hoor, mijn ouders. En mijn broers zijn nog erger.'

'Ze hebben gelijk.'

Ze keek hem nadenkend aan en schudde langzaam haar hoofd. 'Het slaat nergens op. Wat jij deed... Echt, man, een pistóól... Dat was echt –'

'Ssst.' Hij pakte haar gezicht vast, bracht het zijne dichterbij. 'Sorry,' zei hij zacht. 'Ik meen het, Naoom. Ik schaam me kapot. Ga naar huis, oké? Naar je ouders en je broers en je kleine zusje. Blijf uit mijn buurt. Blijf weg van jongens zoals Brian en ik. Je verdient beter.'

Ze beet op haar onderlip. Hij zag dat er opnieuw tranen in haar ogen opwelden. 'Ik weet niet wat ik ga doen.'

'Je doet gewoon wat ik zeg,' zei hij streng. Daarna raakten zijn lippen de hare. Toen ze haar mond opende om hem toe te laten, trok hij zijn hoofd terug en gaf haar een vriendschappelijke kus op haar kruin. 'Ik meen het. En ik hou je in de gaten. Als ik je ooit met een klootzak zoals ik in de stad zie lopen, zweer ik je dat ik zijn knieschijven eraf trap.'

'Heel romantisch,' zei ze cynisch.

'Ga nou.'

Aarzelend opende ze het portier en stapte uit. Hij keek haar na. Bij de hoek draaide ze zich om. Haar goudgespikkelde haar golfde mee in de beweging.

Hij gaf gas en reed weg zonder om te kijken.

Bij de splitsing sloeg hij rechts af. Reed terug naar Brians antikraakwoning. Hij had op die kamer iets gezien wat hem niet helemaal lekker zat. Er waren niet alleen maar pakjes coke uit de voet van de salontafel tevoorschijn gekomen. Ralf had ook een envelop gezien waar beschreven papieren uit waren geschoven. Als hij zich niet vergiste hadden er ook foto's bij gezeten. Hij had er eerst geen acht op geslagen, daarvoor was ook nauwelijks tijd geweest. Maar hoe langer hij erover nadacht, hoe mysterieuzer hij het vond. Want waarom zou Brian een envelop met aantekeningen en foto's in zijn kamer verstoppen? Een envelop met het logo van De Zoete Inval?

13

Brighton was veranderd. Helen was er vrijwel zeker van dat dat reuzenrad er vroeger nog niet had gestaan. De boulevard leek drukker geworden, schreeuweriger, volgepakt met kermisattracties, maar hier in de binnenstad wemelde het nog steeds van de smalle straatjes met kleine theaters, galeries en cafeetjes.

Werner en Helen waren neergestreken op een terras. Om hen heen spraken de bezoekers allerlei talen behalve Engels. Helen hoorde een jong stel Duits praten en achter hen zat een groepje vriendinnen dat waarschijnlijk uit Zweden kwam. Op de promenade stond een straatmuzikant te zingen; hij begeleidde zichzelf op een gitaar.

Helen hief haar hoofd naar de zon en sloot haar ogen. Het was ongekend warm voor november, al helemaal achter dit glazen windscherm. Toch had ze er moeite mee om er ten volle van te genieten. Haar glimlach verdween geleidelijk van haar gezicht. Het kwam door het treiterige stemmetje in haar achterhoofd, dat steeds luider en dwingender van zich liet horen, totdat ze het niet meer kon negeren.

'Wat is er?'

'Ik weet het niet, ik... moet steeds denken aan die jongen. Weet je eigenlijk hoe hij heette? Hij was een ex-werknemer, toch?'

Werner nam een teug van zijn bier. Hij zei niets, keek haar alleen maar aan met een verwijtende blik.

'Ik heb natuurlijk helemaal geen recht van spreken. Dat snap ik, maar –'

'Ik zeg het nog één keer: je moet dit loslaten.'

Helen nam een slok van haar wijn. En nog een. Het spul rook naar verrotte druiven en smaakte navenant, maar de alcohol die uit het glas opsteeg was welkom.

'Het is niet gebeurd,' zei hij, alsof hij het tegen zichzelf had. Een mantra. 'Gewoon niet gebeurd.'

'Dat lukt me niet, om zo te denken.'

'Je moet het niet proberen, je moet het doen. Gewoon de knop omzetten.'

'Ik weet dat het bij jou zo werkt, maar het is toch niet zo raar dat ik erover wil praten? Met wie moet ik dat anders doen?'

Hij keek haar zwijgend aan, gepijnigd bijna. Soms begreep ze niets van hem.

Ze boog zich naar hem toe en legde een hand op zijn pols. 'Wat wij hebben meegemaakt, kunnen we met niemand anders delen, Werner. Nooit. Jij bent mijn partner in crime. Sluit me niet buiten.'

14

Brians kamer zag er nog hetzelfde uit als een uur geleden. Stukjes glas lagen over de hele vloer verspreid. Ze glinsterden op de synthetische vloerbedekking en knarsten onder Ralfs sneakers. De envelop – A4-formaat, van stevig gebleekt papier – lag half verscholen onder een met zwart fineer bekleed paneel. Op het etiket stond het logo van De Zoete Inval. Er staken vellen papier uit waarop met blauwe pen was geschreven. En foto's. Iets wat leek op een plattegrond. Ralf ging op Brians bed zitten en schudde de inhoud uit de envelop. De plattegrond was geprint van internet. Het duurde even voor hij zag dat het een deel van de stad betrof; de wijk waar Sara woonde. Vlak bij de gemeentegrens, bij een van de uitvalswegen, stond een kruisje. In hanenpoten was er '23' bij gezet. Ralf hield zijn hoofd scheef en draaide de kaart een slag. Ja, geen vergissing mogelijk: het huis van Sara's ouders.

Hij pakte de aantekeningen erbij. Op een vel ruitjespapier stond een rijtje met afkortingen. De letters W, H, S, T en E leken hem duidelijk: Werner, Helen, Sara, Thom en Emma. Erachter stonden tijden, allemaal in de avond, en nog meer afkortingen. TC zou wel tennisclub zijn: die letters stonden achter Thom en Emma. Ralf perste zijn lippen op elkaar. Met dit vel papier had Brian de overval gepland. Het bevatte informatie over waar de leden van het gezin die avond waren en op welke tijd.

Op een ander vel papier, met potlood getekend, stond de route die Brian en hij hadden gelopen: via de spoordijk waar hij de Polo had achtergelaten, over de muur en langs het zwembad... Het was allemaal uitgestippeld. Ralf griste de foto's van het dekbed. Het waren er twee en op allebei was Helen Möhring afgebeeld. De ene was een pasfoto, uitvergroot en geprint op glanzend papier. De andere was bij de Möhrings in huis genomen: Helen Möhring ten voeten uit, in jeans en een witte blouse. Ze stond in de keuken, hief een glas en lachte in de lens. Ralf fronste diep en bracht een vuist naar zijn mond. Hij bestudeerde de afbeeldingen aandachtig, keek op de achterkant, maar er stond verder niets bij. Wat moest Brian met twee foto's van Sara's moeder? Hij voelde zijn hart in zijn keel kloppen. Dit was vreemd. Heel vreemd. Hij keek in de envelop, maar die was leeg. Vervolgens pakte hij alle aantekeningen erbij en spreidde ze uit over het bed. Met hernieuwde interesse probeerde hij de aantekeningen te ontcijferen.

19:30U BINNEN, NAAR SK -> P IS DAAR
W VASTB + SLAAN, WACHTEN OP H (CA 20:00U) H 2
KOGELS (BORST) WEG!

SK, dacht hij. Saskia Karels, Susan Kramer, Simon Kempers? Of had het iets met Sara te maken? En dan P... Wie was P?

De tweede zin was minder moeilijk te ontcijferen: *Werner vastbinden en slaan, wachten op Helen (circa 20:00 uur), Helen twee kogels (borst)...*

Ralf vergat te ademen. Stond daar nu echt wat hij dacht dat er stond? Hij las de zinnen opnieuw en herinnerde zich weer hoe Brian achter die struiken had staan schelden op Werner en daarna dat huis in was gegaan. Werner was naar boven gevlucht en Brian was hem gevolgd. Ralf wreef over zijn nek. In de dagen na de overval had Werners gezicht er gehavend uitgezien. *Werner vastbinden en slaan...* Dus deze cryptische zinnetjes vormden samen een plan? Brian had Werner dus mogelijk vastgebonden en in elkaar geslagen en daarna had hij Helen Möhring opgewacht. *Twee kogels in de borst...*

Ze moest dood.

Hij schudde zijn hoofd, zijn mond stond een beetje open. Hij kon het amper geloven: Brian was daar helemaal niet naar binnen gegaan om Werner Möhring te overvallen. Het moest alleen maar op een uit de hand gelopen woningoverval lijken: de echtgenoot vastgebonden en toegetakeld, de vrouw vermoord.

Maar het was geen overval.

Het was een koelbloedige moord, tot in detail voorbereid.

Ralf dacht terug aan de momenten die vooraf waren gegaan aan de overval, wat Brian had gezegd en gedaan. Hij was verschrikkelijk opgefokt geweest, had zich moed ingesnoven, veel meer dan anders. Eigenlijk was hij de hele dag al bezig geweest met coke. 's Middags had hij al gebruikt, in het schuurtje bij Ralf thuis. Misschien omdat hij iets ging doen waar hij nerveus voor was? Waarvoor hij zijn gevoel moest uitschakelen?

Ralf beet op zijn duimnagel. Was dit Brians eigen idee geweest of had hij hier opdracht voor gehad? Van wie dan? En was die vijfduizend euro die Brian minimaal dacht buit te maken in werkelijkheid het afgesproken bedrag dat hij voor de moord zou krijgen, of had Brian het alleen maar verzonnen, om hem over te halen voor taxichauffeur te spelen?

Het duizelde hem. Hij keek naar de foto's van Helen, een vrouw die hij amper kende, maar die hij eigenlijk meteen al had gemogen. Ze was zich van geen kwaad bewust. Glimlachte vol vertrouwen in de lens.

'Je moest dood,' fluisterde Ralf zachtjes voor zich uit. 'Maar je ging niet dood. Brian wel.'

15

'Bye, bye, Brighton,' zei Helen zacht.

Ze lieten de kustlijn achter zich en reden in noordelijke richting landinwaarts. Om de stad uit te komen waren ze door talloze straten gereden met kleine antiekzaken, kledingboetieks en winkeltjes met oosterse spullen. Het was hier zo anders dan thuis, waar de winkelstraten in elke stad en in elk dorp er hetzelfde uitzagen.

'Gaan we morgen terug naar Brighton? Of misschien de laatste dag?'

'Je wilt toch niet gaan winkelen, hè?'

'Eventjes... Wat leuks kopen voor de kinderen.'

'Dat gaan we nou eens mooi niet doen.' Hij legde zijn hand op haar knie. 'Zonde van de tijd. We zijn hier maar twee nachtjes.'

'Ja maar –'

'Je kunt altijd nog iets kopen op de ferry.'

Helen herinnerde zich het winkeltje op de boot. Vooral parfum, toeristenrommeltjes en sterkedrank. Geen geweldige keuze, maar ze waren hier inderdaad maar kort en als ze eenmaal gingen winkelen, zouden ze al snel een halve dag zoet zijn.

Terwijl ze haar tas pakte, viel het haar op dat de rits open stond. Vreemd. Daar was ze anders heel zorgvuldig in. Ze trok hem verder open en keek erin. Gelukkig. Haar portemonnee was er nog. Het enige wat ze niet direct zag, was haar telefoon. Ze doorzocht het middenvak, maakte de ritsen aan de binnenkant open en voelde erin met platte hand. Linksom. Rechtsom. Geen telefoon.

'Hè?' zei ze hardop. Had ze hem op het terras laten liggen? Nee, ze wist zeker dat ze hem in haar tas had gedaan.

'Wat is er?'

'Ik kan mijn telefoon niet vinden.' Ze pakte haar jack van de achterbank en doorzocht de zakken. Leeg. 'Hij is echt weg, Werner.'

16

Het was zachtjes gaan regenen. De druppels vielen op de met onkruid overwoekerde parkeerplaats. Ralf dook dieper weg in zijn jack en liep haastig naar zijn auto. Hij vroeg zich af wie Brians opdrachtgever kon zijn geweest. Wie wilde Helen Möhring dood hebben?

Sara had vooral een hekel aan haar vader. Over haar moeder had hij haar niets negatiefs horen zeggen. Dus wat voor reden zou ze kunnen hebben om haar ex-vriendje in te schakelen en... Nee. Het was gewoon niet logisch. Het beeld van Brians moeder zat daarentegen nog vers in zijn geheugen: hoe hij die mooie vrouw in innige verstrengeling met Werner bij De Zoete Inval had zien lopen. Zat zij hierachter? Misschien was ze het beu om de tweede viool te moeten spelen en wilde ze nu ook wel eens in een huis met zwembad wonen. Had Emily haar zoon opgejut om haar rivale uit te schakelen? Ralf kauwde op zijn wang, vertraagde zijn pas. *Of hebben die twee dat samen bekokstoofd?* Hij kende Emily heel oppervlakkig, maar ze leek hem zo'n spiritueel type met haar boeddha's, katten en wierook. Hij zag haar nog niet een heel moordplan uitwerken. Maar ja, hij had Brian er ook niet voor aangezien dat hij iemand in opdracht zou willen vermoorden. Een moeder van drie kinderen nog wel.

Gevoelloze klootzak.

Misschien wist Emily hier wel helemaal niets van af, en had Brian alles zelf bedacht en uitgevoerd, uit liefde voor haar. Of, dat lag meer voor de hand: omdat hij dacht er zelf beter uit te komen, met zo'n rijke stiefvader.

Maar hoe was Brian dan aan al die gegevens gekomen? Door wekenlang bij de Möhrings te posten? Nee. Niet zijn stijl.

Op het moment dat Ralf in zijn auto stapte, schoot hem te binnen dat Brian helemaal geen pistool had gehad. Het wapen dat hij bij zich had gedragen, was nep. Een replica.

Ralf plofte neer achter het stuur, haalde de envelop onder zijn jack vandaan en bekeek de aantekeningen nog eens.

19:30U BINNEN, NAAR SK -> P IS DAAR

Halfacht naar binnen. Door naar slaapkamer... Pistool is daar. Dat was het: het pistool waarmee hij Helen moest doodschieten was voor hem klaargelegd in de slaapkamer. De optie dat Brian dit alleen had gedaan kon hij nu wel wegstrepen. Er was een tweede persoon bij betrokken. Iemand die toegang had tot het huis en hem hielp of hem opdracht had gegeven. Of allebei.

Ralf kreeg het opeens koud, alsof er koelwater door zijn aderen stroomde. Emily kon hij afstrepen. Alleen Sara en Werner bleven nu nog over. Werner had een vriendin en dus een motief. Hij wilde zijn leven voortaan delen met Emily en daarom moest de huidige mevrouw Möhring uit de weg worden geruimd – dat scheelde vast een heleboel alimentatie, met die restaurants van hem. Maar waarom had Werner Brian zijn karwei dan niet laten afmaken? Hij had zijn vrouw juist beschermd en Brian doodgeschoten. Ralf staarde naar het papier. De letters dansten voor zijn ogen. Hij probeerde te bevatten wat het kon betekenen. Sara kon een pistool hebben neergelegd. Zij kon Brian hebben voorzien van al die informatie. Maar wat was haar motief? Hij zag vast iets over het hoofd. Ralf sloeg zijn handen voor zijn gezicht, dacht diep na. Sara was een geldwolf; ze kon dus op de erfenis azen, maar daarvoor zouden beide ouders moeten overlijden. Niet alleen haar moeder. *Is dit onderdeel van een stappenplan? Is dit... stap één?*

Hij startte de auto en reed van het parkeerterrein af. Hij rilde en zocht de knop van de verwarming, zette hem hoger. De kou had zijn botten bereikt.

17

'Ik denk dat hij gestolen is.'

Werner trok een wenkbrauw op. 'Hoezo?'

'De rits van mijn tas stond open.'

'Wanneer kwam je daar achter?'

'Net pas, hier in de auto. Verdomme, hij is echt weg.' Helen ritste haar tas dicht en zette hem bij haar voeten op de grond. Haar rooskleurige kijk op Brighton had zojuist een flinke knauw gekregen. 'Ik wil bereikbaar zijn voor de kinderen.'

'Dat zijn we.' Werner diepte zijn iPhone op uit zijn zak en hield hem omhoog. 'Bel anders je eigen nummer even, voor de zekerheid.'

Helen koos haar nummer en luisterde ingespannen. 'Voicemail,' zei ze. 'Hij gaat niet eens over. Dat is vreemd, toch?'

'Dan staat hij uit. Gejat, dus.' Werner nam de iPhone weer van haar over.

'Moeten we geen aangifte doen?'

Hij schudde zijn hoofd. 'Kost alleen maar tijd. Ze doen er waarschijnlijk net zoveel mee als de politie in Nederland.' Hij keek haar even aan en keek daarna weer voor zich. 'Weet je, ik vraag zo meteen in het hotel wel of ze naar dat cafeetje willen bellen. Misschien is je telefoon daar uit je tas gevallen of heb je hem toch laten liggen, en heeft de serveerster hem gevonden. Dat gebeurt bij ons ook regelmatig.'

Ze knikte, maar ze had er weinig vertrouwen in. Een serveerster zou een gevonden telefoon niet uitzetten. Een dief wel.

Hij legde zijn hand op haar bovenbeen en gaf er een vriendschappelijk kneepje in. 'Het is gebeurd, schat. We kunnen er niets meer aan veranderen. Maar ik pas ervoor om mijn vakantie hierdoor te laten verknallen. En ik hoop jij ook.'

Helen mompelde iets en keek naar buiten. Ze passeerden een felblauw geschilderd pand waar visspullen werden verkocht. Pal ernaast was een kerkje met een klein kerkhof vol bealgde zerken. Het zag eruit alsof de laatste dorpeling er minstens tweehonderd jaar geleden was begraven. Zuid-Engeland was één groot sprookjeslandschap, maar ze kon er even niet van genieten.

Werner wreef over haar been. 'Kop op. Ik weet zeker dat ik je vanavond kan opvrolijken.'

18

Ralf parkeerde zijn auto pal tegenover nummer 23. De Mercedes van Werner was weg. Naast Helens lichtblauwe autootje stond een grijze BMW 5 Serie op de oprit. Die kende hij: de oppas was gearriveerd.

Hij stak het straatje over met de envelop in zijn hand. Even had hij op het punt gestaan om hem bij de politie in de brievenbus te stoppen. Daarna was hij gaan nadenken. Wat zou de politie met deze aantekeningen doen? Natrekken, natuurlijk. En Helen leefde nog, maar Brian was verdwenen. Dus zouden ze weer bij hem uitkomen, en hij wist niet of hij dan nog kalm kon blijven. Er was gewoon te veel gebeurd.

Ralf belde aan. Brian, Mikey, de politie, Sara: ze hadden hem geen van allen voor vol aangezien. Mikey wist inmiddels wel beter. En nu zou Sara kennis gaan maken met een andere Ralf.

Ze deed zelf open. Verderop in de hal stond een statige, grijze man die hem van top tot teen bekeek.

'Hé, Ralf.' Sara glimlachte, keek daarna demonstratief langs hem heen. 'Waar is Naomi?'

'Ik ben alleen.'

'O?'

'Ik moet met je praten.'

Ze keek hem onderzoekend aan, maar zei niets en trok de deur verder open.

De grijze man was niet van zijn plek gekomen. Ralf begroette hem met een geforceerd glimlachje. De man wilde niet onvriendelijk zijn en knikte kort terug.

'Dit is een vriend van me,' zei Sara tegen haar opa, en ze wendde zich weer tot Ralf. 'Loop maar mee naar boven.'

19

'I'm sorry.' De baliemedewerker legde de telefoon neer en keek Helen met een spijtig gezicht aan. 'Ik had graag beter nieuws voor u gehad. Maar ze zouden naar uw telefoon uitkijken.'

'Thank you.' Helens teleurstelling was niet heel groot; ze had niet anders verwacht.

Werner kwam op haar af gelopen. 'Niets dus?' Hij had verderop in de lobby staan bellen met de provider om haar nummer te laten blokkeren.

'Nee. Ik baal er verschrikkelijk van.'

'Ik ook.' Hij drukte een kus op haar voorhoofd. 'Maar een telefoon is vervangbaar.'

'Er stonden ook foto's en filmpjes op van de kinderen.' Meer dan duizend, dacht ze. Unieke momenten die nooit meer terug zouden komen. Ze had zich zo vaak voorgenomen om ze over te zetten op haar computer, een werkje van niets, maar het was er steeds niet van gekomen. En nu was alles weg.

'We kopen wel een nieuwe als we terug zijn.'

Ze knikte alleen maar. Werner had het steeds over het toestel, niet over de sentimentele waarde. Hij had daar niets mee, keek nooit naar oude foto's van henzelf en van de kinderen.

'Het is tijd voor een goed Engels gebruik,' zei hij.

'En dat is?'

Hij sloeg een arm om haar heen en leidde haar de lobby uit, naar een van de brede gangen. 'We gaan ons hier eens lekker laten volstoppen met thee en mierzoete taartjes.'

20

'Waarom moest je moeder dood?'

Ralf spuugde de woorden bijna uit. Hij had er de hele weg hiernaartoe over nagedacht; over de eerste vraag. Die was het belangrijkst. Alleen daarmee zou hij Sara kunnen verrassen. Alleen als ze schrok zou ze oprecht reageren.

Haar reactie was teleurstellend. Ze keek hem niet-begrijpend aan. 'Sorry?'

'Ik was erbij, die vrijdag,' zei hij. 'Ik stond daar te wachten.' Zijn stem trilde al even hevig als zijn vinger, die door de muur van Sara's slaapkamer in de richting van de spoordijk wees.

'Wat nou vrijdag, waar heb je het over?'

Ralf schoot naar voren en pakte haar bovenarm vast. Drukte de envelop in haar gezicht. 'Hierover, *bitch*. Over dat zieke plan van jou en Brian om je moeder dood te schieten. Waarom, godverdomme? En waar is Brian?'

Ze duwde hem van zich af. 'Doe even normaal, man. Ben je gestoord of zo?' Ze wees naar haar voorhoofd. 'Mijn moeder doodschieten, gék.'

'Brian ging hier naar binnen, dat heb ik gezien. Je vader was in de keuken, en je moeder...' Hij struikelde over zijn woorden. 'Ik heb haar thuis zien komen. Drie schoten, Sara. Daarna niets meer. Brian is niet naar buiten gekomen.' Hij ademde snel, door halfopen mond. 'Het had je moeder moeten zijn, maar het werd Brian.'

Sara keek naar hem alsof er plotseling tentakels uit zijn oren groeiden. Daarna verhardde haar gezichtsuitdrukking. 'Wanneer?'

'Alsof jij dat niet weet. Vorige week vrijdagavond.'

'Dan tennis ik.'

Ralf moest zich inhouden om zijn handen niet om haar keel te leggen. 'Hou hiermee op, Sara. Ik kots ervan.' Hij zwaaide met de envelop. 'Natuurlijk was jij tennissen. Dat staat hierin. Wie er weg is en waarheen, hoe laat iedereen thuiskomt. En waar je het pistool hebt neergelegd.' Hij perste zijn lippen op elkaar, zei daarna zachter, maar met meer dreiging in zijn stem: 'Allemaal uitgedacht en opgeschreven, samen met je zieke vriendje Brian.'

'Brian is mijn vriendje niet. Dat is hij nooit geweest en dat zal hij ook nooit worden. En ik heb al helemaal niets met hem opgeschreven. Dus ik ben hier nou wel klaar mee.' Ze duwde tegen zijn borst. 'Donder nou maar gewoon op. Idioot.'

Hij boog zich naar haar toe en fluisterde: 'Weet je wat

ik me de hele tijd al afvraag? Heb je Brian hier speciaal op uitgezocht? Dacht je: hé, fout type, precies wat ik nodig heb? Wist je al dat je hem zou gaan gebruiken toen je je door hem liet pakken in De Zoete Inval?'

Ze bracht haar handen naar haar mond. Verstarde.

'Ja, dus,' concludeerde Ralf. Hij deed een stap naar achteren en legde zijn armen over elkaar.

'Klootzak.'

Tot nu toe had Ralf zich afgevraagd of ze acteerlessen had gevolgd of gewoon een natuurtalent was, maar zoals ze hem nu aankeek zag hij enkel schaamte. Het verwarde hem.

'Hij had beloofd het aan niemand te vertellen,' zei ze zacht.

'Maar ja,' sneerde hij. 'Je had natuurlijk van tevoren kunnen weten dat hij niet heel betrouwbaar was, hè?' Hij was de hele komedie zat en haalde de aantekeningen uit de envelop. Hield ze voor haar neus. 'Komt je vast bekend voor?'

Ze deinsde terug en begon te lezen. Haar ogen bewogen van links naar rechts. Ralf zag haar uitdrukking veranderen, hoe haar ogen groter werden, ze ze uiteindelijk opensperde. 'O, mijn god. Weet je wie dat heeft geschreven?' Ze wilde het papier uit zijn hand rukken, maar hij trok het weg en hield het buiten haar bereik.

'Wie?'

Haar geschrokken uitdrukking had plaatsgemaakt voor totale verbijstering. 'Maar dat kan niet,' fluisterde ze. 'Echt niet.'

'Wie?' herhaalde hij.

'Laat de rest eens zien.' Ze griste de envelop uit zijn andere hand en haalde de overige aantekeningen eruit. Plofte ermee op het bed neer en bekeek de foto's, haar mond een stukje open. 'Ik word gek,' fluisterde ze. 'Dit kan niet waar zijn.'

21

'Dit wordt mijn dood,' grapte Helen.

Een ober had thee gebracht en kwam nu een etagère vol zoete hapjes brengen. Hij maakte er ruimte voor vrij op het ronde tafeltje dat tussen Werner en Helen in stond, zette het neer en verdween na een korte buiging.

Helen rook de zoetigheid. 'Die taartjes zijn vast zeshonderd calorieën per stuk.'

'Echt niet,' reageerde Werner.

'Hoeveel dan? Zevenhonderd?'

'Wacht, ik test het even.' Werner pakte een gebakje van de onderste laag van de etagère en nam er een hap van. 'Minstens duizend,' zei hij met volle mond.

'Jee. En we moeten straks ook nog eten.'

'Niet aan denken.' Hij stopte Helen een petitfour toe.

Het smaakte goddelijk. Slagroom, karamel. Een beetje zout ook. Zoet, romig en smeuïg. 'Hemels,' zei ze toen haar mond leeg was. Ze had meteen al zin in een tweede.

Werner nam er ook nog een. Er zat een dotje slagroom op, en goudkleurige pareltjes. Kleine kunstwerkjes, met veel zorg gemaakt.

Tegenover Helen zat een Brits echtpaar dat er al minstens zes naar binnen had gewerkt. De vrouw was slank en zag er chic uit. Haar man had een buikje, maar geen van de aanwezigen in de lounge had het postuur dat je zou verwachten bij mensen die zich met enige regelmaat te goed deden aan Britse caloriebommetjes.

Werner zag haar kijken. 'Na de afternoontea gaan ze

vast urenlang achter elkaar aan rennen over die *93 acres of garden and parkland*, op zoek naar bloemen voor op hun hotelkamer.'

De vrouw ving het overdreven geaffecteerd uitgesproken Engels van Werner op. Ze zond hem een licht geërgerde blik toe.

'Je wordt gecorrigeerd.' Helen hield haar hoofd stil, maar wees met haar ogen naar de vrouw.

Werner stak zijn hand op en knipoogde naar de hotelgaste, die haar hoofd nu afwendde. 'Dat komt vast omdat ik niet weet *hoe het heurt. Nouveaux riches, madame*, sorry.'

Helen verslikte zich bijna in een hapje zoetigheid en sloeg kuchend een hand voor haar mond en neus.

Werner keek haar grinnikend aan over de rand van zijn porseleinen kopje. Daar was hij weer, dacht Helen: de Werner uit de begintijd, de jongen op wie ze verliefd was geworden. Hij zat er dus nog wel, verscholen onder het laagje chagrijn en zakelijkheid. Ze boog zich naar hem toe om zijn hand vast te pakken, maar hij haalde zijn telefoon uit zijn zak.

'Het licht valt mooi.' Werner stond op. 'Kom, we maken even een foto voor het thuisfront.'

22

'Waarom zou je vader je moeder willen vermoorden?' vroeg Ralf. 'Heeft het met alimentatie te maken?'

Sara was van het bed opgeveerd en stond in het midden van haar overdadig ingerichte meidenkamer naar de muur te staren. 'Alimentatie?' herhaalde ze.

Ralf probeerde zich voor te stellen hoe hij zich zou voelen als hem verteld werd dat een van zijn ex-vriendinnetjes samen met zijn vader een moordaanslag op zijn moeder had beraamd. Dat lukte niet. Hij kon er niets mee, het was complete waanzin.

Sara's telefoon zoemde. Eén keer, beleefd. Ze sloeg er geen acht op. 'Alimentatie?' zei ze nog eens. Haar ogen waren vochtig.

Ralf wilde haar vertellen wat hij had gezien. In vergelijking tot wat Sara nu over haar vader te horen had gekregen, leek hem het nieuws dat hij er een vriendin op na hield niet zo heel schokkend. Alsof je iemand die een slagaderlijke bloeding had moest vertellen dat hij ook nog een schaafwond had. Maar toen het tot hem doordrong hoe gekwetst Sara zich voelde, gedesillusioneerd, diep verraden door haar eigen vader, besloot hij het voorlopig voor zich te houden. 'Ja, weet ik veel. Blijkbaar wil hij van haar af. Je vader verdient natuurlijk veel geld met die restaurants. Hij zal wel bang zijn dat hij te veel alimentatie moet betalen als ze uit elkaar gaan.'

'De Zoete Inval is niet van mijn vader.'

Die zag hij niet aankomen. 'Hoezo?'

'Toen oma doodging, heeft zij al haar geld aan mama nagelaten. Daarvan heeft ze ons huis gekocht. Mijn vader werkte toen nog als bedrijfsleider bij De Zoete Inval en door de erfenis kon hij de zaken overnemen. Of eigenlijk mama, want alles staat op haar naam.'

'Wanneer was dat?'

'Zeven jaar geleden. Ik was toen tien, ik kan het me nog heel goed herinneren.'

'Dus je moeder is rijk?'

Ze knikte.

'Maar waarom werkt ze dan?'

'Omdat ze dat graag doet.'

Ralf krabde in zijn nek. Dacht na. 'Dus als je vader zou willen scheiden...'

'...dan is hij zijn restaurants kwijt,' vulde Sara aan.

Ralf herinnerde zich verhalen over rijke zakenmensen en bekende acteurs die vele miljoenen aan hun ex moesten afdragen. 'Hij heeft bij een scheiding toch gewoon recht op de helft?'

Sara schudde gedecideerd haar hoofd. Ze leek wat rustiger te worden. 'Ik geloof niet dat oma mijn vader erg aardig vond. Ze heeft het in elk geval zo geregeld dat hij bij een scheiding niet aan het geld kan komen. Daarover hebben mijn ouders in het begin nog wel eens ruzie gehad.' Haar gezicht betrok. 'Ze dachten dat ik het niet hoorde. Papa was toen echt heel kwaad.'

Ralf probeerde het te begrijpen. 'Maar als je moeder doodgaat, kan hij toch net zo goed niet bij dat geld?'

'Jawel, dán juist wel. Omdat hij dan voor ons moet zorgen, denk ik.'

'Hoe weet je dat eigenlijk allemaal?'

'Papa heeft me in vertrouwen genomen. We hebben het vaker over financiën.' Ze zei het achteloos, alsof het de normaalste zaak van de wereld was.

Bij Ralf thuis werd nooit gesproken over geld. Hij had geen idee wat zijn ouders verdienden, alleen dat het nooit veel kon zijn. En hoe ze het verder thuis hadden geregeld, wist hij al helemaal niet.

'Eén ding snap ik niet,' zei hij.

'Wat?'

'Als je vader je moeder wilde vermoorden, en hij had Brian gevraagd om dat voor hem te doen... Waarom heeft hij Brian dan doodgeschoten?'

'Heeft hij dat gedaan?'

'Ja,' zei hij zacht.

'Heb je hem dat zien doen?'

Hij schudde zijn hoofd. 'Ik heb de schoten gehoord. Drie. Ik bedoel –'

'Gehoord...'

'Ja.'

'Niet gezien.'

Hij keek haar stilletjes aan.

'Hoe kun je dan weten of het mijn vader was?'

Niet, dacht hij.

Hij was er gewoon van uitgegaan.

Het was geen seconde in hem opgekomen dat een moeder tot zoiets in staat zou zijn.

Hij liet het op zich inwerken en zei: 'Je ouders zijn toch op vakantie?'

Ze knikte. 'Naar Engeland. Ze zijn vanochtend vroeg vertrokken.'

'Londen?'

'Nee, Zuid-Engeland. Sussex heet het, geloof ik. Bij zee. Mijn ouders zijn daar voor het eerst samen op vakantie geweest, toen ze elkaar pas kenden.' Haar ogen werden glazig en haar stem klonk mat. 'Het was een idee van papa. Een cadeautje. Mama stuurde vanochtend foto's van het hotel. Supervet. Wacht...' Ze streek een lok haar uit haar gezicht en diepte haar telefoon op. 'Hé, een nieuw bericht van papa.' Ze las het hardop voor. *'Mama is haar telefoon kwijtgeraakt. Als je ons nodig hebt, gebruik dan dit nummer. Groetjes, papa.'*

'Telefoon kwijtgeraakt,' herhaalde Ralf.

Sara sprong op van het bed. 'We moeten naar de politie.'

'En dan?'

'Weet ik veel. Als het echt zo is, dan moeten ze mijn vader tegenhouden.'

'Wat wil je dan vertellen? Dat je moeder iemand heeft doodgeschoten? Dat ik Brian heb geholpen met een woningoverval, die later een huurmoord bleek te zijn? Ik verbrand die aantekeningen nog liever.' Hij was harder gaan praten. 'En daarbij, denk je nou echt dat die gasten meteen in een helikopter springen en naar Engeland vliegen? Echt niet. Die gaan eerst alles op hun gemak uitzoeken, nemen contact op met hun collega's...'

'En dan zijn we een paar dagen verder,' vulde ze aan.

'Eh... Alles in orde daarboven?' De mannenstem kwam van beneden en had een onmiskenbaar Duits accent.

Sara legde haar vinger tegen haar lippen en liep naar de deur. Zette hem op een kier. 'Ja hoor, opi,' riep ze. Het klonk mierzoet. 'Ralf gaat zo naar huis.'

Ze duwde de deur dicht en draaide zich om. 'We moeten toch *iets* doen?' fluisterde ze. 'Als dit waar is, dan...' Ze schudde vol ongeloof haar hoofd. 'Zeg me alsjeblieft dat ik dit droom, Ralf.'

Hij keek haar gespannen aan. 'Ik ben bang dat –'

Sara's telefoon begon te zoemen. Ze schrok er zo van dat ze hem bijna uit haar handen liet vallen. Keek op het scherm. 'Mijn ouders.'

Ralf keek over haar schouder mee naar de foto die Werner naar zijn dochter had gestuurd. Helen Möhring zat in een donkerrode fauteuil en hield lachend een kopje thee omhoog. Naast haar stond een etagère met cupcakes.

HIER MAMA. PAPA EN IK GROEIEN HELEMAAL DICHT! VANAVOND ETEN WE IN EEN STERRENRESTAURANT DAT BIJ HET HOTEL HOORT ☺ ALLES GOED THUIS? LIEFS, MAMA

'Ik wil haar waarschuwen,' zei ze.

'Kan niet. Dit is je vaders telefoon.'

'Ja, maar –'

'Stuur iets terug als: "Leuk voor jullie, veel plezier." Iets normaals.'

Ze schudde haar hoofd. 'Ik kan toch gewoon bellen?'

'Maar dan –'

'Ik zeg wel tegen papa dat het een vrouwenonderwerp is of zo, dat ik mama even privé wil spreken.'

'Sara, ik denk niet dat dat een goed idee is. Kun je niet...' – hij slikte – '...misschien toch maar beter de politie bellen?'

Haar ogen schoten vuur. 'En dan? Je zei het net zelf nog. Dan moet ik mijn moeder aangeven. En jou. En stel dat mijn vader... Dit gaat over mijn ouders, Ralf. Wie zegt dat het waar is? Ik kan het gewoon niet geloven.'

'Ja, maar –'

'Stil.' Ze hief haar hand en zocht het nummer van haar vader, maar haar duim bleef roerloos boven zijn foto hangen. 'Shit.' Ze beet op haar onderlip. 'Wat moet ik tegen haar zeggen?'

'Dat ze moet maken dat ze uit de buurt van je vader komt omdat hij haar waarschijnlijk mee naar Engeland heeft genomen om haar te vermoorden, of te laten vermoorden?'

Sara bleef roerloos midden in haar slaapkamer staan, de telefoon in haar trillende hand. Langzaam liet ze haar schouders zakken. 'Ik kan dit eigenlijk niet geloven,' fluisterde ze. 'Dat dit gebeurt. Maar dat handschrift –' Haar adem stokte. Ze draaide haar gezicht naar hem toe. 'Ralf? We moeten erheen.'

'Wat?'

'Naar mijn ouders toe. Als het echt zo is dat mijn vader... Dan moet ik hem zelf tegenhouden.'

'Ik weet niet of –'

Ze pakte zijn bovenarmen vast en keek naar hem op.

'Ik wil hem in zijn ogen kijken, Ralf. Het is mijn váder. Jij hebt een auto, dus we gaan samen.'

'Hé, ik heb mijn rijbewijs pas vijf maanden. Ze rijden daar links.'

'Zo moeilijk kan het niet zijn, toch? We gaan gewoon naar... hoe heet dat... Calais, en dan wijst het zich daar vanzelf wel.'

'Moet je zo'n overtocht niet van tevoren boeken?'

Ze schudde haar hoofd.

'Zeker weten?'

'Ja. Een vriendin van mij is pas nog naar Engeland geweest. Er zijn daar veerboten, er is een treintunnel. Van alles. Dat gaat dag en nacht door.'

Ralf was niet overtuigd. 'En je grootouders dan? Je moet morgen naar school.'

'Jackie dekt me wel. Ik zeg wel dat ik bij haar slaap en zet m'n scooter daar neer.'

'En wat zeg je dan tegen haar ouders?'

'Ik verzin wel iets. Kom, jij moet weg. Haal me over een halfuur bij Jackie op. O, wacht.' Ze hield hem tegen. 'Heb je een ID?'

Hij klopte op zijn binnenzak.

'Perfect. Ik zie je zo.'

23

'Die reactie van die vrouw!' De tranen rolden over Helens wangen en haar buikspieren deden zeer.

'Not. Amused. At. All.' Werner wierp zijn vest in een hoek van de hotelkamer en trok Helen naar zich toe.

Ze sloeg haar armen om zijn nek. 'Lang geleden dat ik zo gelachen heb.'

'Voor mij ook.'

'De ober zag het, hè, die gekke bekken die jij trok. Straks weigeren ze ons vanavond bij dat restaurant.'

'Ik maak me meer zorgen over iets anders.' Hij trok een ernstig gezicht.

Ze schrok. 'Waarover?'

'Stel dat die twee pal naast ons zitten tijdens het diner?'

Ze schoot weer in de lach. 'O, hou op! Echt, dan kun je me opvegen.'

'Ik heb wel medelijden met haar man. Ze had hem perfect afgericht.'

'Niet helemaal. Hij loerde naar mijn decolleté.'

'Terecht.' Zijn hand omvatte haar rechterborst. 'Schandalig, zoals jij erbij loopt.'

'Sinds wanneer zijn King Louie-jurkjes schandalig? Die zijn heel verantwoord, hoor.'

Hij bewoog zijn vingers plagerig over haar tepel. 'Niet meer als jij er je lekkere lijf in perst. Dan zijn ze aanstootgevend.'

Helen hapte naar adem. Haar hele wezen reageerde op zijn aanraking.

'Zeker in zo'n keurig hotel,' mompelde hij, terwijl zijn andere hand onder haar rok verdween. 'Met alleen maar keurige mensen.'

24

De rit was voorspoedig gegaan tot aan de Ring om Antwerpen. Daar had een gekantelde vrachtwagen voor een vol uur vertraging gezorgd. Korte tijd later hadden ze de tank helemaal volgegooid – Sara had betaald – en nu reden ze de Franse grens over. De stemmen op de radio waren onverstaanbaar.

Ralf werd verblind door de lichten van het tegemoetkomende verkeer. Hij kneep zijn ogen tot spleetjes en deed alsof hij het allemaal onder controle had. Het vooruitzicht om straks in Engeland links te moeten rijden maakte hem doodnerveus, maar was nog niet half zo angstaanjagend als de wetenschap dat hij daar oog in oog zou komen te staan met Sara's ouders. Toch moest hij dit doen. Niet voor Sara of haar moeder, maar voor zichzelf.

Sara had zich zo te zien ook wel eens beter gevoeld. Ze had haar gezicht van hem weggedraaid en deed alsof ze uit het raam keek, maar zo spannend was het allemaal niet wat daar te zien was. Hij zag haar schouders schokken. Af en toe hoorde hij haar snotteren.

'Is het nog ver?'

Sara veegde haar neus af met de rug van haar hand en keek op haar telefoon. 'Honderdtwintig kilometer. Gewoon deze weg volgen.' Haar stem klonk nasaal.

'Had je niet beter toch een overtocht kunnen boeken?'

'Hoe had ik dat moeten doen? Ik heb geeneens een creditcard.'

'Wat nou als er daar –'

'Het zijn veerdiensten, weet je wel, die varen de hele tijd heen en weer, dat stelt niets voor. We hebben geen grote vrachtwagen of zo. Er is altijd wel een plekje voor een personenauto.'

Hij zweeg even. 'Hoe vaak ben jij eigenlijk in Engeland geweest?'

'Nooit. Maar ik heb er genoeg over gehoord.' Ze bleef naar hem kijken. 'Waarom was jij erbij, Ralf?'

'Dat heb ik al gezegd.' Hij knipperde met zijn ogen. Al dat tegenlicht, hij werd er gek van. Hij durfde niet zo hard te rijden als anders. 'Brian had vervoer nodig. Zijn rijbewijs was ingenomen. Ik hoefde alleen maar buiten op hem te wachten. Ik kwam er pas later achter dat het jouw vader was.'

'Doe je dat vaker, zulke dingen? Woningovervallen en zo?'

'Nee, dit was de eerste keer.' Er trok een spiertje in zijn wang. 'En meteen de laatste.'

'Je kunt goed liegen.'

'Ik lieg niet.'

'Nu misschien niet. Maar we hebben het laatst op het feest nog over Brian gehad, en over zijn moeder, dat ze aangifte heeft gedaan en zo. Ik heb toen niets aan je gemerkt.'

'Ik ben er niet trots op,' zei hij alleen maar.

Lange tijd bleef het stil, beiden waren ze opgesloten in hun eigen gedachten. Ralf concentreerde zich op de weg en luisterde met een half oor naar Tupac. Het geluid stond zacht, maar dat maakte niet uit. Hij kende alle songteksten uit zijn hoofd.

'Waarom help je me eigenlijk?' vroeg Sara.

'Weet ik niet.'

Hij wist het wel, maar dat ging hij niet met haar bespreken. Hij was het meer dan zat om te worden gekleineerd, om constant onderschat te worden. Jaar in jaar uit had hij zich laten piepelen door gefrustreerde leraren en de wijkpolitie en zelfs door Brian. Hij liet zich door niemand meer wegduwen of dom houden. Dat hij tegen Mikey in had durven gaan, was de eerste stap geweest. Nu was de rest aan de beurt. Zodra ze Werner en Helen gevonden hadden, zou hij het van Sara overnemen en dan zouden die twee hem precies vertellen wat ze wisten. Daar zorgde hij wel voor. Daarna moest Sara het maar uitzoeken met haar ouders. Ze konden elkaar uitmoorden of elkaar huilend om de nek vliegen, wat ze maar wilden, als ze hem er verder maar buiten lieten. Hoewel Sara's moeder hem best aardig had geleken. Ze was uit een heel ander hout gesneden dan Sara en haar vader.

Maar dat was niet zijn probleem.

Hij had genoeg zorgen om zijn eigen moeder.

Nog geen drie uur geleden was hij thuis zijn spullen gaan halen en had hij haar op de mouw gespeld dat hij werk had aangenomen op een bouwplaats in Groningen. Een project dat een paar dagen zou duren. Hij zou bij een kennis blijven slapen. Vroeger zou ze hem argwanend hebben aangekeken en om naam en rugnummers hebben gevraagd, maar na wat er afgelopen week was gebeurd, had ze hem blindelings geloofd. Ze was oprecht blij voor hem geweest. Dat gezicht van haar... De schaamte sneed als een mes door zijn hart. Hij was haar enige zoon. Ze verdiende beter.

Zijn ouders verdienden allebei beter.

25

Helen was blij dat het romantische gedeelte van hun eerste vakantiedag al voor het diner had plaatsgevonden, want de sfeer in sterrenrestaurant The Boss was vergelijkbaar met het binnenste van een koelkast. Dat gold eveneens voor de temperatuur. Het kippenvel stond op haar onthaarde, met olie ingesmeerde benen en ze baalde ervan dat ze geen vestje bij zich had. Of beter nog: een skipak. Het concept was vast heel hip, maar niet aan haar besteed. Tegen de lange wand van een grote, industriële keuken was een hoge dinerbank geplaatst die je kon bereiken via een opstapje. Ertegenover stonden barkrukken en ertussenin gladde, vierkante tafeltjes. Het was één lange rij, met harde, witte verlichting erboven. Het voelde niet comfortabel om zo hoog te zitten, met bungelende benen. Wel kon je vanaf hier de koks extra goed op hun vingers kijken. Privacy was er ook nauwelijks voor de gasten, want de tafeltjes stonden erg dicht op elkaar.

Gelukkig spraken de buren Engels.

Werner leek niet te merken dat ze zich ongemakkelijk voelde. Hij bekeek elke gang met interesse en at met kleine hapjes. *Moleculaire gastronomie* noemde hij het, maar Helen vond het eerder scheikundeles. Of een raadspelletje. Als iets eruitzag als groente kon het zomaar een visje zijn, of een stukje vlees. Witte chocolade bleek bij aanraking te verpulveren en smaakte naar rozenblaadjes.

Een gesprek kwam niet op gang, omdat de gangen elkaar snel opvolgden en werden vergezeld van binnensmonds gemompelde uitleg in onverstaanbaar dialect. De koks brachten de door hen bereide gerechtjes zelf naar de tafel, de sommelier verzorgde daarbij steeds een andere wijn – ook zijn uitleg ontbrak niet – en een serveerster schonk tussendoor hinderlijk vaak de glazen water bij.

Helen werd er nerveus van. 'Best duur, eigenlijk,' zei ze, toen ze zich realiseerde dat dit etentje meer dan zeshonderd euro zou gaan kosten.

'En toch geen vetpot.' Hij keek calculerend om zich heen. 'De verhouding couverts-keukenpersoneel ligt behoorlijk scheef.'

In de keuken waren acht, negen koks in de weer die er zonder uitzondering heel jong, strak en hip uitzagen. Die waren beslist niet alleen vanwege hun kookkunsten aangenomen. In de keuken was een donkere vrouw de vloer aan het dweilen. Twee koks stonden tegen een werkblad geleund met elkaar te kletsen. De herinnering aan de avond met Lex drong zich op. Een kneuterig tafeltje in een rumoerig, schemerig en warm tentje met herkenbaar eten dat ongeveer zo smaakte als het eruitzag. En een disgenoot die naar haar had gekeken alsof ze het mooiste was wat hij in jaren had gezien. Werner was vooral met het eten bezig. Na de seks, die, toegegeven, erg fijn was geweest, had hij zich weer in zichzelf teruggetrokken. Dat was niets nieuws, besefte ze. Dat had hij vroeger ook al gedaan, al had het haar toen minder gestoord dan nu. Want niet alleen Werner was in de loop van de tijd veranderd, zij net zo goed. Of misschien wel meer. Ze was ooit gevallen op dat pragmatische van hem. Die koele, verstandelijke manier waarop hij de wereld bezag. Ze had het verward met kracht. Sinds ze Lex kende, wist ze dat kracht heel goed samen kon gaan met warmte en vriendelijkheid. Misschien zelfs een betere combinatie vormden.

26

'Shit. Kijk nou.'

De Eurotunnel was afgesloten. Matrixborden boven de weg toonden alternatieven.

'Hoe kan dat nou?' zei Sara. 'Dat kunnen ze toch niet doen, die hele tunnel zomaar afsluiten?'

'Wel als er een bommelding is.'

Ze keek hem verschrikt aan.

'Of gewoon brand, weet ik veel.' Ralf keek op zijn dashboard. Het was iets over negenen, maar het voelde als middernacht. Hij gaapte en wreef in zijn ogen.

'Er zijn ook veerboten,' zei ze. 'Dan proberen we die wel.' Ze wees naar een sliert auto's die de richtingspijlen volgde naar een ferryterminal.

Hij maakte zich los uit de rij, stuurde naar de buitenste baan en sloot daar aan.

27

'Heb jij verstaan wat hij zei?'

'Geen woord. Maar dit...' – hij hief zijn glas en keek naar het vocht – '...is in elk geval witte wijn.'

Helen nam ook een slok. De wijn smaakte goed, maar ze zat nog steeds niet op haar gemak. Haar voeten steunden op een metalen stang die halverwege de vloer en de zitting was bevestigd. Ze voelde zich net een kleuter. Of een dwerg. Ze had gehoopt dat ze na een paar glazen alcohol positiever tegen de avond aan zou kijken, maar echt gezellig wilde het maar niet worden.

'Wat staat er voor morgen op het programma?'

Ze zag zijn kaak verstrakken. 'Iets heel anders.'

'Wat dan?'

Hij pakte een stukje brood en scheurde het doormidden. Bood haar een helft aan. 'Jij?'

'Dank je... Toch wel iets leuks?'

'We gaan al die calorieën van vandaag er weer af lopen.'

'O? Hier op het terrein?'

Hij schudde zijn hoofd. 'Een uurtje rijden hiervandaan. Vrij pittige wandeling, heb ik me laten vertellen. Maar ruimschoots de moeite waard.'

'Wat is daar te zien dan?'

Hij kneep in het brood, plukte er een stukje af. 'Daar kom je morgen wel achter.'

Ze gaf het op. Als hij in zo'n bui was, had het geen zin om door te vragen. Waarom zou ze ook? Hij had tot nu toe alles perfect geregeld, en een beetje mysterie maakte het juist leuker, spannender. Hoewel ze vanavond honderd keer liever in een plaatselijke pub een hamburger had gegeten.

'Wel apart, maar gezellig is anders, hè?' zei ze, terwijl ze demonstratief om zich heen keek. De ruimte was inmiddels volgestroomd met feestelijk aangeklede gasten, maar nog steeds zo fel verlicht als de diepvriesafdeling van een gemiddelde supermarkt.

'Hoeft ook niet altijd,' zei Werner. 'Het is een trendy concept en ze hebben het concessieloos doorgetrokken. Op zich leuk om zoiets eens te ondergaan. Het wordt beschouwd als het beste restaurant in de regio.'

'Dan zal het wel aan mij liggen.'

'Soms is het goed om uit je *comfort zone* te stappen,' zei hij.

Gang nummer zes werd gebracht door een jonge kok met een Hindoestaans uiterlijk die de ingrediënten stuk voor stuk benoemde. Zijn glimlach was allervriendelijkst, maar zijn uitleg in rap Engels ging verloren in het lawaai van de keuken en het geroezemoes.

Helen keek naar haar bord. Wat erop lag zag eruit als een collage van badschuim, bloemblaadjes – paars en geel, waren dat viooltjes? – en een paar reepjes glinsterend spul.

'Ziet er top uit, hè?' vroeg Werner.

'Heel apart. Maar is het allemaal eetbaar?'

'Tuurlijk. Wat dacht jij dan?'

Ze viste een bloemblaadje van haar bord en proefde het op haar tong. Het smaakte naar bloemblaadje.

28

Ralf reed weg van het terminalgebouw, waar met zwarte letters PORT DE CALAIS boven stond. Daarbinnen wachtten nog steeds lange rijen gestrande reizigers. Vrachtwagenchauffeurs, zakenmensen, studenten. Iedereen hoopte op tickets voor de eerstvolgende overtocht, maar die waren bij alle rederijen uitverkocht. De tochten erna zaten ook vol. Ralf was allang blij dat ze kaartjes hadden kunnen bemachtigen, ook al vertrok de boot pas over achtenhalf uur. Hun plaats aan boord was verzekerd.

'Is er nog chips?'

Sara schudde haar hoofd. 'Alles is op.'

Ralf keek om zich heen. Het plein stond vol met geparkeerde auto's. Hoog hekwerk, prikkeldraad, beton. Nergens een KFC of McDonald's te bekennen.

'Ik denk dat je eerst voorbij de douane moet,' zei Sara. 'Daarachter is vast wel ergens een tentje met broodjes en zo.'

Ralf volgde de borden naar de ferry's. Bij het horen van het woord 'douane' werd hij onrustig. Het had zo'n goed idee geleken toen hij thuis zijn spullen bij elkaar zocht. Nu hij geconfronteerd werd met al die grimmige hekwerken, camera's en uniformen, leek het ineens een stuk minder handig. Eerder naïef.

Als hij thuis wel eens twijfelde of hij een sjaal of muts mee naar buiten moest nemen, zei zijn vader steevast: *beter méé verlegen dan óm verlegen.* Maar die wijsheid ging niet altijd op, begreep hij nu.

Of misschien gold die alleen voor mutsen en sjaals. Niet voor wat er op de bodem van zijn weekendtas lag.

29

Het dessert bestond voornamelijk uit hapjes die eruitzagen als rood fruit. Helen beet op een blauwe bes en trok verwonderd haar wenkbrauwen op. Geen poeder. Geen chocolade- of gembersmaak. Het was een bes. Een échte. Ze kreeg er bijna de slappe lach van.

Ze keek op de lange menukaart die tussen hen in stond en streepte in gedachten de gerechtjes af die al voorbij waren gekomen. Dit was de laatste gang. Nog even en de hele exercitie in deze lawaaiige keuken zat erop.

'Jammer, beetje gewoontjes dit.' Werner legde zijn lepeltje op zijn lege bord.

'Ik vind het wel lekker. De bavarois is heel apart.'

'Dat wel, maar ik had iets met ijs verwacht.'

Helen wilde opmerken dat ze na afgelopen week een immense aversie tegen ijs had gekregen, maar ze hield haar mond.

'Zin in morgen?' vroeg hij.

'Ik denk het.'

Hij keek haar even recht aan en richtte zijn blik toen op de tafel. Veegde een kruimel van het blad. 'We gaan ook iets spannends doen. Iets wat je nog nooit hebt gedaan. Ik ook niet, trouwens.' Hij glimlachte. 'Het mag volgens mij niet eens. Maar we gaan het toch doen.'

'Nou maak je me helemaal nieuwsgierig.'

Zijn gezicht verstrakte. Omdat hij verder niet reageerde, vatte ze samen: 'Het is anderhalf uur lopen. Een pittige tocht, zei je. En het mag misschien niet. Iets wat ik nog nooit heb gedaan en jij ook niet...' Het kon geen ballonvaart zijn, want daar hoefde je niet ver voor te lopen. En dat mocht natuurlijk gewoon, ballonvaren, zelfs in Engeland. Tenminste, daar ging ze van uit.

'Zouden de kinderen al in bed liggen?' vroeg ze zich hardop af.

'Zit jij nu aan de kinderen te denken?'

Uit gewoonte maakte ze haar tas open om haar mobiel te pakken. Realiseerde zich toen dat ze die was kwijtgeraakt. Zou alles thuis in orde zijn? Het was al bijna middernacht en morgen moesten ze alle drie naar school, dus het was te laat om nog te bellen. Er welde een verdrietig gevoel in haar op. Heimwee, besefte ze. 'Ik had ze eigenlijk even welterusten willen wensen.'

'Stuur ze dan een berichtje. Dan zien ze dat morgenvroeg wel voor ze naar school gaan.'

Hij pakte zijn iPhone, maar gaf hem niet aan haar. In plaats daarvan hield hij hem met twee handen voor zich. '*Cheese*.'

Automatisch pakte ze haar wijnglas en proostte naar de lens.

Werner keek naar de foto en gaf haar zijn telefoon. 'Zet jij er maar wat bij.'

Onder een foto waar ze vele malen vrolijker op keek dan ze zich voelde, begon ze te typen:

ALLES GOED DAAR? HET ETEN HIER IS HÉÉL APART: KRUIDNAGELSCHUIM MET BLOEMBLAADJES. ECHT IETS VOOR THOM, HAHA ☺
MORGEN MOETEN WE VROEG OP VOOR EEN SPANNENDE DAG. LUNCHPAKKETTEN MEE EN TE VOET DE BERGEN IN!
DOE JE BEST OP SCHOOL, DOEN JULLIE OPI EN OMA DE GROETEN VAN ONS?
LIEFS MAMA

'Wat heb je geschreven? Laat eens zien?'

'Ik heb hem nog niet...'

Werner griste de iPhone uit haar hand.

'...verstuurd.'

Zijn blik was eerst wat ongerust, daarna begon hij te lezen en brak er een glimlach door op zijn gezicht. 'Ja, leuk zo. Ik gooi hem eruit, goed?' Hij voegde kennelijk de daad bij het woord en stopte zijn telefoon weer weg.

Er was iets vreemds aan de manier waarop hij met die telefoon omging. Sowieso met de hele communicatie met thuis. 'Waarom doe jij zo –'

'More water?' De serveerster verscheen aan tafel met een fles. Ze keek van de een naar de ander en hield de fles een beetje onhandig vast.

'No, thanks,' zei Werner, en hij keek Helen aan. 'Koffie dan maar?'

30

Een kleine, kalende douanier maakte zich los van een groepje collega's en gebaarde met een verveelde uitdrukking dat ze door moesten rijden.

'Dat ging makkelijk.' Ralf gaf meer gas en reed verder, tussen hoog hekwerk met prikkeldraad. Hij glimlachte, maar voelde een spiertje trillen bij zijn oog.

Voorbij de bocht was een nieuwe barrière. Weer mannen in douane-uniform. Maar dit groepje zag er een stuk actiever uit.Een douanier hief zijn hand en gebaarde hem naar de kant.

Ralf stopte onder de overkapping. Fel tl-licht bescheen de douanepost alsof het een ruimtestation was.

Ralf opende zijn raam.

'Passports please.'

Het klonk heel Brits. Een beetje bekakt.

‘Dit is de Engelse grens, denk ik,’ hoorde hij Sara naast zich zeggen. Ze pakte haar ID uit haar tas en gaf die aan Ralf, die hem samen met de zijne aan de man overdroeg. ‘Die van daarnet was de Franse.’

Een andere douanier liep om de auto heen. Hij bekeek Sara, keek Ralf in de ogen. Liep naar de achterkant van de Polo en keek door de raampjes naar binnen.

Ralf wilde slikken, maar het lukte niet.

‘Where are you from?’

‘Holland.’ Waarom vroeg die man dat? Dat kon hij toch zien aan hun identiteitsbewijzen en het kenteken van de auto? Ralf kuchte een nerveuze rilling weg.

De douanier vroeg wat ze in Engeland gingen doen.

‘Short break.’ Sara boog zich over Ralf heen en zocht glimlachend oogcontact met hem. Legde haar hand op Ralfs been.

De douanier keek nog eens op de identiteitskaarten en vroeg hoe lang ze van plan waren te blijven.

Ralf wilde zijn mond opendoen, maar Sara was hem voor.

‘Two nights.’

‘Where are you staying?’ Hij keek Ralf aan alsof hij zijn antwoord bij voorbaat al niet serieus zou nemen.

Ralf vocht tegen de drang om plankgas te geven. Tussen hem en uniformen kwam het nooit meer goed. ‘Hoe heet het daar ook alweer?’ vroeg hij aan Sara.

Ze richtte zich op de man en gaf hem de plaats en de naam van het hotel. Er klonk trots door in haar stem, alsof ze wilde zeggen: *Had je zeker niet verwacht hè, twee tieners in zo'n chique tent.* Ralf vroeg zich af of de douaniers elk hotel in hun land kenden, of dat ze zulke vragen alleen maar stelden om je reactie te peilen. Dan zou je bijvoorbeeld verdacht overkomen als het antwoord ingestudeerd leek te zijn, of wanneer je er juist te lang over moest nadenken.

'Mijn ouders zijn daar al,' voegde ze eraan toe. Daarna begon ze in rap Engels te klagen over de afsluiting van de Eurotunnel, de vertraging die ze hierdoor opliepen, en ze vroeg of hij misschien wist wat er precies aan de hand was.

De douanier vertelde haar dat er een technische storing was. Hij hield de ID-kaarten nog steeds in zijn hand en leek na te denken.

Ralf voelde dat hij was gaan zweten. Druppels gleden in zijn nek. Wat als die man het hotel ging bellen om Sara's verhaal na te trekken?

De tweede douanier had blijkbaar niets verdachts kunnen ontdekken. Hij keek voor de vorm nog even mee over de schouder van zijn collega en liep weg.

'Have a nice stay.' De man gaf de identiteitskaarten terug aan Ralf.

Die knikte hem vriendelijk toe en probeerde niet met gierende banden weg te rijden.

Sara ging weer rechtop zitten. 'Jee, wat een stel zeikerds.'

Ze zei nog meer, maar hij hoorde het maar half. Hij besefte maar al te goed dat hij door het oog van de naald was gekropen. Als de douanier had gevraagd om de auto te openen en zijn weekendtas had laten doorzoeken...

Niet aan denken.

Zou dit het zijn, vroeg hij zich af. Zaten de controles erop, of konden ze dit morgen in Engeland nog een keer verwachten?

Hij was er niet gerust op.

31

Werner kwam naast haar in bed liggen. 'Ik vond het een geslaagde avond. Jij?'

'Het was heel apart.'

'Ja, toch? Goede tip van Serge. Het contrast is ook best bijzonder, dit historische hotel en dan dat restaurant.'

'Enorm, inderdaad. Als dag en nacht.'

'Over nacht gesproken...' Boven het bed hing een touwtje. Werner trok eraan en het licht ging uit. 'Truste,' zei hij, en hij keerde haar zijn rug toe.

32

Ralf en Sara waren het eens: een hotel was zonde van het geld. Daarbij zouden alle goedkope hotels in de buurt nu natuurlijk vol zitten vanwege de storing in de tunnel. De auto kon op slot, de stoelen konden plat en het hele terrein bij de terminals werd bewaakt alsof het een openluchtgevangenis betrof.

Toch lukte het Ralf niet om te slapen. Hij staarde naar het dak van zijn Polo en luisterde naar het remmen en optrekken van de auto's en vrachtwagens die verderop in lange rijen naar de veerboten reden om ingescheept te worden.

Naast hem zat Sara in kleermakerszit het laatste restje van een slap stokbroodje te eten. Haar telefoon zoemde. Ze pakte hem uit haar tas. 'Mijn moeder.'

Ralf ging rechtop zitten. 'Wat zegt ze?'

'Lees maar.'

Ralf las het bericht. Keek Sara aan. Ze dachten hetzelfde.

'Bergen,' fluisterde ze.

'Hoe ver is het nou precies vanaf Dover?'

'Tweeënnegentig mijl.'

'En dat is?'

'Ehm... Iets van honderdveertig kilometer, geloof ik.' In Nederland had Sara de route naar het hotel uitgestippeld en er talloze screenshots van gemaakt. Ze zocht ze op, bladerde door de afbeeldingen. 'Een uur en drie kwartier rijden.'

'Dan zijn we er misschien niet op tijd.'

'Dat kan meevallen. Het is vakantie en mijn vader is niet zo'n ochtendmens.'

Ralf kauwde op zijn wang. 'De boot meert om halfacht in Engeland aan, maar dan kunnen we er natuurlijk niet meteen vanaf. Als ik zie hoeveel auto's er in zo'n ferry passen, kan dat zomaar een halfuur duren. En misschien moeten we daar ook weer door de douane.'

'Ik wil haar bellen, Ralf.'

'Beter van niet.'

'Waarom niet? Ik kan toch gewoon om mama vragen, zeggen dat ik haar mis en vragen of alles goed is? Dan heb ik haar in elk geval even gesproken.'

Hij keek op het dashboardklokje. 'Zou je dat anders ook doen, na twaalven?'

Ze schudde haar hoofd.

'Dan zou ik het nu zeker niet doen.'

Sara staarde langdurig naar het schermpje en drukte daarna de telefoon tegen haar borst.

Ralf was bang dat ze zou gaan huilen, maar ze maakte geen geluid en bleef bewegingloos zitten. Als een standbeeld. Ze verbeet haar verdriet. Haar stem klonk klein, bijna kinderlijk toen ze weer sprak. 'Dit is stom van ons, hè? Hadden we toch niet beter de politie kunnen bellen?'

‘Sara… Stel dat het waar is, en dat je moeder Brian heeft doodgeschoten…’

Ze keek hem aan met een vertroebelde blik.

‘…dan worden je ouders allebei opgepakt. Weet je nog?’ Zijn gezicht betrok. ‘En ik erbij… Sara? Hoor je wat ik zeg?’

Ze knikte. Het deed bijna zeer om naar haar te kijken. ‘Kan het zijn dat het allemaal een vergissing is? Dat hoop ik steeds.’

Dat hoop ik al sinds ik de schoten heb gehoord. Elke dag opnieuw. ‘Ik weet het niet,’ zei hij.

Zoals ze daar nu zat, met de telefoon als een gewond huisdiertje tegen haar borst gedrukt, haar ogen vochtig van teruggedrongen emotie, had hij voor het eerst het gevoel dat hij de echte Sara te zien kreeg. Het meisje achter het masker van perfectie. Hij kreeg een beetje medelijden met haar.

‘We zijn op tijd, morgen,’ zei hij.

Ze sloeg haar ogen op. ‘Denk je?’

‘Ja, echt. Dat zweer ik je.’

MAANDAG

1

‘Shit,’ zei Sara.

De auto die vlak voor hen van de ferry af was gereden, werd door een paar douaniers naar de kant gedirigeerd. Een andere douanebeambte keek in hun richting en hief zijn hand om aan te geven dat Ralf even moest wachten.

‘Het lijkt wel of er iets aan de hand is,’ zei Sara. ‘Alsof ze iets of iemand zoeken.’

Ralf keek nerveus naar de hondengeleiders. Als dat drugshonden waren die ze bij zich hadden, had hij een probleem. Het kon niet anders of er lagen wel restjes cocaine of wiet in de bekleding en in de matten van zijn auto. Zulke honden roken dat, daarop waren ze getraind. De douane zou vervolgens zijn hele auto doorzoeken en geen drugs aantreffen, maar wel iets anders.

Een douanebeambte kwam naar de auto gelopen en maande hem zijn ruit te laten zakken.

‘Fuck,’ mompelde Ralf.

‘Maak je niet druk, we doen toch niets verkeerd?’

Ralf reageerde niet. Hij deed wat hem werd opgedragen en pakte zijn identiteitskaart uit de binnenzak van zijn jack. Toen hij opkeek om hem aan de douanier te geven, draaide die zich half van hem weg om in zijn portofoon te praten. Zijn collega kwam naar voren gelopen en sommeerde hem door te rijden.

'Hè?' zei Sara. 'Wat willen ze nou?'

Ralf twijfelde, trok vragend zijn wenkbrauwen op. De man knikte hem toe – *ja, rijden maar.*

Gespannen reed hij verder het terrein af. *Links rijden,* klonk het als een mantra in zijn hoofd. *Links, links.*

'Ik ben nog nooit in Engeland geweest,' hoorde hij Sara zeggen. 'Wat is het hier anders. Die huizen. En die witte rotsen.' Ze drukte haar haar plat. Het was vannacht een beetje gaan kroezen.

'Sara, let je even op? Waar moeten we heen?'

'O, ja.' Ze pakte haar telefoon erbij en zocht naar de routeafbeeldingen. 'Je moet de M20 hebben, richting Londen is dat.'

'Zeker weten?'

Ze wees. 'Daar, op die rotonde, eerste afslag.'

'De derde,' verbeterde hij haar.

Hij sloeg links af op de rotonde en bleef vlak achter een auto met Brits kenteken rijden. Het voelde verschrikkelijk onwennig, bijna alsof hij voor het eerst van zijn leven een auto bestuurde.

Terwijl hij wat houterig invoegde op de M20, realiseerde hij zich dat op tijd bij het hotel aankomen niet eens zijn grootste zorg was. Hij kon alleen maar hopen dat ze onderweg niet tegen een vangrail zouden crashen.

2

Helen smeerde wat homemade marmelade op een plakje brie en nam een hap. 'Belachelijk lekker. Zouden ze die jam ook verkopen om mee naar huis te nemen?'

'Thuis is het altijd minder, andere sfeer.'

Ze kon het zich amper voorstellen. Het ontbijt smaakte haar nu al beter dan het sterrenmenu van de avond ervoor, en ze zaten hier nog maar net. Het kon zijn dat de sfeer in de ontbijtruimte eraan bijdroeg: geen loeiende machines en felle verlichting, maar wandpanelen, vloerbedekking en grote ramen die een filmisch uitzicht boden op het landgoed.

Buiten waren mannen in overalls aan het werk. Ze snoeiden struiken, harkten en veegden.

'Die mogen bij ons ook wel een weekendje aan de slag,' merkte ze op.

Werner sneed een stuk van zijn toast. 'Als ik terug ben in Nederland, ga ik toch eens rondbellen voor een tuinman.'

Helen wilde zeggen dat ze liever een makelaar zou bellen, maar ze bedacht zich. De sfeer was goed, die wilde ze niet verpesten.

3

'Hoe ver nog?'

'Drie kwartier, een uur. Zoiets.'

Ze waren halverwege. Ralf was niet gaan spookrijden en ook niet tegen de reling gevlogen. Eigenlijk was het best te doen, dacht hij, dat links rijden. Die rotondes lukten hem nu aardig, ook zonder bumperkleven, en het in- en uitvoegen op de snelweg had hij ook onder controle. Een halfuur geleden waren ze gestopt om Sara's school te bellen. Zijn stem kon goed voor die van Sara's vader doorgaan. 'Het heerst momenteel, wens haar maar beterschap, meneer Möhring,' was de reactie geweest. Het had een flauwe glimlach op Sara's bleke gezicht gebracht.

Ralf ging wat harder rijden. Hij wilde Werner en Helen onderscheppen voordat ze aan hun bergwandeling begonnen, anders was het onbegonnen werk om hen nog te vinden. Bovendien leek het hem verstandiger als Sara in dat hotel de confrontatie met haar vader aanging. In hotels waren mensen, telefoons, camera's. Het was daar veiliger. Die man was van plan zijn vrouw te vermoorden, dus waarom niet ook zijn dochter? *En de vriend die ze bij zich had?*

'Weet je al wat je tegen hem wilt zeggen?' vroeg hij.

'Geen idee. Ik kan het eigenlijk nog steeds niet geloven.' Ze keek hem zijdelings aan. 'Ik bedoel, ik zit hier wel en ik praat tegen je, maar soms denk ik... droom ik dit? Het lijkt wel een nachtmerrie. Zo onwerkelijk, snap je? Alles. Zelfs dit. Ik heb nog nooit in een auto geslapen. En ik hoor nu op school te zitten.' Ze wendde zich van hem af en staarde naar het landschap dat voorbijflitste.

'Je moet wel weten wat je tegen hem gaat zeggen. En wat je gaat doen.' Hij zweeg even. 'Ga er maar van uit dat het waar is.'

Ze draaide haar gezicht weer naar hem toe. 'Dat mijn vader en Brian een mislukte woningoverval in scène hebben gezet, zodat ze mijn moeder konden vermoorden? Dat dát waar is?'

'Dat, ja,' zei hij kalm.

4

'Here you are.' De serveerster zette de borden op het witte tafellaken.

Op elk bord lag een enorme champignon, zo dik als een vinger, en minstens tien centimeter in doorsnede.

'*Nice,* portobello,' mompelde Werner.

Erop en ernaast lagen gegrilde tomaten, een bergje roerei, gebakken spek, een stuk witvis en twee worstjes die glansden van het vet.

'Ehm, het is pas halfnegen, toch?' zei Helen nadat de serveerster uit het zicht was verdwenen. 'Ik heb al brie en jam en twee broodjes op... En dan moeten we straks nog lunchen. En vanavond dineren!'

'Je vergeet de afternoon tea,' merkte hij droogjes op.

'Bizar. Wat een land.'

'We lopen het er straks wel weer af,' zei hij, en hij begon te eten.

Helen liet haar blik over hem heen dwalen. Over zijn elegante handen, zijn zacht behaarde polsen en dat aristocratische gezicht dat ze zo goed kende. Het grauwe ochtendlicht viel door het raam naar binnen en veroorzaakte schaduwen, maakte zijn lachrimpels dieper, de groeven in zijn wangen strenger. Dit was gewoon Werner, en toch was er iets met hem. Ze kon er de vinger niet op leggen. Hij praatte, luisterde, at, lachte, maar zijn gedrag leek op een of andere manier niet te stroken met zijn stemming.

Gespannen.

Dat was het, wat ze voelde als ze naar hem keek: spanning. Afstand.

5

'Ik wist niet dat jouw ouders zó rijk waren.'

'Ik ook niet.'

Ralf verwachtte dat er elk moment iemand uit die perfect onderhouden struiken zou stappen om hem van het terrein te sturen. Zijn zestien jaar oude Polo verpestte vast het uitzicht en de beleving van de chique hotelgasten. Het hotel was gigantisch en zag er voornaam en heel oud uit – alsof ze een filmset op kwamen rijden.

'Ons nemen ze altijd mee naar de camping,' zei Sara. 'Of naar dat brakke heksenhuisje van opi en oma in Frankrijk.'

Hij reed steeds langzamer, keek voor zich uit, twijfelde over waar hij naartoe moest. Het was hier zo groot.

'Daar kun je parkeren.' Sara wees naar een keurig beschilderd bord dat in een perkje stond, van onderaf beschenen door spots. Ralf volgde de pijl en reed een breed grindpad op, dat uitkwam op het parkeerterrein. Dat was in vakken verdeeld met heggen en struiken. In elk vak was plaats voor een tiental auto's. Fijn grind knerpte onder zijn wielen.

'Dit is voor de gasten, toch?' vroeg hij.

'Lijkt me wel.'

'Dan zou jouw vaders auto hiertussen moeten staan.'

'Als ze er nog zijn,' voegde Sara er zacht aan toe.

Langzaam reed hij langs de rijen, speurend naar een donkergrijze Mercedes. Als hij niets anders aan zijn hoofd had gehad, zou hij hier graag een uurtje zijn gebleven. De parkeerplaats leek wel de showroom van een Larense autodealer. Er stond voor een fortuin aan Aston Martins, Range Rovers en Porsches. Ze hadden allemaal Engelse kentekens.

Niet één Nederlander.

'We zijn te laat,' zei hij.

'Probeer daar achter eens.'

Om Sara een plezier te doen reed hij het pad nog eens af, en daarna weer terug naar voren. Ze liet zich teleurgesteld terug in de stoel vallen.

Ralf zette de auto stil en haalde zijn sleutel uit het contactslot. 'En nou?'

'We kunnen binnen naar ze vragen. Misschien weet het

hotelpersoneel waar ze naartoe zijn.'

'Ja, en dat gaan ze ons vertellen,' zei hij cynisch.

'Echt wel. Ik ben toch hun dochter?'

Ze stapten uit en liepen over een perfect onderhouden voetpad naar de hoofdingang. Ralf voelde zich geïmponeerd. Zijn rode Adidas-hoody stond hem goed en was lekker warm, maar viel in deze omgeving al net zo uit de toon als zijn auto. Tijdens het lopen keek hij naar zijn sneakers. Kleurrijk, maar gelukkig schoon. Naast hem was Sara verwoed bezig haar weerspannige haar in een strakke knot te doen, waaruit hij opmaakte dat ook zij er niet helemaal zeker van was dat ze hier serieus genomen zou worden.

Ze liepen onder een overkapping door naar binnen. Ralf probeerde zich zo min mogelijk te laten afleiden door de overdadige luxe. De hal was enorm, met kroonluchters – waarvan alle lampjes aan waren. Glanzende natuurstenen vloeren, Perzische tapijten. In een hoek stond een zwarte vleugel.

Ze werden vriendelijk begroet door een oude man achter de balie. Als hij al vond dat ze hier niet thuishoorden, liet hij dat niet merken. Zijn armen en benen waren kort, zag Ralf, en zijn heupen breed. Hij had er waarschijnlijk vele tientallen jaren over gedaan om die indrukwekkende buik te kweken. Ralf had nog nooit iemand ontmoet met de lichaamsbouw van een tol. Een heel grote, levende tol.

'Wij zijn op zoek naar Werner en Helen Möhring,' zei Ralf.

De man stak een hand op. *'I'm afraid that –'*

Sara stapte naar voren. 'Het zijn mijn ouders. Het is dringend, een noodgeval.'

Hij bekeek haar, zijn hoofd een beetje gedraaid. 'Nu zie ik het. U lijkt sprekend op uw moeder. Uw ouders zijn juist weggegaan.'

'Weet u waar ze naartoe zijn?'

'Helaas niet.'

In Sara's tas begon haar mobiel te zoemen. Ze ritste de tas open en haalde de telefoon eruit. 'Papa,' zei ze, bijna ademloos. 'Een foto.'

Ralf keek over haar schouder mee. Helen stond met haar duimen omhoog in de lens te lachen. Om haar hoofd zat een sjaal gewikkeld. Het waaide blijkbaar stevig. Onder de foto stond:

JE MOEDER EN IK ZIJN HELEMAAL KLAAR VOOR DE BEDWINGING VAN DE ZEVEN ZUSTERS!

'Zeven Zusters?'

Ralf pakte de telefoon uit Sara's hand en toonde de foto aan de man. 'Weet u misschien waar dit is?'

Hij haalde een leesbril uit zijn binnenzak en zette hem met veel omhaal op. 'Precies weet ik het niet, maar daar op de achtergrond ziet u duidelijk Beachy Head.'

'Heeft dat iets te maken met "Seven Sisters"?' vroeg hij.

6

'Wat doen we hier?' vroeg Helen.

Ze stonden op een voetpad langs het strand van een plaats die Eastbourne heette en nogal duur en chic aandeed. Witte victoriaanse huizen, golfclubs en een jachthaven.

'Zie je die kliffen daar?' Werner wees naar kalkrotsen die oprezen uit de grauwe Noordzee. Ze zagen er indrukwekkend uit. Steil en kaarsrecht, bijna wit. Erbovenop lag een glooiend, groen landschap. Grasland, zo te zien. De overgang naar de zee – zeker honderd meter lager – was abrupt: alsof een reusachtig mythisch zeewezen een grote hap uit de heuvels had genomen. Vanaf de ferry had Helen de kliffen waar de Engelse zuidkust om bekendstond al gezien, maar *the white cliffs of Dover* haalden het niet bij deze.

'Indrukwekkend,' zei ze. De wind trok aan haar haar. Ze probeerde het tevergeefs plat te duwen en wikkelde er uiteindelijk maar een sjaal omheen.

'Daar gaan we heen,' zei Werner.

'Kun je daar komen, daar bovenop?'

'Te voet wel.'

Ze kneep haar ogen tot spleetjes. 'Ik zie daar helemaal geen mensen.'

'Die zullen er nu ook niet zoveel zijn, denk ik. Je kijkt hier op Beachy Head.' Hij wees naar de glooiingen in het heuvellandschap. 'Daarachter liggen nog meer kliffen en heuvels. Ze noemen het daar The Seven Sisters, omdat het zeven heuvels zijn. Vanaf de eerste *sister* is het een wandeling van twee uur naar de zevende.'

Ze tuurde naar de krijtrotsen. De glooiingen leken niet heel steil, maar dat was moeilijk in te schatten van deze afstand. Haar oog viel op een minuscuul zwart vlekje op het oneindige groene, golvende tapijt. Ze legde een hand boven haar ogen.

Het was een wandelaar.

'Man, ik word er nu al duizelig van. Wat is het daar hoog.'

'Fotomomentje,' zei Werner lachend. 'Leuk, met die achtergrond.' Hij zei haar waar ze moest gaan staan. 'Iets meer naar voren. Ja, perfect zo. Duimen omhoog. *Cheese...*' Werner hield zijn hand gekromd om het schermpje en bekeek het resultaat. 'Geweldig. Ik stuur hem gelijk naar de kinderen.'

Helen observeerde zijn bewegingen. De plotselinge spanning in zijn stem was haar niet ontgaan. Wie of wat maakte hem zo geagiteerd? En waarom was hij er steeds op gebrand om foto's naar het thuisfront te sturen? Hij dacht er nog eerder aan dan zijzelf, was er bijna dwangmatig mee bezig. Bij aankomst in de hotelkamer, op het strand in Brighton, bij het taartjes eten... Tijdens het diner gisteravond had hij zelfs willen controleren wat ze precies aan de kinderen schreef. En nu stonden ze hier, in Eastbourne, op nog geen tien passen van hun geparkeerde auto. De enige reden voor de tussenstop was dit uitzicht op de kliffen, inclusief een foto. Voor iedere andere man zou zo'n tussenstop misschien niet onlogisch zijn, maar wel voor Werner.

Dat hij bij vlagen koel en afstandelijk was en dan ineens weer liefdevol en geïnteresseerd, daar was ze aan gewend geraakt. Niemand was perfect. Maar dit was nieuw.

Een beetje verontrustend ook.

'Wat heb jij nou steeds met die foto's?' vroeg ze.

'Hoezo?'

'Je bent daar anders nooit zo mee bezig. Het valt gewoon op.'

Zijn gezicht betrok. 'Jarenlang verwijt je me dat je zelf nooit op vakantiefoto's staat, omdat jij altijd degene bent die ze moet maken. Nou denk ik er eens aan, is het nog niet goed.' Werner pakte haar bij de arm en trok haar naar zich toe. Hij sloeg zijn armen om haar heen en kuste haar voorhoofd. Schudde haar zachtjes door elkaar. 'Kom op, Helen, doe eens een beetje gezellig. Het is een bijzondere dag.'

7

'Daar! Daar staat-ie.'

Ralf had Werners Mercedes al gezien voordat Sara hem ontdekte. Hij stond op een zanderige parkeerplaats naast een gebouw dat dienstdeed als bezoekerscentrum.

Gespannen reed hij zijn Polo het terrein op en parkeerde hem naast een oude Land Rover, de enige andere auto op het terrein.

Hij stapte uit en liep naar de Mercedes. Het bezoekerscentrum leek gesloten. Ergens vlakbij stroomde een beekje; je kon het niet zien, wel horen.

'En nou?' vroeg Sara. Ze keek in de auto van haar ouders.

Ralf legde zijn hand op de motorkap. Die was nog warm. Hij keek om zich heen en haastte zich naar een informatiebord. SEVEN SISTERS COUNTRY PARK stond erboven. Bij het gebied hoorde een groot bos met fietspaden voor mountainbikers. De kliffen lagen aan de andere kant van de weg en waren alleen te voet te bereiken. De eerste route liep door een dal en langs een stroompje, met een pittige klim aan het einde. De tweede was korter en voerde dwars door de heuvels.

'Voor minder geoefende wandelaars,' vertaalde Sara, die naast hem was komen staan. Ze keek Ralf aan. 'Ik geloof niet dat mijn ouders zulke bergbeklimmers zijn.'

'De tweede route dus?' Ralf wachtte haar reactie niet af, maar liep snel terug naar zijn Polo. Hij opende de achterbak, ritste zijn weekendtas open en groef tussen zijn spullen totdat hij op iets hards stuitte. Hij draaide zijn lichaam een slag en stak buiten Sara's zicht het pistool achter zijn broekband.

8

Het waaide stevig. De grauwe bewolking veranderde steeds van vorm en tint. Een bleke zon wierp een verstrooid licht over de heuvels. De steeds wisselende lichtval veroorzaakte een dreigende sfeer, alsof het gebied met een grijsfilter was gefilmd. Tegelijkertijd had het iets romantisch, vond Helen, om op te gaan in het immense landschap. Van een afstand zouden Werner en zij eruitzien als langzaam bewegende stippen op het oneindige groene toneel. Er was hier verder niemand, zo ver als je kon kijken.

Helens conditie was best goed, toch hijgde ze een beetje. Het terrein was vrijwel nergens vlak, elke stap bracht hen verder omhoog. Werner liep soms voor, soms naast haar, ontweek de keien, zijn handen in de zakken van zijn jack. Hij had een sjaal om en zijn haar zat verstopt onder een gebreide grijze muts.

'Werner?'

Hij keek haar zijdelings aan.

'Misschien kunnen we beter gaan verhuizen,' zei ze.

'Waarheen?'

'Meer in de buurt van het centrum. Ik reed laatst langs die nieuwe woontoren. De duurdere appartementen schijnen best groot te zijn, groot genoeg voor ons vijven. En ze hebben videobewaking.'

'De kinderen zien je aankomen. Die willen hun zwembad echt niet kwijt.'

'Ik denk dat ze liever dicht bij het centrum en bij school wonen. Thom en Emma klagen er elke dag over dat ze zo ver moeten fietsen.'

'Thom rijdt binnenkort scooter.' Werner bukte om een stok op te rapen. 'Het is in het centrum echt niet veiliger dan waar we nu wonen. Ik denk zelfs dat het andersom is.' Hij woog de stok, probeerde hem te buigen en leunde er even op. Brak er vervolgens zijtakjes van af. 'Het is een utopie om te denken dat je ergens veilig bent. Dat ben je nooit.'

Helen bleef staan. 'Misschien is het meer een gevoel. Ons huis ligt helemaal in de uiterste hoek van de wijk, de tuin is zo groot. En dat bos er nog omheen. Die donkere dijk.'

'Dat vond je ooit allemaal voordelen.'

'Weet ik. Nu ben ik gaan inzien dat het ons ook kwetsbaar maakt.'

'We hebben gewoon pech gehad,' zei hij, en hij liep weer verder.

Pech gehad. Zo dacht hij er dus over. Heel gevoelig voor sfeer was Werner niet, nooit geweest. Direct na de overval had hij moeite gehad met de slaapkamer – misschien vooral vanwege de onmacht die hij daar had gevoeld. Maar dat had maar heel kort geduurd. Voor haar was het huis voor altijd besmet. Akelige herinneringen kleefden aan de muren van de slaapkamer, de keuken en de kelder. Letterlijk. Al zouden ze het hele huis een make-over geven, dan nog zou ze weten wat er onder al die nieuwigheid te vinden was. Dat zou daar blijven zitten, voor eeuwig, als een ingemetseld lijk.

Ze waren een kudde schapen genaderd. De dieren stonden verspreid over de heuvelrug. Geelwit, met lange staarten en hoog op de kop staande, beweeglijke oortjes. Sommige stopten met grazen en keken hen kauwend na, de oren gespitst als haasjes.

'Zitten we hier eigenlijk wel goed?' vroeg ze.

'Jawel hoor, kijk maar.' Hij wees naar een hoger gelegen deel waar een houten wegwijzer in het gras stond. De wandelroute naar en langs The Seven Sisters werd aangegeven met zulke wegwijzers, maar het pad zelf was nauwelijks herkenbaar. Het was niet meer dan een sliert in het landschap, amper een hand breed, waarop het gras iets korter leek – of misschien groeide het vanuit een andere hoek.

Werner stopte even en draaide zich naar haar om, leunend op de stok. 'Maar, Helen, als jij je er beter door zou voelen, dan moeten we misschien maar eens serieus overwegen om het huis te verkopen.'

Ze kon haar verbazing nauwelijks verbergen. 'Meen je dat?'

Hij keek haar aan met een lege blik. 'Natuurlijk. We kunnen het er best eens met de kinderen over hebben.' Daarna draaide hij zich om en liep verder omhoog.

Hoe hoger ze kwamen, des te harder waaide het. De wind rukte aan hun kleding. Werner keek niet één keer om. Helen deed haar uiterste best om niet achterop te raken. Ze moest goed opletten waar ze haar voeten neerzette. Er lagen keien, er waren kuilen en oneffen stukken, gemaskeerd door gras en onkruid. Eén misstap en ze zou haar enkel verzwikken, of erger. Af en toe keek ze omhoog, naar Werners rug, de gebogen houding, zijn vuist die om de stok geklemd zat, de knokkels wit.

Er was iets raars aan deze wandeling, het leek eerder een exercitie. Soms ving ze een glimp op van Werners gezichtsuitdrukking. Grimmig, verbeten. Werner keek alsof hij pijn had, alsof ze dit niet voor hun plezier deden, maar ze de barre tocht uit noodzaak ondernamen. Zijn grillige gedrag maakte haar onzeker. Het ene moment was hij de Werner die grapjes maakte en lief voor haar was, het andere moment leek hij dwars door haar heen te kijken.

Werner stopte abrupt. Hij hief zijn kin en keek in de verte. Plukken haar die onder zijn muts uit kwamen, bewogen heen en weer, werden plat tegen zijn slapen gedrukt.

Helen volgde Werners blik in de richting van de zee. De glooiing van de heuvel leek in het niets te eindigen. Alsof het land daar plotseling overging in de inmiddels loodgrijze hemel. Ze dacht aan de borden bij het bezoekerscentrum, die de wandelaars waarschuwden dat de randen van de kliffen elk jaar verder afbrokkelden. Daarom bleven de kliffen zo mooi wit. Ze keek naar haar voeten. Daarna recht voor zich uit. Voelde een siddering die diep vanuit haar buik leek te komen.

'Werner?' Haar sjaal wapperde tegen haar schouder.

'Dit is de eerste "sister",' riep hij tegen de wind in. Hij draaide zich langzaam naar haar toe. 'De hoogste van de zeven.'

Toen haar ogen de zijne ontmoetten, leek het of ze naar een vreemde keek.

9

'Ik kan niet meer.'

Ralf deed alsof hij Sara niet hoorde. Gemene pijnscheuten trokken door zijn zij en zijn longen stonden in brand, maar hij gaf er niet aan toe. Bij elke stap voelde hij zich kwader worden op Brian en Werner. Als alles die avond volgens plan was verlopen, had Sara afgelopen week haar moeder moeten begraven. Het was Möhring te doen om het geld, maar ook om Emily. Zij zou niet veel later als 'papa's nieuwe vriendin' in het gezin zijn geïntroduceerd. En bij Emily hoorde natuurlijk ook Brian. De nieuwe stiefbroer. Tevens moordenaar van hun moeder. Hoe *fucked up* was dat? Hoe koud, ziek en gevoelloos moest je zijn om zoiets alleen maar te bedenken, laat staan om het uit te voeren?

Erger verraad was ondenkbaar.

10

'We gaan iets spannends doen.' Werner moest schreeuwen om zich verstaanbaar te maken. De wind beukte op hen in.

Helen herinnerde zich wat hij gisteravond tegen haar had gezegd: dat ze iets gingen doen wat niet mocht. Ze nam het desolate landschap in zich op. Ze waren hier alleen – zelfs de schapen kwamen niet zo ver – maar Werner leek niet op seks aan te sturen. Integendeel. Hij keek haar gespannen aan. Zijn kaken strak, zijn ogen samengeknepen. Hij tikte met de stok op de grond.

'Wat dan?' vroeg ze.

Hij wees met zijn kin naar de afgrond. 'We gaan op de rand liggen.'

'Wát?'

'De rand,' schreeuwde hij. 'We gaan op de rand liggen.'

Instinctief deed ze een stap naar achteren. Schudde haar hoofd.

Hij pakte haar bij de arm en trok haar naar zich toe. 'Die angst is juist lekker, Helen. De diepte in kijken, dat schijnt een ongelooflijke kick te geven.'

'Dat durf ik niet.'

'Tuurlijk wel. Er gebeurt niets. Je steekt alleen je hoofd over de rand... Een klein stukje.'

'Werner, doe niet zo eng.' Ze probeerde zich los te trekken, maar hij hield haar stevig vast.

Hij grijnsde. 'Eng? Maakt dit soort ervaringen het leven

niet interessant? Zo nu en dan iets doen wat je nooit eerder hebt gedaan? Soms heb je een duwtje in de juiste richting nodig.'

'Vind jij dit een grappige woordspeling? Ik niet.' Ze hapte naar adem en bleef haar hoofd schudden. 'Echt niet.'

Ze stonden op drie, vier meter van de rand. Zo vlak bij de afgrond groeide geen gras meer. In de verte rolden de heuvels verder: de tweede, derde en vierde Sister, afgronden zo ver het oog reikte. Onder aan de kliffen weerkaatste het bleke zonlicht op de golven van het Kanaal.

'Als je dat zo graag wilt,' riep ze, 'ga je gang. Maar ik doe niet mee. Ik doe het nu al bijna in mijn broek.' Haar hele lijf beefde.

Hij keek haar indringend aan. 'Ik wil dat je het doet, Helen. Ga daar liggen. Ik houd je enkels vast.'

'Ben je gek geworden?' Haar stem sloeg over. 'Ik zei nee.'

'Vertrouw je me niet?'

'Daar gaat het niet om.'

Er verscheen een duistere gloed in zijn ogen. 'Daar gaat het wél om, verdomme. Je kleurt je hele leven al binnen de lijntjes. Je bent zo verdomde braaf dat ik ervan kots, weet je dat? Zelfs seks met jou is volgens het boekje.' Zijn stem klonk plotseling hoog en schril: ' "Nee, Werner, dat wil ik niet, dat doet zeer. Dat vind ik raar." ' Hij kneep in haar arm, schudde haar door elkaar. 'Dat gezeik altijd over je werk, alsof je Moeder *fucking* Teresa zelf bent. De kinderen naar je toe trekken alsof ik er niet meer toe doe...' Hij zette weer een stemmetje op: ' "Nee, Werner, dat bedoelen ze niet zo. Bemoei je er niet mee." '

Ze keek hem ademloos aan. Zijn gezicht zag rood van woede. Waar kwam die plotselinge uitbarsting vandaan? 'Waar heb je het over? Werner, je bent jezelf niet.'

Onder hun voeten knarsten stukjes kalk.

'O, ík ben mezelf niet? En jij dan? Die wilde meid die veranderde in de saaiste trut die ik ken?'

'Wil je –'

'Ik heb je boek gevonden, Helen, ik heb die zielige verhaaltjes gelezen die aan je moeder zijn gericht. Schrik je daarvan? Ik dacht dat het de bedoeling was dat ik ze las, want zo discreet ga je er niet mee om. Heel verhelderend wel, om te moeten lezen dat je al jaren klaar bent met me, maar de schijn ophoudt...' – hij zette opnieuw een stemmetje op – '*...omdat dat beter is voor de kinderen.*'

Ze keek hem ontzet aan, niet meer in staat zich te bewegen. Ze zag alleen nog de mimiek van zijn verwrongen gezicht, de walging en minachting. De zinderende haat in zijn ogen. Ineens begreep ze dat hij haar niet zou laten gaan. Hij had dit uitgedacht, weken geleden al.

Ze zou hier niet levend vandaan komen.

Dat besef verspreidde zich als een ijskoude huivering door haar lichaam, gleed door haar aderen, verkilde haar tot op het bot en verder, tot diep in haar hart.

'Ik walg van je, Helen. Ik ben hier al veel te lang in blijven hangen, in dit verrotte kuthuwelijk. Ik wil verdomme verder, ik wil léven!'

'Werner, nee!' Ze rukte zich los en wilde wegrennen. Een plotselinge scherpe pijn sneed door haar onderrug. Ze klapte voorover en viel languit op de grond.

'Ik ben je spuugzat,' hijgde hij, de stok in zijn vuisten geklemd.

11

Ralf ploegde door het gras omhoog. Hij zag Werner Möhring bij de rand van de afgrond staan. Eerst zijn hoofd, daarna zijn schouders. Er was niemand bij hem. Hij stond daar alleen.

Ralfs ogen werden groter, hij haalde raspend adem.

Ik ben te laat.

Te laat.

Te...

Werner hief een stok en liet hem neerkomen op de gestalte die voor hem op de grond lag.

'Nee!' brulde Ralf, en hij trok zijn pistool.

Werner keek op. Zijn ogen bloeddoorlopen, zijn lippen dun en bleek en teruggetrokken. De tanden op elkaar geklemd in een afschuwelijke grimas. Hij zag er niet meer uit als een mens, maar als een redeloos, hondsdol dier.

'Mama!' Sara rende langs hem heen naar Helen, half struikelend over de oneffen grond.

Werner bleef staan. Zijn razernij maakte plaats voor totale verbijstering toen hij zijn dochter zag.

Sara viel op haar knieën en trok haar moeders hoofd op haar schoot. 'Mama?'

Werner bewoog zich niet. Hij nam ontzet het tafereel van zijn vrouw en zijn oudste dochter in zich op. Liet zijn schouders zakken. De stok gleed uit zijn hand en viel op de grond. Langzaam, schokkerig, zakte hij op zijn knieën en boog voorover, sloeg zijn handen voor zijn gezicht.

Ralf bleef het pistool op Werner gericht houden. Hij hoorde alleen nog zijn hartslag, steeds luider en indringender, als paukenslagen in zijn hoofd. Voelde het wapen, dat koud en zwaar in zijn hand lag.

'Ralf? Geef dat maar aan mij.' Helen stond bij hem.

Gesprongen adertjes in haar ogen, haar muts scheefgezakt op haar hoofd. 'We gaan hier niemand doodschieten.' Ze duwde zacht zijn arm naar beneden en nam het pistool van hem over.

Hij zag het haar wegstoppen in een van de zakken van haar jas. Achter haar had Werner zich nauwelijks verroerd. Zoals hij daar zat, ineengedoken op de rand van het klif, zijn gezicht verscholen achter zijn handen, was hij ineens zo klein en kwetsbaar. Alle kracht en agressie leken uit hem te zijn weggestroomd.

'Kom, we gaan hier weg,' zei Helen. Ze raakte Ralfs arm even aan.

Ralf twijfelde. Hij keek nog eens naar Werner. Hij had zijn rug gebogen, zijn lichaam schokte. Het kon zijn dat hij huilde, maar de wind nam het geluid mee de zee op.

Gebroken, dacht Ralf – *een gebroken man.*

'Ralf, kom je?'

Hij keek op en zag Helen en Sara de heuvel af lopen. Haastte zich achter hen aan en keek niet meer om.

Mama
Just killed a man.
Put a gun against his head
Pulled my trigger, now he's dead

'Bohemian Rhapsody' – Queen

*

De najaarszon hing laag boven de heuvels en veroorzaakte langgerekte schaduwen over de akkers. Het land glooide, maakte een vriendelijke indruk. De dorpjes in deze streek hadden ingewikkelde namen en lagen tientallen kilometers ver uit elkaar. Ertussenin werd het landschap gedomineerd door ruige natuur en landbouwgrond, met slechts hier en daar een huis; aan het einde van een lange, modderige oprit door dicht naaldbomenbos, of boven op een omgeploegde heuvel, met open schuren eromheen vol landbouwmateriaal dat wachtte op het voorjaar. Nederzettingen die de indruk wekten dat ze in de middeleeuwen waren gebouwd, opgetrokken uit dikke zandkleurige en rode veldstenen, met luiken voor de ramen en een put op het erf.

De omgeving vormde een groot contrast met de drukte op de snelweg. Een heel andere wereld, een stille wereld, waarin geen tijd leek te bestaan. De afgelopen twintig kilometer had Ralf geen mens gezien. Wel groepjes jachthonden met lange oren. Ze scharrelden snuffelend langs de weg, hun neus dicht bij de grond. Er was zojuist een hert vlak voor de Mercedes weggesprongen.

Ralf tikte met zijn vingers op het leren stuur. Toen hij de latex operatiehandschoenen vanochtend in Nederland had aangetrokken, had het nog onwennig en vervelend aangevoeld. Inmiddels was hij eraan gewend, net als aan de splinternieuwe overall en werklaarzen die hij droeg, en het wegwerpmutsje dat zijn haar bedekte. Je zag het niet; eroverheen zat een nieuwe gebreide beanie, tot ver over zijn oren.

Hij zag eruit als iemand die bij een garage werkte en een auto moest afleveren, of iemand die de Mercedes van zijn baas mocht lenen. Dat was precies de bedoeling. Hij had maar één keer hoeven uitstappen om te tanken, maar er stonden vaak wel camera's op zulke plekken.

Uit onzichtbare speakers klonk 'Dear Mama', Tupacs ode aan zijn moeder. Het was lang geleden dat hij naar dit nummer had geluisterd. Het trage tempo paste bij het landschap en de gedachten die door hem heen stroomden, herinneringen en voornemens. De muziek en tekst voedden gevoelens die hij nog niet goed kon benoemen. *I finally understand for a woman it ain't easy tryin' to raise a man.* Tupacs moeder had haar zoon overleefd, besefte hij. Zij had alleen nog zijn muziek.

Ralf duwde zijn zonnebril hoger op zijn neus. Buiten was het drieëntwintig graden, hierbinnen hield de *climate control* de temperatuur constant op éénentwintig. Naast hem, op het beige leer, lag een Montblanc-laptoptas die niet van hem was. Er zaten zaken in die hem ook niet toebehoorden: een iPhone, een MacBook, een paspoort, een portemonnee met cash, bankpasjes en een glanzende goudkleurige creditcard. Daarmee had hij op de *péage* tol betaald – meer dan honderd euro. De bonnetjes staken achter de zonneklep.

Verderop stond een plaatsnaambord. De naam van het dorp was lang en vol afkortingen. Hij kon hem niet uitspreken, maar dat hoefde ook niet. De navigatie bracht hem waar hij moest zijn. Vlak voor het slaperige Franse dorpje verliet hij de doorgaande weg en volgde kilometerslang een smaller weggetje dieper het land in. Percelen bos, verlaten akkers. Geen huis te bekennen. Op de stoppelvelden hopten kraaien en hoog erboven, in de strakblauwe lucht, zweefden roofvogels.

Ralf minderde vaart. Op aanwijzing van het navigatiesysteem stuurde hij de Mercedes een bospad op. Het was hobbelig en slecht onderhouden, precies zoals Helen hem had verteld.

Na een halve kilometer kwam hij uit op een open plek. Er stond een klein huisje met een puntdak, een houten schuurtje ernaast. Een klein, rond erf met vuil grind.

Ralf stapte uit en keek om zich heen. Luisterde. Geen geruis van een nabije snelweg, geen stemmen of muziek. Alleen vogelgeluiden. Aardse geuren: grond, groen, verrotting. Iets dierlijks ook. Er trok een rilling door hem heen. Wie wilde er zo afgezonderd wonen? Hij zou hier na een dag al knettergek worden.

Hij opende het achterportier en pakte een koffer van de achterbank. Klemde de laptoptas onder zijn arm en liep ermee naar de voordeur van het huisje.

De sleutel paste.

*

'Helen? Met Ria. Sorry dat ik zo met de deur in huis val, maar Ernst en ik maken ons zorgen om Werner.'

'Waarom? Is er iets?' Helen remde af voor een stoplicht. Het was vroeg in de avond en druk op de weg; de meeste mensen reden nu naar huis om te eten. Haar werkdag moest nog beginnen.

'We proberen hem al een week te pakken te krijgen,

maar hij neemt zijn telefoon niet op.'

'De dekking in de Gers is niet geweldig,' zei Helen, en ze begon weer te rijden.

'Daar ligt het niet aan. In het begin ging het toestel nog wel over, maar nu al een paar dagen niet meer. We krijgen steeds een soort afsluittoon.'

'Werner wilde rust. Waarschijnlijk heeft hij zijn telefoon uitgezet.'

'Heb jij de afgelopen week nog iets van hem gehoord?'

'Eh, nee. Ik heb hem voor het laatst gezien toen hij zijn spullen thuis kwam ophalen, vorige week donderdag.'

'Zei hij nog iets, hebben jullie gepraat samen?'

'Nauwelijks. Hij heeft bij elkaar gezocht wat hij wilde meenemen en is meteen doorgereden naar Frankrijk.'

Haar schoonmoeder zuchtte en liet een stilte vallen. 'Je mag best weten dat Ernst en ik het heel erg vinden dat jullie ruzie hebben gekregen. Zo onverwacht ook. Het was behoorlijk schrikken toen jullie apart terugkwamen uit Engeland.'

'Ik ben blij dat hij bij jullie heeft kunnen slapen,' merkte ze op.

Ria zuchtte nog eens. 'Werner vertelde dat het al een poosje niet meer zo goed ging tussen jullie. Hij was met heel andere verwachtingen met je naar Engeland gegaan.'

'O, ja, dat geloof ik goed... Dat geldt voor mij ook, natuurlijk.'

'Hij zei steeds dat het niet meer te lijmen was.'

'Ik weet niet wat hij verder allemaal met jullie heeft besproken, maar het was geen echte ruzie, hoor, Ria. Volgens mij zit hij vooral met zichzelf in de knoop. Hij heeft gewoon veel te hard gewerkt de laatste jaren. Dat trekt wel bij... denk ik. We zijn al zo lang samen.' Helen reed de parkeergarage van het ziekenhuis in en keek om zich heen op zoek naar een goed plekje, zo dicht mogelijk bij de personeelsingang.

'Nou, Helen, dat is nog niet alles.'

Helen voelde een ooglid trillen. 'Hoezo?'

'Ik heb de buren gevraagd om bij het huis een kijkje te gaan nemen. Zijn auto staat op het erf en het bed is beslapen, zeiden ze. Er brandde licht, maar Werner zelf is nergens te bekennen.'

'Hè? Dat is inderdaad vreemd. Maar... misschien is hij gaan wandelen? Of kamperen? Hij heeft de tent meegenomen.'

'O, dat wist ik niet.'

'Ik zou me echt geen zorgen maken, Ria. Hij zocht rust. In Engeland wilde hij ook al niet gestoord worden door werktelefoontjes... Maar over werk gesproken, ik moet ophangen. Ik sta al een paar minuten bij het ziekenhuis. Mijn dienst begint zo. Zodra ik iets van Werner hoor, meld ik me. Maar nogmaals, Ria, maak je geen zorgen. Dat doe ik ook niet.'

Helen stapte uit. Er kwamen twee collega's voorbijgelopen die haar groetten. Ze glimlachte en veinsde daarna dat ze een dringend bericht binnenkreeg op haar telefoon. Voor de vorm las ze nog eens de berichtjes die Lex en zij elkaar de afgelopen dagen hadden gestuurd. Ze voelde zich gespannen, maar toch moest ze glimlachen.

Pas toen de collega's uit het zicht waren, liep ze naar de achterklep van de Fiat en maakte hem open. Haalde een keer diep adem.

'Nou, daar gaan we dan,' fluisterde ze en tilde er twee zware, gele boodschappentassen uit. Terwijl ze naar de personeelsingang liep, voelde ze de vrieskou dwars door de tassen en de dikke stof van haar jeans heen.

Lieve mama,

Deze zomer is het acht jaar geleden dat je stierf. Het gemis voelt anders dan in het begin. Anders, niet minder. Wat ik toen nog niet ten volle besefte, was dat met jou de laatste persoon op de wereld stierf die onbaatzuchtig van me hield. Iemand die altijd mijn kant zou kiezen, ongeacht mijn daden. Jij zei me eens: 'Moeders houden meer van hun kinderen dan andersom. Dat is de natuur, zo hoort het ook.' Waarschijnlijk had je daar gelijk in, zoals je in zoveel meer dingen gelijk hebt gehad.

Ik was niet altijd even begripvol naar jou toe, mama. Daar heb ik spijt van. Als ik terugdenk aan onze ruzies, krimp ik ineen van schaamte. Wat heb ik een kritiek op je gehad.

Ik heb je de scheiding met papa vaak verweten. Ik was jaloers op vrienden die een normaal gezinsleven kenden en ik richtte me op wat ik niet had, in plaats van wat jij me allemaal gaf.

Pas nu zie ik dat opgroeien zonder vader soms beter kan zijn. En dat je gevoel ten aanzien van Werner juist was, al had je dit natuurlijk nooit kunnen voorspellen. Wie wel? Het is een kwestie van geluk dat ik nog leef.

Ik had hem liever laten opsluiten, mama. Veel liever dat dan de keuze die ik nu heb gemaakt. Maar als ik de officiële weg had bewandeld, dan zouden Sara, Thom en Emma allebei hun ouders zijn kwijtgeraakt. Dan zouden ze nu op elkaar zijn aangewezen, opgevoed door Werners ouders, of zwervend van het ene pleeggezin en tehuis naar het andere. Dat vooruitzicht verscheurde me. Het alternatief was al even vreselijk: moest ik blijven zwijgen en mijn kinderen steeds weer blootstellen aan de moordenaar van hun moeder? Moest ik met lede ogen aanzien hoe ze de weekenden bij hem zouden doorbrengen? Een moeder hoort haar kinderen te beschermen. Dus dat heb ik gedaan.

Ja, mama, ik weet het, ik maak me net als jij zorgen om Sara. Ze heeft te veel gezien en gehoord, maar ze is ook sterk. Ze heeft de genen van haar pragmatische vader. Ik denk dat ik het meeste heb kunnen gladstrijken, vergoelijken zelfs. En ze weet niet beter dan dat Werner naar Frankrijk is vertrokken om daar aan zichzelf te werken.

Zijn lichaam is nooit gevonden. Uiteindelijk zal ze beter af zijn zonder hem.
Dat zijn we allemaal.

De laatste tijd denk ik veel aan Emily en Ria. Emily was pas nog op tv. Haar zoon is nu een halfjaar vermist en de politie doet volgens haar te weinig aan zijn opsporing. Ze huilde, ze richtte zich tot de camera. Ik stond op het punt te bellen. Het vreet aan me, mama. Steeds meer. Ik weet niet of ik kan blijven zwijgen, of ik haar de waarheid over haar zoon kan blijven onthouden. Aan de andere kant zal ik nooit weten of zij en Werner partners in crime zijn geweest en of zij wist dat Werner mij nogal drastisch uit zijn leven wilde verwijderen.
Misschien ga ik het alsnog doen; ga ik Ria en Emily opbiechten wat ik heb gedaan. Niet nu, maar in de toekomst. Later, als mijn kinderen me niet meer nodig hebben.

Little darling, I feel that ice is slowly melting.
Little darling, it seems like years since it's been clear.
Here comes the sun, here comes the sun,
and I say it's all right.

'Here comes the sun' – The Beatles

Dank

Berry
&
Annelies

Sally
Sabrine
Sabine
Renate
Nini
Monique
José
J. en L.
Debby
&
Carola

Van Esther Verhoef verscheen eerder

Rendez-vous
Winnaar Zilveren Vingerafdruk 2006
Genomineerd voor de NS Publieksprijs 2006

Wonen op vakantie

Close-up
Winnaar Zilveren Vingerafdruk 2007
Beste Vrouwenthriller Aller Tijden bij vrouwenthrillers.nl
Genomineerd voor de NS Publieksprijs 2007
Genomineerd voor de Gouden Strop 2007

Alles te verliezen
Genomineerd voor de NS Publieksprijs 2009
Genomineerd voor de Zilveren Vingerafdruk 2009

Erken mij
In samenwerking met de Stichting CPNB ter ere van
Juni – Maand van het Spannende Boek 2009

Déjà vu
Winnaar NS Publieksprijs 2011
Genomineerd voor de Diamanten Kogel 2011
Genomineerd voor de Zilveren Vingerafdruk 2010

Is uw man al af?

Nouveau Riche & andere spannende verhalen

Tegenlicht
Genomineerd voor de NS Publieksprijs 2012

De kraamhulp
Winnaar Hebban Crimezone Award 2014
Genomineerd voor de NS Publieksprijs 2014
Genomineerd voor de Gouden Strop 2014

Stil in mij – overleven bij de nonnen
Coauteur Daniëlle Hermans

Erken mij & andere wraakverhalen

Onder de naam Escober verscheen

Onrust
Deel 1 in de Sil Maier-trilogie
Genomineerd voor de Gouden Strop 2004

Onder druk
Deel 2 in de Sil Maier-trilogie
Winnaar Diamanten Kogel 2005
Genomineerd voor de Gouden Strop 2005

Ongenade
Deel 3 in de Sil Maier-trilogie
Genomineerd voor de Diamanten Kogel 2008

Chaos
Genomineerd voor de Diamanten Kogel 2007

Overkill

Genomineerd voor de Diamanten Kogel 2013

Genomineerd voor de Hebban Crimezone Award 2013